Crisantemo blanco

MARY LYNN BRACHT

Crisantemo blanco

Editado por HarperCollins Ibérica, S.A.
Núñez de Balboa, 56
28001 Madrid

Crisantemo blanco
Título original: White Chrysanthemum
© 2018, Mary Lynn Bracht
© 2018, para esta edición HarperCollins Ibérica, S.A.
© De la traducción del inglés, Julio Fuentes Tarín

Diseño de cubierta: Sandra Chiu
Imágenes de cubierta: Getty Images y Shutterstock

ISBN: 978-84-9139-244-6

Para Nico

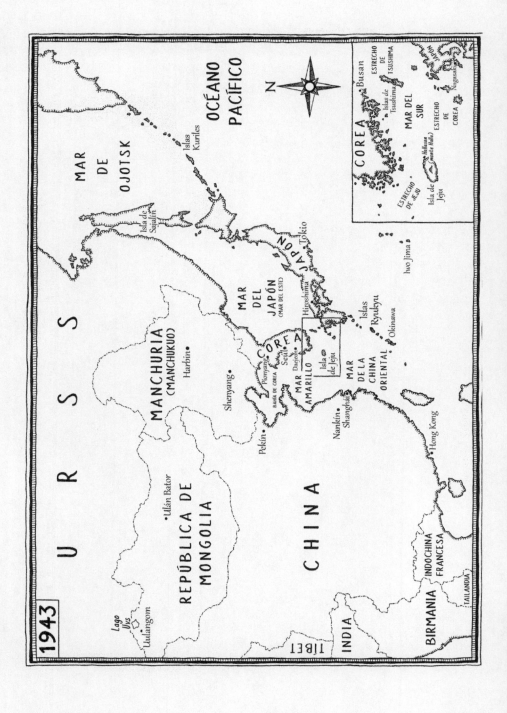

Casi es de madrugada, y la penumbra arroja sombras extrañas a lo largo del sendero. Hana distrae su mente para no pensar en criaturas que puedan saltarle a los tobillos para agarrárselos. Está siguiendo a su madre hasta el mar. Su camisón ondea tras de ella por el viento suave. Detrás de ellas suenan pisadas silenciosas y Hana sabe, sin necesidad de mirar atrás, que su padre las sigue con su hermanita todavía dormida en brazos. En la costa, un puñado de mujeres ya las están esperando. Reconoce sus rostros a la luz del amanecer, pero la chamán es una desconocida. La mujer sagrada viste un vestido tradicional hanbok *rojo y azul vivo, y tan pronto como descienden a la arena, la chamán comienza a bailar.*

Las figuras acurrucadas se apartan de sus movimientos giratorios y forman un pequeño grupo, hipnotizadas por la gracia de la chamán. Ella canta un saludo al dios Dragón del Mar, dándole la bienvenida a su isla, llamándolo a viajar a través de las puertas de bambú hacia las tranquilas costas de Jeju. El sol brilla en el horizonte, un punto de oro iridiscente, y Hana parpadea ante la novedad del día que comienza. Se trata de una ceremonia prohibida, proscrita por el gobierno japonés invasor, pero su madre insiste en celebrar el tradicional ritual intestinal antes de su primera inmersión como haenyeo *de pleno derecho. La chamán está implorando seguridad y una buena pesca. A medida que la chamán repite las palabras una y otra vez, la madre de Hana la empuja por el hombro y juntas se inclinan, con la frente tocando la arena mojada,*

11

para honrar la inminente llegada del dios Dragón del Mar. Cuando vuelve a levantarse, la voz soñolienta de su hermana susurra: «Yo también quiero bucear», y el anhelo en su voz deja una marca en el corazón de Hana. «Pronto estarás aquí de pie, hermanita, y yo estaré a tu lado para darte la bienvenida», susurra, confiada en el futuro que les espera.

El agua salada del mar gotea por su sien y ella se la limpia con el dorso de la mano. Ahora soy una haenyeo, *piensa Hana, mirando a la chamán que hace girar en círculos unas cintas blancas a lo largo de la costa. Coge la mano pequeña de su hermana. Se paran una al lado de la otra, escuchando las olas golpear la playa. El del océano es el único sonido cuando el pequeño grupo agradece silenciosamente su aceptación en la orden. Cuando el sol se levanta completamente sobre las olas del océano, ella se zambullirá con las* haenyeo *en aguas más profundas y ocupará su lugar entre las mujeres del mar. Pero primero deben regresar a sus hogares en secreto, a salvo de miradas indiscretas.*

«Hana, ven a casa». La voz de su hermana resuena fuerte en sus oídos arrastrándola de vuelta al presente, a la habitación y al soldado todavía dormido en el suelo junto a ella. La ceremonia se desvanece en la oscuridad. Hana cierra los ojos con fuerza, en un desesperado intento por no olvidar.

Ha estado cautiva durante casi dos meses, pero el tiempo se mueve con dolorosa lentitud en este lugar. Trata de no mirar hacia atrás, hacia lo que ha tenido que soportar, lo que la obligan a hacer, lo que la fuerzan a ser. En casa ella era otra persona, otra cosa.

Parecen haber pasado siglos desde entonces, y Hana se siente más cerca de la tumba que de los recuerdos del hogar. La cara de su madre que nada para encontrarse con ella en el mar. El agua salada en sus labios. Fragmentos de recuerdos de un lugar feliz.

La ceremonia era poderío y fuerza, como las mujeres del mar, como Hana. El soldado acostado a su lado se mueve. Ella se promete a sí misma que no será él quien la derrote. Yace despierta toda la noche imaginando la manera en que escapará.

HANA

Isla de Jeju, verano de 1943

Hana tiene dieciséis años y no conoce más que una vida bajo la ocupación extranjera. Japón anexionó Corea a sus territorios en 1910, y Hana habla japonés con fluidez, está educada en historia y cultura japonesas y tiene prohibido hablar, leer o escribir en su coreano natal. Es una ciudadana de segunda clase en su propio país, con derechos de segunda clase, pero eso no disminuye su orgullo coreano. Hana y su madre son *haenyeo*, mujeres del mar, y trabajan para sí mismas. Viven en un pequeño pueblo de la costa sur de la isla de Jeju y van a bucear a una cala escondida de la carretera principal que conduce a la ciudad. El padre de Hana es pescador. Navega por el mar del Sur con los otros aldeanos, evadiendo los barcos pesqueros imperiales que saquean las aguas costeras de Corea para buscar productos que repatriar a Japón. Hana y su madre solo interactúan con los soldados japoneses cuando van al mercado a vender sus capturas diarias. Esto genera una sensación de libertad de la cual no disfrutan muchos otros al otro lado de la isla, o incluso en la Corea de tierra firme, a 160 kilómetros al norte. La ocupación es un tema tabú, sobre todo en el mercado; solo los valientes se atreven a hablar de ello, pero incluso estos lo hacen solamente en susurros y tapándose la boca con las manos. Los aldeanos están cansados de los altos impuestos, las donaciones forzadas para pagar los costes de la guerra, la leva de hombres para luchar en las primeras líneas y el rapto de niños para trabajar en fábricas en Japón.

En la isla de Hana, bucear es trabajo de mujeres. Sus cuerpos se adaptan mejor que los de los hombres a las frías profundidades del océano. Pueden contener la respiración más tiempo, nadar a más profundidad y mantener la temperatura de su cuerpo más caliente, por lo que, durante siglos, las mujeres de Jeju han disfrutado de una rara independencia. Hana siguió a su madre al mar a una edad temprana. Su aprendizaje comenzó en el momento en que pudo levantar la cabeza por sí sola, aunque tenía casi once años la primera vez que su madre la llevó a las aguas más profundas y le enseñó cómo cortar una concha de oreja de mar de una roca del fondo. En su excitación, Hana perdió el aliento antes de lo esperado y tuvo que precipitarse hacia arriba para tomar aire. Los pulmones le ardían. Cuando finalmente rompió la superficie del agua, respiró más líquido que oxígeno. Luchando con su barbilla apenas por encima de las olas, estaba desorientada y empezó a dejarse ganar por el pánico. Un repentino oleaje la hizo rodar, sumergiéndola en un instante. Tragó más agua mientras su cabeza se hundía bajo la superficie.

Con una mano, su madre levantó la cara de Hana sobre el agua. Hana engullía aire entre toses convulsas. Le ardían la nariz y la garganta. La mano de su madre, asegurada en la nuca, la tranquilizó hasta que se recuperó.

—Mira siempre a la orilla cuando te levantes o te perderás —dijo su madre, y giró a Hana para que mirase hacia la tierra. Allí, en la arena, su hermana menor se sentaba protegiendo los cubos que contenían la pesca del día—. Busca a tu hermana después de cada inmersión. Nunca lo olvides. Si la ves, estás a salvo.

Cuando la respiración de Hana volvió a la normalidad, su madre la soltó y comenzó a sumergirse hacia las profundidades del océano con una lenta voltereta. Hana miró a su hermana unos instantes más, disfrutando de la serena visión de su reposo en la playa, esperando que su familia regresara del mar. Una vez que se recuperó por completo, Hana nadó hasta la boya y añadió su concha de oreja de mar a la captura de su madre, que estaba guardada a salvo en una red. Luego realizó su propia voltereta hacia el interior del océano en busca de otra criatura marina que añadir a su cosecha.

Su hermana era demasiado joven para bucear con ellas tan lejos de la costa. A veces, cuando Hana salía a la superficie, miraba primero hacia la orilla para encontrar a su hermana persiguiendo gaviotas, agitando palos salvajemente en el aire. Era como una mariposa bailando a través de la línea visual de Hana.

Hana ya tenía siete años cuando nació su hermana. Le preocupaba ser hija única toda su vida. Había deseado tener una hermana menor desde hacía tanto tiempo… Todos sus amigos tenían dos, tres o hasta cuatro hermanos y hermanas para jugar con ellos cada día y compartir la carga de las tareas domésticas, mientras que ella tenía que sufrirlo todo a solas. Pero entonces su madre se quedó embarazada, y Hana se llenó tanto de esperanza que no podía evitar sonreír cada vez que veía la tripa creciente de su madre.

—Hoy estás mucho más gorda, ¿verdad, Madre? —preguntó la mañana del nacimiento de su hermana.

—¡Muy muy muy gorda e incómoda! —contestó su madre, y le hizo cosquillas en la tripa a Hana.

Hana cayó de espaldas y se echó a reír de pura alegría. En cuanto pudo volver a respirar, se sentó junto a su madre y puso su mano sobre la curva más externa de la tripa hinchada.

—Mi hermana o hermano debe estar casi listo ya, ¿verdad, Madre?

—¿Casi listo? ¡Lo dices como si estuviese hirviendo arroz dentro de mi barriga, tontita!

—Arroz no, mi nueva hermana… o hermano —añadió rápidamente Hana, y sintió una patadita tímida contra su mano—. ¿Cuándo saldrá ella o él?

—Vaya una hija tan impaciente que tengo. —Su madre movió la cabeza con gesto de resignación—. ¿Qué prefieres, una hermana o un hermano?

Hana sabía que la respuesta correcta era un hermano, para que su padre tuviera un hijo con quien compartir sus conocimientos sobre pesca, pero en su cabeza respondió de manera diferente. «Espero que tengas una hija, para que un día pueda nadar en el mar conmigo».

Su madre se puso de parto esa noche, y cuando le mostraron a Hana su hermanita, no pudo contener su felicidad. Sonrió con la sonrisa más amplia que jamás había aparecido en su cara, pero intentó con todas sus fuerzas hablar como si estuviera decepcionada.

—Lamento que no sea un hijo, Madre, lo siento de veras —dijo Hana sacudiendo la cabeza con falso dolor.

Entonces Hana se volvió hacia su padre y tiró de la manga de su camisa. Él se inclinó hacia abajo y ella puso sus manos alrededor de su oreja.

—Padre, debo confesarte algo. Lo siento mucho por ti, que no sea un hijo que aprenda a pescar junto a ti, pero… —Respiró profundamente antes de terminar—. Pero me hace muy feliz tener una hermana con la que nadar.

—¿Así es? —preguntó él.

—Sí, pero no se lo digas a mamá.

Hana no era muy habilidosa en el arte del susurro a sus siete años de edad, y unas carcajadas amables recorrieron el grupo de los amigos cercanos de sus padres. Hana se quedó callada. De repente le quemaban las orejas. Se escondió detrás de su padre y miró a su madre desde debajo de su brazo para ver si también ella lo había oído. Su madre miró a su hija mayor y luego miró al bebé hambriento que succionaba de su pecho. Susurró a su nueva hija lo suficientemente fuerte como para que Hana la escuchara.

—Eres la hermanita más querida de toda la isla de Jeju. ¿Sabes? Nadie te querrá más que tu hermana mayor.

Cuando centró la vista en Hana le hizo un gesto para que se pusiera a su lado. Los adultos de la habitación callaron mientras Hana se arrodillaba junto a su madre.

—Tú eres su protectora ahora, Hana —dijo su madre en tono serio. Hana miró a su hermanita. Extendió la mano para acariciar el mechón de pelo negro que brotaba de su cuero cabelludo.

—Es muy suave —dijo Hana con asombro.

—¿Me has escuchado bien? Ahora eres su hermana mayor, y con eso vienen responsabilidades, y la primera es la de protectora. No siempre estaré por aquí; bucear en el mar y vender en el mercado es lo que nos mantiene alimentados, y de ahora en adelante te corresponderá a ti vigilar a tu hermanita cuando yo no pueda. ¿Puedo confiar en ti? —preguntó su madre con voz severa.

La mano de Hana salió disparada hacia su costado. Inclinó la cabeza y contestó obedientemente.

—Sí, Madre, la mantendré a salvo. Lo prometo.

—Una promesa es para siempre, Hana. Nunca lo olvides.

—Lo recordaré siempre, Madre —dijo Hana con la mirada fija en la cara adormecida y tranquila de su hermanita. La leche goteaba de un lado de la boca abierta del bebé, y su madre la limpió con un golpe de pulgar.

A medida que pasaban los años y Hana comenzaba a bucear con su madre en las aguas más profundas, se acostumbró a ver a su hermana en la distancia, la niña con la que compartía sus mantas por la noche y a quien susurraba historias tontas en la oscuridad hasta que finalmente sucumbía al sueño. La chica que se reía de todo y de cualquier cosa, un sonido que hacía que todos los vecinos se unieran en la carcajada. Se convirtió en el ancla de Hana, a la orilla y a la vida.

Hana sabe que proteger a su hermana significa mantenerla alejada de los soldados japoneses. Su madre le ha enseñado la lección: «¡Nunca dejes que te vean! Y, sobre todo, ¡no te quedes atrapada a solas con uno!». Las palabras de advertencia de su madre están llenas de un miedo siniestro, y a los dieciséis años Hana se siente afortunada de que nunca haya sucedido. Pero eso cambia un caluroso día de verano.

Se acerca el final de la tarde, mucho después de que los otros buceadores se hayan ido al mercado, cuando Hana ve por primera vez al cabo Morimoto. Su madre quiere llenar una red extra para una amiga enferma que no podía bucear ese día. Su madre es siempre la primera en ofrecer ayuda. Hana sube a tomar aire y mira hacia la orilla. Su hermana está en cuclillas sobre la arena, usando la mano de visera para mirar hacia Hana y su madre. A los nueve años de edad, su hermana ya es lo suficientemente mayor como para quedarse sola en la costa, pero todavía demasiado joven para nadar en las aguas más profundas con Hana y su madre. Es pequeña para su edad y todavía no es una nadadora fuerte.

Hana acaba de encontrar una concha grande y justo antes de gritarle a su hermana con alegría ve a un hombre que se dirige hacia la playa. Empujando el agua con las piernas para elevarse y ver más claramente, Hana descubre que el hombre es un soldado japonés. Su estómago se engancha en un calambre repentino. ¿Por qué está aquí? Nunca se alejan tanto de los pueblos. Barre la cala con la vista para ver si hay más, pero él es el único. Se dirige directamente hacia su hermana.

Una cresta rocosa resguarda a su hermana de la vista del soldado, pero no por mucho tiempo. Si el soldado mantiene su trayectoria, tropezará con ella y luego la llevará a una fábrica en Japón, como a las otras jóvenes que desaparecen de los pueblos. Su hermana no es lo suficientemente fuerte como para sobrevivir al trabajo de la fábrica o a las condiciones brutales a las que someten a los desaparecidos. No pueden llevarse a alguien tan joven, tan querido.

Buscando a su madre en el horizonte, Hana se da cuenta de que está bajo el agua, que ignora la presencia del soldado japonés que se dirige hacia el borde del agua. No le da tiempo a esperar la reaparición de su madre, y aunque lo hiciera, su madre está demasiado lejos, pescando cerca del borde del arrecife, donde hay un vacío cavernoso que se extiende a lo largo de millas sin fondo marino a la vista. Es tarea de Hana proteger a su hermanita. Le hizo una promesa a su madre y se propone cumplirla.

Hana se sumerge bajo las olas, nadando a toda velocidad hacia la playa. Solo puede esperar alcanzar a su hermana antes de que el soldado lo haga. Si consigue distraerlo lo suficiente, tal vez su hermana pueda escabullirse y esconderse en la cala cercana, y entonces Hana pueda escapar de vuelta al océano. Seguramente el soldado no la seguirá hasta el agua… Quizá.

La corriente se apodera de ella como si estuviera desesperada por empujarla hacia atrás, hacia el mar, hacia la salvación. Al dejarse llevar por el pánico, asoma la cabeza sobre la superficie del agua y respira profundamente, vislumbra el progreso del soldado. Todavía se dirige hacia la cresta rocosa.

Empieza a nadar por encima de las olas, consciente de que se está exponiendo, pero es incapaz de quedarse bajo el agua demasiado tiempo por miedo a perderse el avance del soldado. Hana está a medio camino de su hermana cuando lo ve detenerse. El soldado rebusca en su bolsillo. Metiendo la cabeza en el agua, Hana nada aún más rápido. En su siguiente aliento, lo ve encender un cigarrillo. Con cada respiración posterior, se mueve un poco más. Inhala una bocanada de humo, exhala una nube de humo, lo inhala, y así una y otra vez con cada elevación de su cabeza, hasta el último aliento de Hana, cuando ve que el soldado mira hacia el océano y se da cuenta de que ella viene a toda velocidad hacia él.

A solo diez metros de la orilla, Hana espera que el soldado aún no pueda ver a su hermanita desde donde está. Ella todavía está escondida tras las rocas, pero no por mucho tiempo. Sus pequeñas manos están sobre la arena pétrea, y está empezando a ponerse de pie. Hana no puede gritarle que se quede agachada. Empieza a nadar más rápido.

Hana se lanza bajo la superficie, apartando el agua de su camino con cada brazada hasta que sus manos tocan el suelo arenoso. Luego se pone de pie y corre los últimos metros de agua poco profunda. Si el soldado la ha llamado mientras corre hacia la cresta de rocas, no ha podido oírlo. Su corazón resuena como un trueno en sus oídos, bloqueando todo sonido. Se siente como si hubiera atravesado la mitad del planeta en ese esprint hasta la orilla, pero no puede detenerse todavía. Sus pies vuelan sobre la arena hacia su hermana, que le sonríe con ignorancia y se prepara para saludar a Hana. Antes de que su hermana pueda hablar, Hana se lanza sobre ella, agarrándole los hombros y tirándola al suelo. Cubre la boca de su hermana con la mano para evitar que llore. Cuando ve la cara de Hana flotando sobre ella, sabe que no debe llorar. Hana le echa una mirada que solo una hermana pequeña entendería. Empuja a su hermana hacia la arena, deseando poder enterrarla para ocultarla de la vista del soldado, pero no tiene tiempo.

—¿Dónde te has metido? —grita el soldado llamando a Hana. Está de pie en un saliente de roca de poca altura, con vistas a la playa. Si se pusiera en el borde podría mirar hacia abajo y ver a ambas acostadas debajo de él—. ¿La sirena se ha convertido en una muchacha?

Las botas del soldado crujen contra las piedras que hay sobre ellas. El cuerpo tembloroso de su hermana parece frágil entre las manos de Hana. Su miedo es contagioso y Hana también empieza a temblar. Se da cuenta de que su hermana no tiene adónde huir. Desde su posición, el soldado puede ver en todas direcciones. Ambas tendrían que escapar al océano, pero su hermana no puede nadar demasiado tiempo. Hana puede permanecer en aguas profundas durante horas, pero su hermanita se ahogaría si el soldado decide esperar a que salgan. No tiene ningún plan. No hay escapatoria. Esta sensación comienza a pesar mucho en sus entrañas.

Poco a poco, suelta la boca de su hermana y echa un último vistazo a su cara asustada antes de ponerse de pie. Los ojos de él son agudos, y ella siente cómo su punzante mirada se desliza sobre su cuerpo.

—No es una muchacha, sino una mujer —dice, y deja escapar una carcajada grave y quejumbrosa.

Lleva un uniforme beis y botas militares, también una gorra que le oscurece la cara. Sus ojos son negros como el saliente rocoso bajo sus pies. Hana todavía se está recuperando de su carrera hasta la orilla, y cada vez que jadea para respirar, él le mira el pecho. Su camisa blanca de buceo de algodón es fina y Hana se cubre apresuradamente los pechos con el pelo. Sus pantalones cortos de algodón gotean agua por sus piernas temblorosas.

—¿Qué me estás ocultando? —pregunta intentando mirar por encima de la cornisa.

—Nada —responde rápidamente Hana. Se aleja de su hermana, dispuesta a que la mirada del soldado la persiga—. Es solo… He conseguido una captura especial en el mar. No quería que pensaras que estaba en la playa sin más. Es mía, ¿sabes?

Arrastra uno de los cubos y lo sube hasta el saliente, apartando al soldado más lejos de donde está su hermana. Su atención sigue centrada en Hana. Después de una pausa, él mira hacia el mar y recorre la playa con los ojos.

—¿Por qué sigues aquí? Todos los demás buceadores se han ido al mercado.

—Mi amiga está enferma, así que he venido a coger su parte para que no pase hambre.

Es una verdad a medias y le resulta fácil decirla. El soldado sigue mirando a su alrededor como si buscara testigos. Hana mira hacia la boya de su madre, pero ella no está allí. Su madre todavía no ha visto al soldado, ni siquiera ha notado la ausencia de Hana. Hana empieza a preocuparse porque su madre tenga algún problema bajo la superficie. Demasiados pensamientos inundan su mente. El soldado empieza a inspeccionar una vez más el borde del saliente de la roca, como si sintiera la presencia de su hermana debajo de él. Hana piensa rápido.

—Puedo vendértelos si tienes hambre. Tal vez puedas llevarles algo a tus amigos.

Él no parece convencido, así que ella intenta acercarle el cubo. El agua de mar se derrama sobre el borde, y el soldado se aparta rápidamente para evitar mojarse las botas.

—Lo siento mucho —dice Hana rápidamente, estabilizando el cubo.

—¿Dónde está tu familia? —pregunta de repente.

La pregunta coge desprevenida a Hana. Mira por encima del agua y ve la cabeza de su madre agacharse bajo una ola. El barco de su padre está lejos, mar adentro. Su hermana y ella están a solas con este soldado. Se vuelve hacia él a tiempo para ver a dos soldados más. Se dirigen hacia ella. Las palabras de su madre resuenan en su mente: «Sobre todo, no te quedes atrapada a solas con uno de ellos». Nada de lo que diga Hana la puede salvar ahora. No tiene poder ni autonomía contra los soldados imperiales. Pueden hacer con ella lo que quieran, es consciente de eso, pero no es la única en peligro. Hana arranca la mirada de las ondulantes aguas que la invitan a sumergirse de nuevo para escapar.

—Están muertos.

Las palabras suenan verdaderas incluso a sus propios oídos. Si es una huérfana, no hay nadie a quien silenciar cuando la secuestren. Su familia estará a salvo.

—Una sirena trágica —dice él, y sonríe—. Así que de verdad hay tesoros en el mar.

—¿Qué tiene ahí, cabo Morimoto? —grita uno de los soldados que se acercan.

Morimoto no mira hacia atrás, sus ojos se quedan fijos en Hana. Los dos hombres la flanquean, uno a cada lado. Morimoto asiente con la cabeza antes de volver a subir por donde vino. Los soldados la agarran de los brazos y la arrastran tras él. Hana no grita. Si su hermana tratara de ayudarla, también se la llevarían. No va a romper su promesa, va a mantener a salvo a su hermana. No dice ni una palabra, pero sus piernas la defienden negándose a trabajar, realizando una oposición silenciosa. Cuelgan de su cuerpo como troncos inútiles, haciéndola más pesada, pero esta estrategia no disuade a los soldados. La agarran más fuerte y la levantan del suelo. Los dedos de sus pies dibujan delgados senderos en la arena.

EMI

Una delgada línea naranja atraviesa el horizonte, iluminando el cielo gris de diciembre sobre las oscuras aguas del mar del Sur. Las rodillas de Emi protestan en las frías horas previas al amanecer. Siente que su pierna izquierda es especialmente pesada. Carga con ella mientras se arrastra hacia la orilla. Las otras mujeres ya están allí, vistiéndose con trajes de neopreno y máscaras. Solo hay un puñado de las buceadoras habituales junto al borde del agua, temblando y desnudándose cada una a un ritmo. Emi piensa que la escasa asistencia es culpa de esta mañana invernal. En su juventud, ella también se habría pensado dos veces dejar la cama caliente para bucear bajo las aguas heladas, pero la edad la ha endurecido.

A mitad de camino por la playa rocosa, Emi alcanza a escuchar a JinHee contándoles una historia a las mujeres. Se trata de una de las favoritas de Emi. JinHee y ella crecieron juntas. Su amistad se ha prolongado durante casi siete décadas y ha sobrevivido a dos guerras. Los brazos de JinHee se balancean salvajemente como un molino de viento roto, y Emi escucha la pausa dramática que siempre precede a la carcajada. Una ráfaga de viento levanta una lona azul en el aire, revelando un viejo barco de pesca, su pintura blanca está pelada y forma rizos. Una carcajada persigue al viento, y el barco desaparece bajo la sábana de plástico azul. Las voces de sus amigas llevan placer a sus oídos. JinHee ve venir a Emi cojeando hacia ellas a paso de tortuga y levanta la mano en fiel saludo. Las otras mujeres se giran y saludan con la mano.

—¡Te estamos esperando! —grita JinHee—. ¿Te has dormido hoy?

Emi no desperdicia su energía respondiendo. Está escudriñando cuidadosamente las piedras afiladas de la playa para evitar resbalones. Sus rodillas se han aflojado un poco, lo que la hace cojear menos exageradamente. Su pierna izquierda casi va a tiempo con la derecha. Las otras buceadoras esperan a que llegue hasta ellas antes de entrar en el agua. Emi ya lleva puesto el traje de neopreno. Vivir en una casa a pocos pasos de la playa tiene sus ventajas, aunque solo sea una pequeña choza. Sus hijos han crecido y viven en Seúl, así que todo lo que necesita es un lugar para dormir y cocinar sus comidas, y una choza es nada más y nada menos que eso. JinHee le da a Emi una máscara cuando llega.

—¿Qué es esto? —pregunta Emi—. Tengo la mía.

Levanta la máscara que guarda en su nevera de poliestireno y se la enseña a JinHee.

—¿Esa cosa vieja? Está agrietada y la correa se ha roto cien veces. —JinHee escupe en la playa—. Esta es nueva. Mi hijo me trajo dos de Taejon. —Golpea el cristal de la máscara idéntica que lleva atada ya a la cara.

Emi le da un buen repaso con la vista a la nueva máscara. Es de color rojo brillante y tiene la palabra *TEMPLADO* impresa sobre el vidrio. Es bonita, y al mirar su máscara vieja se siente cansada. La correa de goma de su máscara está atada con tres nudos dobles por tres sitios, y hay una grieta en el lado izquierdo del vidrio que oscurece su vista bajo el agua. Todavía no se filtra agua, pero cualquier día de estos empezará a suceder.

—Adelante, póntela, ya verás —insiste JinHee.

Emi duda. Acaricia la placa de cristal brillante. En el mar, las otras mujeres ya han soltado sus boyas para dejar marcada su zona.

Sus cabezas se balancean junto a las boyas anaranjadas flotantes y, una tras otra, se sumergen bajo las suaves olas de la mañana. Emi las mira un momento antes de devolver la máscara a JinHee.

—La traje para ti —dice JinHee apartándola—. No la quiero. Yo solo necesito una máscara nueva.

JinHee murmura para sí misma mientras camina hacia el agua, sus aletas golpean la superficie a cada paso. Emi sabe que no puede decir nada para que JinHee cambie de opinión. Su terquedad es insuperable. Bajando la vista hacia las dos máscaras, Emi las coloca frente a ella, una al lado de la otra. Su máscara negra parece antigua junto a la roja, pero le daría mucha pena aceptar el regalo de JinHee. Ya no le queda tanto tiempo como para estrenar una nueva.

—La tuya está agrietada, y sabes que buceas demasiado profundo. ¡Va a explotar uno de estos días y te quedarás ciega! —grita JinHee por encima del hombro antes de zambullirse bajo el agua para nadar hasta su zona favorita.

Emi coloca la máscara roja dentro del refrigerador de JinHee y se inclina para ponerse las aletas. Luego sigue a su vieja amiga hacia el mar. El frío envía una onda de choque a través de sus huesos. JinHee espera que Emi llegue junto a ella con el agua golpeando su pecho.

—¿Cuál ha sido hoy? —pregunta JinHee. De alguna manera sabe siempre cuándo Emi ha tenido la pesadilla. Tal vez su vieja amiga sea capaz de leer los indicios en la cara de Emi, o tal vez le haya nacido otro pelo plateado de la noche a la mañana. Sin falta, JinHee exigirá saber qué demonio se ha tragado a la chica sin rostro.

Esta mañana, Emi no quiere recordar a la criatura que la despertó con tanto susto, pero sabe que su amiga no va a parar de insistir. Emi mira fijamente hacia las aguas tranquilas y se permite recordar.

Ahí está la voz que solo oye en sueños. Es la voz de una muchacha, familiar pero también extraña, tan ajena que Emi no reconoce quién habla. La muchacha llama a Emi por su nombre; su voz se dirige hacia Emi en oleadas, como si viajara desde miles de leguas de mar vacío.

Desea poder llamar a la muchacha, pero como suele ocurrir en los sueños, no puede hablar. Solo puede quedarse de pie en el acantilado rocoso y escuchar los gritos de la muchacha sobre el viento agitado mientras se aferra a la piedra afilada con los dedos desnudos de sus pies, esforzándose por ver la pequeña figura a través de su pelo salvaje, que golpea como un huracán contra su cara.

Un pequeño bote navega las agitadas olas hacia el acantilado donde está parada Emi, y una joven muchacha es la que la llama por su nombre desde allí. Su cara es un punto blanco sin rasgos distintivos en medio del mar oscuro. Emi emite un grito silencioso cuando la chica cae por la borda, tragada por una gran ballena azul que a veces es un calamar gris y otras veces un tiburón aterrador, pero anoche fue una ballena de color azul oscuro, con dientes afilados como un monstruo. Luego Emi se despertó, con la garganta encogida, reseca y sudorosa, y el sueño se desvaneció de su recuerdo mientras despertaba, dejándola con la imagen de una niña perdida en una guerra hace mucho tiempo.

—El calamar, creo —le dice Emi a JinHee, aunque no está segura de por qué miente. Quizá es más soportable que JinHee especule sobre un sueño falso que sobre uno verdadero—. Sí, era el calamar. —Asiente con la cabeza con determinación, como si eso significase el final de la conversación, pero JinHee no la va a dejar escapar tan fácilmente.

—¿Era gris de nuevo? ¿O blanco esta vez? —pregunta, intentando sonsacarle una respuesta a Emi—. Venga, estoy tratando de ayudarte.

—¿Qué importa el color? —Emi sacude la cabeza, sacándose un mechón de pelo de los ojos—. Se la traga igual.

—El gris es enfermizo y el blanco es antinatural, fantasmal. Un calamar sano es de color rojo o marrón rojizo, a veces naranja brillante. Lo que te persigue puede ser un calamar fantasma, un fantasma de tu pasado.

Emi resopla entre dientes. JinHee siempre ha sido un poco fantasiosa, pero lo es aún más esta mañana. Emi se adentra en el mar, moviéndose tan lentamente como lo hacía en la orilla, pero una vez que las olas llegan a sus hombros, se sumerge y de repente se transforma. Emi es un pez, en comunión con el mar, ingrávida y hermosa. El silencio y el vacío bajo las olas la deja en calma mientras busca el botín del día en el lecho marino.

Bucear es un regalo. Eso es lo que su madre le dijo cuando llegó su turno de aprender el oficio. A los setenta y siete años de edad, Emi cree entender por fin lo que su madre quiso decirle. Su cuerpo no ha envejecido bien. Le duele en estas frías mañanas de invierno, se rebela contra el calor del verano y amenaza con dejar de despertar cada día, pero sabe que solo tiene que soportar el dolor hasta meterse en el agua; entonces puede liberarse de los grilletes de la edad. La ingravidez calma su cuerpo enfermo. Buscar las recompensas del océano aguantando la respiración hasta dos minutos bajo el agua es como una forma de meditación.

Está oscuro a veinticinco o treinta metros bajo las olas. Parece como si cayera en un vientre profundo, el único sonido que atraviesa sus oídos es el latido lento y constante de su corazón bombeando. Rayos de sol atraviesan la penumbra como astillas de luz, y sus viejos ojos se aclimatan rápidamente a la tenue neblina. Se zambulle de cabeza, su cuerpo se mantiene firme, buscando el conocido arrecife en su particular coto de pesca. Su mente se relaja, pensando solamente en lo que va a encontrar cuando llegue hasta ella. Los segundos pasan, lentamente, y una voz invade su soledad.

«Duerme ahora», insiste la voz, calmada y serena, como una mano acariciando suavemente su cara. «Abandona esta vida». Emi consigue detener su descenso antes de estrellarse contra el suelo rocoso. Sus años de experiencia la ayudan. Empuja a la voz fuera de sus pensamientos, obligando a sus ojos a concentrarse.

Después de escarbar a través de unos pocos racimos de algas marinas, espía al pulpo rojo que acecha a un cangrejo azul. El cangrejo se desliza de lado, sintiendo el peligro, pero el pulpo es astuto y se esconde dentro de una grieta. El cangrejo se detiene y reanuda su búsqueda. El pulpo desliza dos tentáculos a lo largo de la arena, estirándose hasta que emerge su cuerpo bulboso, rodeado de todos sus tentáculos. Se convierte en un desenfoque subacuático, agarrando al cangrejo y desapareciendo de nuevo en la grieta. Emi ha sido testigo de esta trágica jugada muchas veces durante el último año. Siente una afinidad con el pulpo y su piel con cicatrices de batalla. Uno de sus tentáculos es más corto que los otros, probablemente alguna vez se salvó de milagro. A diferencia de la pierna coja de Emi, el tentáculo se reparará solo, y será como si nunca hubiera pasado nada.

Cerca de la grieta hay un campo de erizos de mar y Emi los arranca del fondo marino. El pulpo la percibe y expulsa una nube negra de tinta, envolviendo la grieta en humo subacuático. Ella lo sacude con la mano y siente, por un momento, una carne esponjosa, suave contra sus dedos. Se lleva la mano hacia el pecho y luego se lanza para arriba, nadando hacia la superficie, mientras ve cómo el pulpo que huye desaparece en el oscuro horizonte.

Mientras Emi respira, ChoSun la reprende.

—La próxima vez, ¿por qué no lo apuñalas con el cuchillo? El Sr. Lee pagaría un buen precio por ese pulpo, pero siempre lo dejas escapar. Qué desperdicio.

Las mujeres se miran unas a otras cuando están sumergidas. Están entrenadas para vigilar a las buceadoras más próximas, por si se da el caso de que alguna de ellas tenga dificultades. *Mulsum*, aliento de agua, significa la muerte para las *haenyeo*, y dos ya han perdido la vida este año. Aun así, a Emi le gustaría que no la vigilaran tan de cerca. No tiene ningún deseo de permanecer bajo el agua más tiempo del que le permite su respiración. Tal vez ChoSun esté esperando a ocupar el lugar de Emi en el orden de las cosas; hacerse cargo de su zona de buceo y tener al fin una oportunidad para cortar la vida del viejo pulpo.

—Déjala en paz —dice JinHee, su voz severa.

ChoSun se encoge de hombros y se zambulle con una elegante voltereta hacia adelante sin apenas salpicar, como un león marino.

—Solo está celosa porque puedes aguantar la respiración más tiempo que ella, lo sabes —dice JinHee, sacándose el agua de las fosas nasales con un soplido.

—Estás de acuerdo con ella —dice Emi.

—Por supuesto que no —replica JinHee levantando la nariz. Ajusta su red verde y las conchas de los moluscos suenan.

—No pasa nada. Sé que no tiene ningún sentido. Me parece una pena capturar ese pulpo. Es como un viejo amigo.

—¡Viejo amigo, sin duda! —JinHee se ríe, atragantándose con agua de mar. Salpica a Emi y mueve la cabeza. Se zambullen juntas y reanudan la pesca.

Cuando su red está casi llena, Emi sale a la superficie para descansar los pulmones. Hoy los nota rígidos y no está nadando tan bien como de costumbre. Su mente está nublada. JinHee aparece junto a ella.

—¿Estás bien? —Emi busca en el cielo y dirige su mirada hacia el sol naciente. Se cierne sobre el horizonte. Pronto se lanzará hacia el cielo y el mar despertará y los pescadores invadirán las aguas con sus lanchas y redes. La voz en su cabeza se ha detenido. Los únicos sonidos son el latido de las olas contra su boya, el coro fragmentado de *sumbi* junto a sus amigas, que expulsan el aire de sus pulmones cada vez que salen a la superficie, y las aves marinas graznando en el cielo matutino. Emi se vuelve hacia JinHee y llama su atención.

—¿Te vas tan pronto? —pregunta JinHee.

—Sí, es la hora. ¿Llevarás mi pesca al mercado?

—Por supuesto. Te deseo suerte —dice, y saluda cordialmente.

Emi asiente con la cabeza y nada hacia la playa. Se desliza por el agua disfrutando del regalo que le hizo su madre. Parece que han pasado mil años desde que aprendió a bucear. Duele demasiado recordar el pasado y Emi aleja los recuerdos. Llega a la orilla y comienza el arduo viaje de regreso a su choza. En tierra firme, la pesadez de su carne se cuelga de sus huesos delgados. Tropieza con una piedra y se detiene para recuperar el equilibrio.

Una fina cubierta de nubes está tapando el cielo, volviéndolo todo gris de nuevo. De repente, siente que ha envejecido diez años de golpe. A cada paso cuidadoso le sigue una leve pausa, ya que su pierna izquierda tarda su tiempo en ponerse al día. Al escoger su camino a lo largo de la playa, se compara a sí misma con el cangrejo azul que se escabulle a lo largo del lecho marino. Un paso detrás de otro, encuentra los huecos entre las rocas, lenta y cuidadosamente, porque sabe muy bien que cualquier cosa puede suceder en un abrir y cerrar de ojos. A diferencia del cangrejo, el viejo pulpo no la atrapará hoy. Tiene una cita importante, y el tiempo no está de su lado.

HANA

Isla de Jeju, verano de 1943

Los soldados japoneses obligan a Hana a meterse en un camión con otras cuatro chicas. Un par de ellas tienen marcas en la cara. Deben de haberse resistido. Las chicas van en silencio por la conmoción y el miedo. Hana las mira a la cara, preguntándose si las reconoce, quizá del mercado. Dos de las muchachas son unos cuantos años mayores que ella y otra mucho mayor, mientras que la cuarta es mucho más joven que todas ellas. Le recuerda a su hermana pequeña y Hana se aferra a ese pensamiento. Esa chica está en el camión porque no tiene una hermana mayor que la salve. Hana trata de enviar a la muchacha pensamientos reconfortantes, pero no puede detener las lágrimas que siguen cayendo por las mejillas de la niña. Llorar está muy lejos de las intenciones de Hana. No quiere que los soldados vean su miedo.

El camión llega a la comisaría de policía mientras el sol se sumerge bajo el tejado. Los ojos de algunas de las chicas se iluminan al ver la estación. Hana mira fijamente al pequeño edificio, sus ojos estrechándose en rendijas. No hay nada ahí dentro que pueda salvarlas.

Hace cuatro años enviaron a su tío a luchar contra los chinos en nombre del emperador japonés. Le ordenaron que se presentara en esta comisaría. Pocos coreanos ocupaban cargos oficiales, y si lo hacían eran simpatizantes, leales al gobierno japonés, traidores a sus propios compatriotas. Hicieron que su tío se alistara y peleara por un país al que despreciaba.

—Si no pueden matarnos de hambre, nos matarán en el campo de batalla. Lo envían a morir. ¿Me oyes? Van a asesinar a tu hermano pequeño —le gritó su madre a su padre cuando se enteró de que le estaban ordenando luchar en China.

—No te preocupes, puedo cuidarme solo —dijo su tío despeinando con la mano la cabeza de Hana. Le pellizcó la mejilla a su hermana y sonrió.

Su madre agitó la cabeza y la ira se elevaba de sus hombros como el vapor de una olla hirviendo.

—No puedes cuidar de ti mismo. Apenas eres un hombre. No te has casado. No tienes hijos. Nos están exterminando con esta guerra. No van a quedar coreanos en este país.

—Vale ya —dijo el padre de Hana en una voz tan baja que llamó la atención de todos.

Miró fijamente a Hana y a su hermana. Su madre se encaró con él, como si estuviese a punto de arremeter con más palabras, pero luego siguió su mirada. Su madre arrugó la cara y se hundió en el suelo, abrazándose, meciéndose de rodillas.

Hana nunca había visto a su madre comportarse así. Siempre había sido una mujer tremendamente fuerte y segura de sí misma. Incluso habría descrito a su madre como dura, como una roca dura contra las presiones más profundas del océano, suave al tacto, pero irrompible. Pero ese día se volvió tan vulnerable como una niña. Eso alarmó a Hana, que agarró la mano de su hermana en ese momento.

Su padre se acercó a su madre y la abrazó. Se balancearon hasta que su madre finalmente lo miró y le dijo algo que Hana nunca olvidaría.

—Cuando él ya no esté, ¿a quién más podrán llevarse?

Su tío se dirigía con seguridad a la comisaría de policía, llevando su ropa y comida de repuesto, cuidadosamente preparada por las manos de su madre y guardada dentro de una bolsa que llevaba sobre un hombro. Se fue a la guerra con valentía en el rostro, y murió en primera línea de combate seis meses después.

Hana evoca su rostro juvenil. Tenía diecinueve años cuando murió. Parecía muy mayor a ojos de una niña de doce años. Ella pensaba en él como un hombre adulto porque era muy alto y tenía una voz profunda. Ahora entiende que era demasiado joven para morir. Debió estar aterrorizado, igual que ella ahora. El miedo, un dolor tangible dándole pinchazos a través de las extremidades, como descargas eléctricas. Miedo al futuro desconocido. Miedo a no volver a ver a sus padres. Miedo a que su hermana se quede sola en el mar. Miedo a morir en un país extranjero. El ejército japonés envió la espada de su tío a casa, una espada japonesa que su padre tiró al mar.

Sentada en el camión frente a aquella misma comisaría de policía, Hana entiende por qué la partida de su tío dejó a su madre tal sensación de abandono. No quiere volver a pensar en su madre meciéndose impotente en el suelo ahora que es ella la que va a ser enviada a la guerra del emperador.

—Fuera —ordena un soldado dejando caer el portón trasero del camión. Conduce a las chicas a la comisaría. Hana se asegura de no ser ni la primera ni la última en la fila. Como en un banco de peces, confía en que el centro es el lugar más seguro frente a los depredadores. La comisaría está tranquila. Hana no puede dejar de temblar. Su cabello todavía está húmedo de agua de mar y su ropa de buceo no cubre demasiado su cuerpo. Se abraza a sí misma y hace todo lo posible para evitar que sus dientes castañeteen. Lucha por mantenerse en silencio, por volverse invisible.

En el mostrador de recepción, un sargento de policía mira a las muchachas y hace un gesto con la cabeza al soldado que acaba de entrar. Es coreano, simpatizante, traidor. No las ayudará. Los últimos destellos de esperanza abandonan los ojos de las muchachas y todas miran fijamente las rayas del suelo nuevo y encerado. El sargento que hay sentado tras el escritorio les dice a las chicas que escriban sus nombres y apellidos en un libro de contabilidad, junto con sus edades y las ocupaciones de sus padres. Hana ya mintió en la playa, diciendo a Morimoto que su familia está muerta, y vacila al no saber cómo mantener la mentira.

El oficial de detrás del escritorio no la conoce, pero probablemente conozca a sus padres, al menos por su nombre japonés, Hamasaki. El apellido coreano de su madre es Kim, el de su padre es Jang; las mujeres casadas siempre llevan sus apellidos. Las dos muchachas ante ella quieren complacer a los soldados y actuar como sujetos obedientes escribiendo sus nombres japoneses de colonizadas, pero Hana sospecha que es demasiado tarde para tales maniobras. En lugar de eso, combina los nombres de sus padres en uno solo, Kim, JangHa. Espera que este nombre falso les impida enterarse de que su familia aún está viva, y quizá que regresen a por su hermana, a la vez que deposita una pequeña parte de sus esperanzas en que sus padres leerán el nombre en el libro de contabilidad y sabrán que ella pasó por aquí. Esta última esperanza le impide vacilar.

Después de escribir sus nombres, las chicas son conducidas a una pequeña oficina. Las sucias paredes beis están cubiertas por carteles propagandísticos que proclaman los beneficios del voluntariado para la guerra japonesa. Carteles similares adornan el mercado donde las *haenyeo* y los pescadores venden sus capturas diarias a los aldeanos y soldados japoneses por igual. Las personas aparecen dibujadas en los carteles con caras sonrientes y ojos japoneses brillantes. A Hana nunca le gustaron estas imágenes. Le recuerdan las muecas falsas que todo el mundo pone cuando los soldados se acercan a sus puestos.

Su padre es el único adulto que conoce que no puede poner esa mueca falsa. Al revés, la ira por la injusticia de la muerte de su hermano emana de su rostro llano e implacable. Cada vez que un soldado cualquiera se acercaba al puesto de su familia para recoger los mariscos con la punta del rifle, perdía la concentración de repente al ver a su padre. Las manos de los soldados empezaban a temblar y simplemente se alejaban, sin palabras y confundidos.

Hana ha sido testigo de esta peculiar interacción en muchas ocasiones, y en cada una de ellas se había preguntado si lo que el soldado japonés veía en los ojos de su padre era dolor o algo más siniestro. ¿Vieron los soldados sus propias muertes anunciadas en el reflejo de sus pupilas? A Hana siempre le agradaba ver que los soldados se iban corriendo como si los hubiera chamuscado un hechizo.

Mientras se encuentra junto a las otras chicas, rodeada de carteles de súbditos leales con falsas expresiones, hace todo lo posible por componer sus rasgos para exudar ira, de modo que cualquier soldado que mire fijamente a su rostro se aleje de las llamas de sus ojos. Quizá ella también posea la magia de su padre. La idea le da una pequeña cantidad de esperanza.

—¡Poneos esto, daos prisa! —les grita un soldado. Les da a cada chica un vestido beis, medias de nailon, ropa interior blanca y un sostén de algodón. Los vestidos varían ligeramente en el estilo, pero están cortados de la misma tela.

—¿Para qué son? —susurra una de las muchachas, que solo ante la presencia de los soldados habla cuidadosamente en japonés.

—Debe de ser un uniforme —responde una segunda chica.

—¿Adónde nos llevan? —pregunta una voz aterrorizada que sale de una chica. La que apenas es mayor que la hermana pequeña de Hana.

—Es para el Cuerpo de Servicio Patriótico de Mujeres. Mi maestra mencionó que estaban reclutando voluntarias —dice la chica que está junto a Hana. Suena segura de sí misma, pero los nervios la hacen temblar.

—¿Voluntarias para qué? —logra preguntar Hana finalmente. Tiene la garganta seca y la voz áspera.

—¡Dejad de hablar! —grita un soldado, y golpea la puerta—. Quedan dos minutos.

Se visten apresuradamente y se ponen en fila al otro lado de la habitación. Cuando la puerta se abre, todas se quedan encogidas. Morimoto entra y mira a Hana de arriba abajo antes de comenzar su inspección visual de las otras chicas. Él la trajo aquí. La está enviando lejos. Memoriza su cara para saber a quién culpar cuando vuelva a casa.

—Bien. Muy bien. Ahora, id a buscar zapatos que os queden bien. Luego volved al camión. —Las saca por la puerta, pero agarra el brazo de Hana antes de que pueda pasar—. Pareces mucho más joven con esta ropa. ¿Cuántos años tienes?

—Dieciséis —responde ella tratando de arrancar el brazo del agarre de su mano, pero él le clava los dedos en la carne. Sus rodillas casi flaquean por el dolor súbito, aunque consigue no emitir ningún sonido.

Parece que, contemplando su resistencia a gemir, el soldado piensa en una respuesta. Ella baja los ojos, pero él le levanta el mentón y la obliga a mirarlo. Se la bebe con la mirada como si su sed nunca fuera a satisfacerse.

—Ella viajará a mi lado. —La suelta.

Un soldado que estaba fuera de la oficina lo saluda y luego lleva a Hana a buscar un par de zapatos sin forma definida. Un anciano se inclina contra la pared y aparta la cara a Hana cuando ella pasa por delante. Hana desprecia su cobardía en ese momento, pero luego le perdona ese terror. Todos están aterrorizados. Un soldado puede aplastar el cráneo de un hombre coreano con el talón de su bota, y si la familia exige castigo por el crimen, puede que les quemen su casa hasta los cimientos o que simplemente los hagan desaparecer para nunca más ser vistos.

Afuera, el viento frío se agita a su alrededor. Es como si los dioses hubieran confundido las estaciones y decidieran enviar, en la noche de verano que se cierne sobre ellas, una helada solitaria para hacerles compañía. El motor en ralentí ahoga los sollozos de las chicas cuando se dan cuenta de que en realidad están siendo alejadas de sus casas. Hana no quiere dejar la seguridad del grupo. Cuando un soldado la empuja hacia el frente del camión, se resiste e intenta quedarse detrás de la última chica y trepar a la parte de atrás.

—Oye, tú no. Ahí dentro —dice señalando hacia la puerta del pasajero.

Las otras chicas ponen sus ojos en Hana, sus expresiones son una mezcla de miedo y desesperación. Mirando hacia la puerta abierta, cree ver también alivio en algunos de sus ojos, alivio por no ser ella en este momento.

Hana sube al lado del conductor. No hace menos frío que en la parte de atrás del camión. El conductor la mira y luego vuelve su atención al frente mientras Morimoto se desliza detrás de ella. Huele a tabaco y licor.

Conducen por la noche en silencio. Hana está demasiado asustada como para mirar a los soldados que tiene a los lados, así que se sienta quieta como una roca, tratando de pasar inadvertida. Los soldados no se hablan entre ellos o con ella, prefieren mirar hacia la carretera con cara inexpresiva. A medida que la orilla del mar se aleja, el monte Halla se convierte en una oscuridad amenazante en el cielo y acaba desapareciendo cuando llegan al otro lado de la isla. El conductor baja la ventanilla y enciende un cigarrillo. Entonces el olor del océano se precipita dentro del camión y Hana bebe el reconfortante aroma mientras bajan por caminos estrechos que conducen a la costa y al canal entre Jeju y el extremo sur de Corea continental. El estómago de Hana ruge con náuseas y ella se lo agarra, intentando calmarlo de algún modo.

Muy por debajo de ellos, junto a la orilla rocosa, Hana alcanza a ver el ferri que espera atracado en el puerto. El motor del camión refunfuña a través de la carretera desierta, pero el silencio de Morimoto impregna incluso ese ambiente ruidoso, y Hana percibe el poder de su rango.

El conductor las deja cerca de los muelles y saluda a Morimoto antes de partir. Otros soldados armados con portapapeles las procesan y las mezclan con otras chicas acurrucadas dentro de un corral improvisado al lado de los muelles. Las aves marinas se elevan sobre la superficie, ignorando la escena de abajo. Hana desea que le crezcan unas alas para unirse a ellas en su vuelo. Un soldado grita órdenes al creciente grupo de mujeres jóvenes y muchachas que es conducido hacia el ferri. Nadie pronuncia una palabra.

Mientras Hana sube las escaleras que conducen a la pasarela, fija la vista en sus propios pies. Cada paso la aleja más de su hogar. Nunca antes había salido de la isla. La comprensión de que está siendo arrastrada a otro país la aterroriza y sus pies se congelan, se niegan a dar otro paso. Puede que no vuelva a ver a su familia si aborda ese barco.

—¡Sigue moviéndote! —grita un soldado.

La chica que va detrás de ella la empuja hacia delante. No hay otra opción. Hana sigue avanzando mientras se despide en silencio. Se despide de su hermana, que la echará mucho de menos, aunque Hana está agradecida de haberla salvado de este destino, cualquiera que sea. Se despide de su madre, a quien desea seguridad en sus inmersiones. A su padre le desea coraje en el mar, pero secretamente también desea que vaya a su encuentro. Imagina su pequeño barco de pesca arrastrándose detrás del ferri, decidido a devolverla a casa. Es una visión sin esperanza, incluso en su imaginación, pero lo desea igualmente.

El ferri tiene pequeños camarotes debajo de la cubierta, y Hana y las chicas del camión se colocan en uno con al menos treinta chicas más. Están todas vestidas con uniformes similares y todos sus rostros poseen la misma expresión de miedo. Algunas de las chicas comparten la poca comida que llevaban en los bolsillos. Algunos de los soldados sintieron lástima de ellas y les dieron algo para subsistir durante el viaje: unas pocas bolitas de arroz, un pedazo de calamar seco, e incluso una chica recibió una pera. La mayoría está demasiado angustiada para comer, y compartir la comida les proporciona algo de alivio. Hana acepta una bola de arroz ofrecida por una joven que parece tener al menos veinte años.

—Gracias —dice, y mordisquea el arroz endurecido.

—¿De dónde eres? —pregunta la mujer. Hana no contesta; no está segura de que deba hablar con nadie todavía. No sabe en quién puede confiar.

—Soy del sur del monte Halla. No sé por qué estoy aquí —dice la mujer ante el silencio de Hana—. Les dije que estoy casada. Mi marido está luchando contra los chinos. Tengo que volver a casa, por su correo. ¿Quién recibirá sus cartas si yo no estoy allí? Les dije que estoy casada, pero… —Sus ojos piden comprensión, pero Hana no puede ayudarla. Ella no entiende nada. Se les une una voz diferente.

—¿Por qué te aceptaron si estás casada? ¿Tu marido está endeudado?

Un pequeño grupo se reúne alrededor de la mujer casada.

—No, no está endeudado.

—Que tú sepas —dice otra mujer.

—Ha dicho que no está endeudado. Está en la guerra.

Otras expresan sus opiniones y pronto las preguntas se convierten en un debate. Las muchachas más jóvenes se abstienen de unirse, y Hana se aleja de las mujeres buscando consuelo junto a las más tranquilas. Sus ojos están llenos de miedo, mientras que las chicas mayores y las mujeres llenan la pequeña habitación de ira e incomprensión.

—¿Entonces por qué están *ellas* aquí, si esto es un ferri de deudores? Son solo niñas.

—Sus padres estarán endeudados —responde una de ellas.

—Sí, han sido vendidas, como nosotras.

—Eso no es verdad —dice Hana, y su voz tiembla por el resentimiento—. Mi madre y yo somos *haenyeo*. No le debemos nada a nadie. Solo el mar puede reclamarnos sus deudas.

La habitación se calla. Algunas de las mujeres se sorprenden al oír a una muchacha tan joven hablar con tanta autoridad y se lo hacen saber. Las más jóvenes se acercan a Hana, como si esperaran absorber algo de su fuerza. Ella se sienta contra la pared de atrás y se abraza a sí misma. Algunas de las chicas la siguen y hacen lo mismo. Se sientan en silencio, y Hana se pregunta cuál será su destino cuando lleguen al continente. ¿Las enviarán los soldados a Japón o a algún lugar en las profundidades de China, en medio de los combates?

Hana recuerda compulsivamente los momentos que pasó sentada en el camión, entre los dos soldados. El conductor hizo como que ella no existía, pero Morimoto parecía estar pendiente de todos sus movimientos. Si ella se movía, él se movía; si ella tosía, su brazo se movía contra el suyo. Su cuerpo, incluso sus respiraciones, se sincronizaba con el de él. Necesitó toda su contención y moderación para evitar mirarlo, y falló solo una vez.

Él había encendido un cigarrillo y el calor de la llama le calentó la mejilla. Le dio miedo que la quemase y sus ojos se cruzaron. La había estado observando, esperando a que ella lo mirara. Hana lo miró fijamente, examinándole la cara, hasta que él exhaló una bocanada de humo en sus ojos. Tosiendo, Hana se apartó rápidamente y volvió a mirar fijamente hacia el frente.

El ferri se desliza lentamente hacia el canal y el mar agitado revuelve el estómago de Hana. Desearía estar buceando bajo la superficie del océano, nadando de regreso a casa. Los aterrorizados ojos de su hermana brillan dentro su mente. Hana cierra los ojos. Ha salvado a su hermana de este viaje incierto. Al menos su hermana está a salvo.

—¿Crees que nos llevarán a Japón? —le pregunta una chica.

Hana abre los ojos y siente la mirada de las demás. Ve sus rostros expectantes y se pregunta por qué se dirigen a ella.

—No lo sé —responde disculpándose.

Parecen encogerse dentro de sí mismas, balanceándose con el movimiento del ferri. Se siente incapaz de consolarlas. Las viejas historias de los aldeanos brotan en su mente. Una vez secuestradas, las muchachas nunca vuelven a casa. No hay espadas con notas de agradecimiento enviadas a los afligidos padres. Las muchachas desaparecen. A casa solo llegan los rumores, y estos nunca pueden ser compartidos con el resto de las chicas.

Poco después de que Hana se convirtiera en una *haenyeo* de pleno derecho, escuchó a dos mujeres en el mercado hablando en voz baja sobre una muchacha del pueblo que fue encontrada en el lado norte de la isla.

—Está plagada de enfermedades y enloquecida por la violación —dijo una de las mujeres, cogiendo a Hana de la oreja. No sabía lo que significaba la palabra. Se inclinó, esperando que la mujer se lo explicara.

—El padre tuvo que esconderla en casa. Ahora es salvaje… como un animal. —La otra mujer agitó la cabeza con tristeza. Bajó los ojos.

—Nadie querrá estar con ella ahora, aunque consiga curarse. Pobre chica.

—Sí, pobre chica y pobre padre. La vergüenza lo perseguirá hasta una tumba temprana.

—Qué carga tan pesada ha de soportar.

Las mujeres continuaron consolando al padre de la chica como si estuviera allí para escucharlas, y Hana se quedó preguntándose qué podía hacer que una chica se volviera salvaje y condujera a su padre a una muerte prematura. Esa misma noche, Hana interrogó a su madre.

—¿Dónde has oído esa palabra? —preguntó su madre, agitada, como si Hana hubiera cometido una grave ofensa.

—En el mercado, unas mujeres estaban hablando de una chica que fue secuestrada por los soldados.

Su madre suspiró y se alejó de Hana para retomar sus costuras. Se sentaron en silencio, Hana miraba a su madre reparar un desgarro en sus pantalones cortos de baño. La aguja entraba y salía de los pantalones cortos a toda velocidad, cautivando a Hana. Todo lo que su madre hacía con las manos era un trabajo de absoluta precisión. Bucear, coser, cocinar, limpiar, reparar, cultivar un huerto… su madre era impecable en todo ello.

—¿No sabes lo que significa? —preguntó Hana encogiéndose de hombros, sabiendo que iba a provocar a su madre y que la obligaría a contestar.

—Una vez que lo aprendas, nunca podrás olvidarlo. ¿Estás segura de que estás preparada? —Su madre no le quitaba los ojos de encima, dejó la pregunta colgando en el aire, entre las dos, como una nube de tormenta.

Hana quería saberlo. Merecía saberlo. Al fin y al cabo, ahora era un miembro de las mujeres buceadoras, y como tal, se enfrentaba cada día a los mismos peligros del mar que ellas: las tormentas, los tiburones y el ahogamiento. Arriesgar su vida la hizo prácticamente adulta. Había madurado tanto en mente y en cuerpo que, cada vez que pasaba por la playa, unos pocos muchachos que vivían cerca dejaban caer entre ellos el tema del matrimonio para que ella los escuchara.

Uno de ellos le parecía incluso un poco más interesante que los otros. Era el más alto del grupo, con la piel más oscura pero los ojos más claros y la sonrisa más alegre. También le parecía el más inteligente, porque él no se dedicaba a gritarle como hacían sus amigos. En vez de eso, aparecía en el puesto de su madre y charlaba con ambas mientras compraba los artículos. Su padre era maestro de escuela, pero ahora tenía que trabajar como pescador porque las escuelas tenían maestros japoneses. Tenía dos hermanas menores y necesitaría una buena esposa que disfrutara de estar con chicas más jóvenes. Hana no sabía su nombre, pero eso vendría mucho más tarde. Tal vez cuando su padre se lo preguntara al chico, y tal vez se prometieran el uno al otro en matrimonio.

—Sí —respondió Hana a su madre—. Quiero saberlo.

—Bien, entonces te lo diré —dijo su madre, y su voz estaba vacía de emoción—. La violación es cuando un hombre obliga a una mujer a acostarse con él.

Hana se sonrojó mientras su madre continuaba.

—Pero la violación de los soldados es más que un acto. La chica que los soldados tomaron fue forzada por muchos muchos soldados a acostarse con ellos.

—¿Por qué hacen algo así? —consiguió preguntar Hana, a pesar de estar completamente ruborizada.

—Los japoneses creen que los ayudará en la batalla. Que los ayudará a salir victoriosos en la guerra. Piensan que es su derecho liberar energía y recibir placer, incluso estando tan lejos de casa, porque arriesgan su vida en primera línea de batalla por el emperador.

Están tan convencidos que se llevan a nuestras chicas y las envían por todo el mundo para este propósito. Esa chica tiene suerte de haber vuelto a casa.

Entonces miró a Hana, midiendo el impacto de sus palabras, y cuando vio que Hana no decía nada, se puso en pie y le dio los pantalones cortos para nadar. Hana observó con detenimiento la costura perfecta. Sabía lo que significaba acostarse con un hombre, o al menos tenía una idea de lo que era. Nunca había visto el acto, pero a veces lo escuchaba por la noche cuando sus padres pensaban que estaba dormida. Silenciosos susurros, la risa silenciosa de su madre, los gemidos enmudecidos de su padre. No podía llegar a entender lo que significaba ser obligada a hacer eso, qué significaba que muchos muchos soldados obligaran a una mujer al mismo tiempo. Su madre había dicho que la chica tenía suerte de haber vuelto a casa. Hana no mencionó lo que las mujeres habían dicho sobre la muerte prematura del padre de la muchacha.

La puerta del camarote del ferri se abre y entran dos soldados. Repasan el grupo con la vista y luego agarran a una chica, aparentemente al azar. A ella se le escapa un pequeño grito y el soldado la golpea. La chica se calla, sorprendida por el golpe repentino. El otro soldado sigue buscando entre las chicas.

—Chica *haenyeo*, sal de ahí —dice—. El cabo Morimoto quiere verte.

Ahora que oye su voz, Hana reconoce al conductor del camión, pero se queda donde está.

—Date prisa, venga, nos han mandado a buscarte.

El aire se hace pesado dentro del camarote. Seguramente los ojos de las otras chicas se están moviendo hacia su posición, dejándola en evidencia. Temerosa de que el más leve movimiento desvele su identidad, se desespera por mantenerse quieta; pero unos pequeños temblores sacuden todo su cuerpo. Seguro que el soldado la detecta por vibrar así bajo su mirada.

—Aquí no hay *haenyeo*. Debes tener la habitación equivocada —dice una voz a través de los tubos de la cabina.

Un murmullo de asentimiento y acuerdo se levanta de entre las chicas, pero de repente la mirada del conductor se cruza con Hana.

—No, tú, tú, tú, chica, ven aquí. Me acuerdo de ti. Tú eres la *haenyeo*. Ven conmigo ya mismo. —El soldado deja descansar una mano sobre la pistola que lleva en la cadera—. No me hagas perder más tiempo.

Hana no puede hacer nada, excepto obedecerle. Se pone en pie, se aparta de la seguridad de las otras muchachas y se dirige hasta él. El soldado la toma por la muñeca y la lleva como si fuera una prisionera marchando hacia un pelotón de fusilamiento. Los estrechos pasillos del ferri se balancean con cada movimiento del oleaje bajo el barco. Hana extiende su mano libre en el aire para buscar el equilibrio contra la pared.

—Aquí dentro —dice el soldado, y abre una puerta metálica.

Hana entra. La puerta se cierra tras ella. El ruido metálico aún resuena cuando se encuentra cara a cara con el cabo Morimoto. Él no habla, pero su mirada le produce unos escalofríos que recorren sus brazos por completo. Da un paso atrás.

—Acuéstate en la cama —dice con voz autoritaria. Se mueve hacia un catre que cuelga de la pared.

Hana vuelve hacia la puerta. Su mano busca ciegamente el pomo.

—Hay dos guardias frente a esa puerta —dice Morimoto. Habla con calma, como si no se tratara de una situación novedosa para él, sino que formara parte de su rutina diaria, aunque la expresión de su cara delata su avidez. En su frente se percibe el brillo de las gotas de sudor.

Hana se da la vuelta y mira por el ojo de buey. Morimoto no está mintiendo. Hay dos guardias, uno a cada lado de la puerta, sus hombros apenas visibles desde donde ella mira. Se vuelve hacia Morimoto.

—Acuéstate en la cama —repite, y da un paso a un lado, haciendo sitio para que pase junto a él. Ella duda. Él se limpia el sudor de la frente con un pañuelo y se lo mete de nuevo en los pantalones con impaciencia.

—Si tengo que decírtelo otra vez, invitaré a esos soldados para que se unan a nosotros, y no hace falta que esto sea más desagradable de lo necesario; menos todavía cuando prefiero quedarme yo solo contigo.

Morimoto conserva un aire de autoridad tranquila, pero Hana siente algo más en su comportamiento. Es como un tiburón antes de apoderarse de su presa desde las profundidades del océano oscuro, merodeando bajo el agua antes del ataque. La idea de dos soldados más metiéndose en el pequeño camarote la atemoriza y decide hacer lo que él ordena. Cuando ella se queda en posición fetal sobre el catre, Morimoto se ríe y empieza a desabrocharse el cinturón. Hana cierra los ojos. La correa de cuero se desliza lentamente fuera de sus presillas. Los pelos del cuello de Hana se erizan al notar que él se acerca al catre. Hana lucha contra el impulso de abrir los ojos, apretándolos fuertemente. Su mano la sobresalta. Los dedos de él levantan el pelo de su cara y acarician su mejilla. Ahora ella puede oler su aliento. Morimoto está arrodillado a su lado. Su mano desciende por su cuello, su hombro y sus caderas y descansa sobre su rodilla. Hana abre los ojos.

Está mirando su cara. No puede leer su expresión. Parece sonrojado. Ella lo mira fijamente, esperando a que algo terrible suceda. Él sonríe, pero sus ojos están vacíos. Hana se estremece incluso antes de que él levante el dobladillo de su vestido.

—Por favor, no lo hagas —logra susurrar Hana. Las palabras suenan débiles hasta para sus oídos, pero él no se detiene.

—No te preocupes. Te conocí bastante bien en nuestro viaje a la costa. Me has acabado gustando mucho.

Ella se retuerce cuando la toca, pero él agarra su muslo y aprieta tan fuerte que la hace gritar.

—No me hagas rasgar tu vestido o tendrás que viajar a Manchuria completamente desnuda. ¿Es eso lo que quieres, pasar días y días viajando en un tren lleno de soldados sin una sola prenda de ropa que cubra ese cuerpo tan hermoso?

Sus ojos la desafían a hablar. Ella deja de retorcerse, pero no puede evitar temblar. La está llevando a Manchuria. Manchuria es el fin del mundo, mucho más lejos de casa de lo que se imaginaba.

—Bien. —Él relaja la presa de su mano, le levanta el vestido lentamente por encima de la cintura y tira hacia debajo de sus medias nuevas de nailon, de su ropa interior de algodón. Las dobla, y coloca paciente y ordenadamente las prendas en el borde del catre. Se pone de pie, y ella mira como se baja los pantalones hasta los tobillos. Hana no puede apartar los ojos de su pene erecto.

—Te estoy haciendo un favor; empezar así contigo es una consideración que la mayoría de las chicas que vienen contigo no van a tener. Normalmente es una sorpresa terrible. Pero al menos tú ya sabrás qué esperar.

Él se sube encima de ella y Hana cierra los ojos. Su aliento en la cara, el peso de su cuerpo sobre el pecho, esas cosas que siente en la oscuridad y bajo los párpados. Entonces Morimoto se abre camino dentro de ella, rasgando su juventud en pedazos con cada embestida. El dolor es como un cuchillo apuñalando el espacio tierno entre los dedos de los pies, salvo que no está ocurriendo allí, está sucediendo en algún lugar cerca de su corazón y de su mente.

Él jadea con el esfuerzo, gruñendo como un jabalí. Hana se imagina que eso es lo que él es en realidad, un cerdo negro de Jeju que vive debajo de la letrina de detrás de su casa y come excrementos humanos. Retiene esta imagen en su mente para no pensar en lo que le está haciendo, aunque siente cada embestida como un dolor abrasador en el centro de su cuerpo. Sus gruñidos aumentan en frecuencia hasta que el cabo Morimoto se estremece contra su cuerpo, agarrándola como si estuviese conmocionado. Luego se queda acostado sobre ella, presionándole el pecho, empujando su cuerpo contra el duro colchón hasta que apenas la deja respirar.

Cuando Morimoto se levanta por fin, Hana se aparta de él y se vuelve a enrollar en una bola para contener su dolor. Escucha los ruidos que hace él al vestirse, el ajetreo de sus pantalones, el sonido de su cinturón de cuero al deslizarse, el de sus botas moviéndose por el suelo.

—Estás sangrando —dice.

Hana se vuelve para mirarlo. Señala entre sus piernas. Se enrolla por el otro lado y mira una pequeña mancha de sangre en la sábana. Siente un cosquilleo en el cuello. El pensamiento de que podría morir aparece en su mente como un destello. Mantiene las rodillas bien apretadas entre sí. Él le sonríe.

—Ha sido justo tal y como esperaba. Ahora eres una mujer —dice, y parece genuinamente complacido—. Límpiate. Luego podrás reunirte con las demás.

Le tira un pañuelo y sale de la habitación. El pañuelo flota brevemente por el aire y aterriza sobre su estómago como un pétalo suave.

EMI

Isla de Jeju, diciembre de 2011

El taxi llega tarde. Emi se sienta sobre su maleta junto a la carretera con una taza de té de *ginseng* calentándole las manos. Examina cada vehículo que se aproxima buscando la luz del techo iluminada, pero solo pasan coches de pasajeros con gente yendo a trabajar o llevando a los niños a la escuela. Unos cuantos conductores la saludan a su paso, y uno de ellos toca la bocina del coche sobresaltándola. El té caliente se derrama sobre sus pantalones rosados. Se limpia la mancha esparcida con su mano enguantada, decidiendo ignorar la sensación de quemazón en el muslo.

Emi solo logra visitar a sus hijos una vez al año. Cuando era más joven los visitaba dos veces al año, pero nunca más. Su relación con sus hijos es distante. Le resulta más fácil verlos en su mente que en persona. Ellos nunca van a la isla, excepto cuando volvieron para el entierro de su padre. Ya eran mayores cuando él murió, pero volver a su hogar de la infancia parecía haberlos convertido de nuevo en niños. Se pusieron a su lado, de pie, incómodos, y lloraron abiertamente; su hija más que su hijo. Solo se quedaron tres días y luego volaron de vuelta a Seúl. Estuvieron todos en el aeropuerto; ellos ya no parecían niños y los dos vestían ropas negras de trabajo. Ninguno la miró a los ojos cuando se despidieron. Tal vez, como le pasaba a ella, sus hijos pensaban que era mejor verla en sus mentes que en persona.

Emi normalmente coge el ferri. Hay una parada de autobús que no está muy lejos de su casa y puede llegar sola. Se dirige a un puerto situado al otro lado de la isla, cerca del continente, donde un ferri navega diariamente hacia Busan. El viaje dura una noche y llega temprano a la mañana siguiente, cuando hay un autobús gratuito a Seúl, pero el trayecto es demasiado tedioso para ella. Ya no tiene energía para cruzar todo su país a ras de sus ojos y ver pasar los árboles y las montañas. Le duelen los huesos y a veces se olvida de las cosas, así que esta vez debe volar y esperar que las nubes no le impidan ver la tierra.

Vuelve a sentir la presión en su pecho y cierra los ojos. «No recuerdes», se dice en silencio. «Es solo un aeropuerto. Una vez. Llegar y volver. Y luego nunca más». Se permitirá recordar en el camino de vuelta. Se toca el pecho con la mano, deseando que pase el dolor, y se pregunta constantemente si esta vez va a conseguir volver. Un coche asoma por la ligera cuesta de la carretera y Emi abre los ojos. La luz del techo anuncia la llegada del taxi y ella se levanta para saludar.

—Siento llegar tarde, Abuela —dice el conductor mientras se apresura a ayudarla con su maleta—. Los caminos están mojados y hubo un accidente ahí atrás. Tendremos que pasar por él de camino al aeropuerto.

Emi mira el reloj.

—No te preocupes. Tenemos mucho tiempo —dice guardando su maleta en el maletero.

Emi no responde. Mete la taza vacía en el bolso. El conductor la ayuda a sentarse en el asiento trasero y cierra la puerta de golpe antes de correr hacia la parte delantera del coche y sentarse en el asiento del conductor. Por ir deprisa, da la vuelta con el coche demasiado rápido y por poco no acaba cayendo de lado en la cuneta. Emi se agarra a la puerta del coche y se prepara para el impacto, pero las llantas recuperan la tracción y vuelven a la carretera. Emi no hace ningún comentario sobre la forma de conducir del taxista. No es sensato alimentar la conversación de un conductor poco habilidoso.

Cuando llegan al accidente, aún está en la fase de limpieza. Los coches de la carretera están atascados y los conductores se asoman para echar un vistazo a los daños. En el arcén hay un hombre de pie, llorando. El hombre se estremece, haciendo que el dobladillo de la manta azul pálido que le rodea baile en ondas espasmódicas. La carrocería quemada de un Hyundai está volcada sobre un costado. Una grúa retrocede lentamente hacia ella. Emi ve un muñeco de Mickey Mouse tendido en la hierba. Alcanza a ver unos pantalones cortos rojos a través de la quebradiza hierba marrón y mira hacia otro lado.

—Ya te decía que ha habido un accidente grande. Nunca llego tarde —dice el taxista.

Él no puede apartar los ojos del hombre de la manta azul. Lo mira fijamente por el espejo retrovisor mucho después de que lo pasan. Emi desea que mantenga su atención en la carretera; no quiere perder su avión.

El taxista la ve mirándolo por el espejo y se aclara la garganta antes de centrar la mirada fijamente en el camino. Maniobra para sobrepasar a dos coches más lentos y pronto están ya fuera de la congestión, conduciendo a buen ritmo. Emi no puede dejar de pensar en el muñeco tendido sin vida en la hierba, los hombros del hombre que lloraba, el rojo sangriento de esos pantalones cortos. Siente en sus huesos que algo precioso se ha perdido para siempre.

En el aeropuerto internacional de Jeju, Emi empuja su maleta en un carrito de equipaje y sigue las indicaciones hacia la compañía Korean Air. No deja que su mente se pierda en divagaciones. La mantiene bajo control leyendo las señales que guían el camino hacia la taquilla, el puesto de control de seguridad, la puerta de salida y, por último, el pasillo que conduce al avión que la llevará a Seúl.

Una vez que el avión se eleva al cielo, Emi puede descansar. Se permite pensar en ver a sus hijos en Seúl. Su hijo se reunirá con ella en el aeropuerto internacional de Gimpo, aunque ella dijo que no tenía problema en ir en metro hasta la casa de su hija. Pero su hijo es testarudo y no quería saber nada de eso. Iba a alquilar un coche y a recogerla.

—Eres demasiado vieja como para ir en metro sola —le dijo por teléfono cuando ella protestó.

—¿Soy demasiado vieja para sentarme en un tren durante treinta minutos?

—Podrías confundirte y llegar a otro sitio —respondió él, y ella supo que el asunto estaba zanjado.

La azafata anuncia que el vuelo a Seúl dura un poco más de una hora, por lo que las compras en vuelo estarán disponibles de inmediato.

Pocos días antes de su vuelo, Emi le había pedido a JinHee que la llevara al pueblo para ir de compras, pero JinHee tenía una idea mejor.

—Tienen regalos muy buenos en el catálogo del avión. No deberías ir a la ciudad a comprar. Cómpralos a bordo del avión. Así solo tendrás que llevar un equipaje de mano. Tu pierna —dijo Jin-Hee señalando la pierna errante de Emi.

—Quiero buenos regalos, no basura —protestó Emi—.

—No es basura. ¡Puedes comprar perfume Chanel N.º 5! ¿Llamas a eso basura? —JinHee negó con la cabeza.

Emi presiona el botón de llamada y espera a que el asistente llegue y anote su pedido.

A su hijo le gusta el *whisky*, así que le compra una botella de Jack Daniel's. A su nuera y a su nieto les gustan los dulces, así que elige dos cajas de trufas variadas. Para su hija, elige un frasco grande de perfume Chanel N.º 5 y piensa que no se lo va a decir a JinHee. Su hija no está casada y no tiene hijos, pero tiene un perro. Emi escoge un gato de peluche de la sección infantil de la revista de a bordo, lo más parecido a un juguete de perro que es capaz de encontrar.

El capitán hace aterrizar el avión con una sacudida catártica. Los pasajeros chillan de sorpresa y terror, y luego unas risas avergonzadas brotan por todo el avión. Emi espera hasta que la mayoría de los pasajeros han salido antes de ponerse de pie y bajar sus compras de los compartimentos superiores. En el último minuto, una joven pasa corriendo junto a ella y la bolsa se desliza del puño de Emi, golpeándola en la frente.

—Lo siento, Abuela —dice la joven, pero no se detiene.

Emi se frota la frente. La botella de *whisky* es más pesada de lo que pensaba. Le preocupa que le quede una marca. Uno de los asistentes viene en su ayuda.

—¿Está bien? ¿Le traigo una bolsa de hielo? —pregunta.

—No, gracias —dice Emi, y se ríe—. Debería moverme más rápido, quizá.

—¿Seguro? Me ha parecido un golpe muy fuerte.

El asistente mira detenidamente su cara como buscando sangre. Emi se aparta de su mirada recogiendo su bolso y la bolsa de los regalos.

—No te preocupes, probablemente sea solo un pequeño moretón. Los he tenido peores —dice, y se aleja de él cojeando por el pasillo.

Emi encuentra en su memoria muchas cosas peores que ser golpeada en la cabeza con una botella de *whisky*. Una bota de soldado. La imagen aparece tan repentinamente que se estremece. Se detiene para conservar el equilibrio y recuperar el aliento. Preocupada por si alguien puede notar su angustia, se endereza y se dirige a la salida.

—Gracias por volar con Korean Air —le dice el capitán del avión con una reverencia al pasar junto a él en la salida. Está junto a la azafata que tomó nota de sus regalos. Los botones del abrigo del capitán brillan como si fueran nuevos, y Emi se pregunta si este ha sido el primer aterrizaje en solitario del joven capitán.

Al llegar, ve a su hijo de pie; la cabeza le sobresale entre las mujeres apiñadas a su alrededor. A Emi le llama la atención la cantidad de mujeres que hay esperando. Se pregunta si está sucediendo algo especial en Seúl, pero luego se acuerda y le avergüenza haber olvidado el motivo por el que ha ido a Seúl. La preocupación de su hijo es evidente cuando se acerca.

—¿Qué ha pasado? ¿Te has dado un golpe en la cabeza? —pregunta su hijo mirándola fijamente a la cara.

A sus sesenta y un años, parece más viejo que ella al arrugar la frente así. Cuando era niño, Emi le alisaba las arrugas con la mano y le decía que envejecería demasiado rápido si seguía preocupándose por todo. Ahora lucha contra el impulso de tocarle la cara con la arrugada palma de la mano.

—Fue un accidente. Una chica que tenía prisa, no pasa nada. Nada de qué preocuparse. Pareces cansado —dice.

—Lo estoy. Tuve que ir al trabajo a las cuatro de la mañana para salir antes y venir al aeropuerto.

Se gira hacia un lado y arrastra frente a ella a un chico que parece incómodo, parado detrás de la muchedumbre. Emi sonríe y corre hacia su nieto con los brazos extendidos.

—¡Cómo has crecido, eres más alto que yo!

Él se sonroja mientras ella lo abraza atrapando sus brazos caídos en un largo achuchón. Cuando finalmente lo libera, Emi tiene que mirar hacia arriba para ver su cara.

—Traje algo para ti. —Emi mete la mano en su bolsa de la compra para coger la caja de bombones.

—Ahora no, Madre. Vamos al coche primero. No puedo aparcar aquí más de una hora.

Su hijo la aleja y su nieto la sigue sin protestar. Emi se maravilla ante el novedoso autocontrol de su nieto. Hace un año, habría empezado una rabieta si su padre hubiera interrumpido el momento del regalo. Era un niño milagro, porque su nuera tenía más de cuarenta años cuando finalmente concibió, y lo malcriaron. Emi perdió el sueño muchas noches preocupada por el destino de su nieto, pero su corazón está calmado al verlo ahora. Es tímido, obediente y amable. Carga con la maleta de su abuela, pero también con la de su viejo padre. Solo tiene doce años. Qué diferencia ha supuesto tan solo un año.

Emi sigue a su hijo hasta el aparcamiento, mirando hacia atrás a su nieto, maravillada por su madurez. Recuerda a su hijo a esa edad. No era tan alto como su nieto. Tal vez sea por la comida occidental que no para de comer. Se pregunta si debería haberle comprado otra cosa en vez de dulces, pero luego piensa que un poco de chocolate nunca le hace daño a un niño que está creciendo.

Emi recuerda la primera vez que probó el chocolate. Fue después de que naciera su hija. Su esposo trajo a casa una barra y la partió en cuadraditos para que ella y su hijo lo comieran. Era como probar la comida de los dioses. Nunca olvidó el primer bocado. Cómo se derritió en su lengua. Cómo fue a por la segunda porción, y a por la tercera, temiendo que su marido cambiara de opinión y se lo llevara. Pero no lo hizo. Se sentó y la vio comer el chocolate. Fue la primera vez que pensó que quizá él la cuidaba después de todo. Parecía como si le gustara verla disfrutar tanto del chocolate. Ella no podía entender cómo no comía un trozo, cuando él sabía claramente lo delicioso que era, pero no hizo comentarios. Nunca hablaba con él si podía evitarlo. Así fue como su matrimonio duró tanto tiempo. No tenía amor, pero sobrevivió porque siempre se mordía la lengua.

—Ya estamos —dice su hijo abriéndole la puerta para que suba al coche.

Se sube al asiento del pasajero y, recordando los chocolates, mete la mano en la bolsa de la compra para entregar la caja a su nieto. Sonríe cuando lo ve arrancar el envoltorio de celofán y abrir la caja con tanta impaciencia como ella esperaba. Se mete una de las trufas de chocolate en la boca antes de sonrojarse y tímidamente ofrecerle a ella.

—No, no, son todas para ti. Me gusta verte comerlas. Venga, coge otra.

HANA

Corea, verano de 1943

Al principio Hana no se mueve. Siente un dolor ardiente en la entrepierna. Le asusta la humedad en sus ingles. ¿Se está desangrando hasta morir? Poco a poco se sienta, pero tiene miedo de mirar hacia abajo para ver lo que le ha hecho Morimoto. Respira hondo para calmar el dolor, dejando salir el aire lentamente por las fosas nasales.

Cuando ha estabilizado su respiración, mira hacia abajo. Primero ve la sangre, pero luego ve que está mezclada con un espeso líquido que gotea de ella. Es esto lo que siente, no la sangre. No se está muriendo.

Se mete entre las piernas el pañuelo. Cada toque contra su piel despierta una nueva sensación de dolor en su mente. Esto es una violación, tal como la describió su madre. Hana cierra los ojos, deseando no haberlo sabido nunca, deseando que esto fuera una pesadilla de la que despertar pronto.

La manilla metálica de la puerta chirría al girar, y Hana saca su ropa interior de algodón y sus medias de nailon a toda velocidad. Se obliga a juntar las rodillas a pesar de que duele y se queda de pie, esperando a que otro soldado la ataque.

—Deprisa, necesitamos esta habitación —dice el soldado dirigiéndola de nuevo al pequeño camarote donde están el resto de las chicas y mujeres.

Hana se abre paso a través de las miradas inquisitivas y se dirige hacia la parte trasera del camarote. Se hunde en el suelo, la vista clavada en la pared para no tener que devolver la mirada a nadie. Siente que todas la observan, pero no le importa. Los soldados se llevan a dos chicas más con ellos cuando se van, cerrando la puerta detrás de ellas.

Pronto se levanta un murmullo de voces preocupadas entre las mujeres que se preguntan qué están haciendo los soldados. Algunas de las voces apuntan directamente a Hana, exigiendo saber lo que le han hecho, pero otras son simplemente lamentos de las mujeres que saben lo que está sucediendo y temen que todas están destinadas a la misma ventura. Un puño golpea la puerta. La habitación se queda en silencio.

Hana cubre su cara con las manos. Teme que las mujeres sepan lo que le han hecho con solo mirarla. De repente quiere llorar. Sostiene la respiración el mayor tiempo posible, concentrándose nada más que en la necesidad de respirar y en no rendirse. Cuando pasa el impulso de llorar, se permite respirar otra vez, jadeando a grandes tragos de aire.

Aún nota un ardor en la sensible piel de sus ingles. Hace todo lo posible para superar el dolor, pero las imágenes de las piernas desnudas de Morimoto y otras partes que no quiere recordar invaden sus pensamientos. Aprieta fuertemente los ojos con las manos, presionando contra los párpados hasta que una luz blanca destella detrás de los dedos, bloqueando las imágenes. Cuando siente que van a explotar sus globos oculares bajo la presión de las puntas de los dedos, una muchacha susurra al oído de Hana.

—¿Dónde te llevaron?

Hana da un respingo y mira hacia arriba. Su visión es borrosa al principio, y tarda un momento en reconocer a la joven de la isla de Jeju. Es tan pequeña que su vestido cae suelto sobre sus hombros y su cintura. A Hana le tortura imaginar a Morimoto, o a cualquiera de los soldados, haciéndole a esta joven lo que le han hecho a ella.

—Quédate cerca de la parte de atrás —advierte Hana—. Tal vez si no te ven estés a salvo.

—¿No me lo dirás?

—Es mejor que nunca lo averigües.

La puerta se abre antes de que la chica pueda volver a hablar. Las dos chicas son devueltas a la cabina y la puerta se cierra sin que llamen a nadie más. Las luces del techo parpadean y se apagan dejándolas en la oscuridad.

Como ganado, las muchachas comienzan a instalarse para el camino, acostadas y durmiendo. El camarote se llena de gemidos y sollozos suaves. Hana y la jovencita yacen juntas; la muchacha une su brazo con el de Hana.

—Así te despertarás si vienen a por mí, y yo me despertaré si vienen a por ti.

Las palabras emocionan a Hana por su sencillez. La chica está tomando el control de la situación de la única manera que sabe: asegurándose de saber, al menos, cuándo tener miedo. No quiere estar dormida cuando sucedan las cosas terribles. Quiere verlos venir, aunque sabe que no tendrá poder contra ellos. Aquí todas son impotentes.

—Mi nombre es Noriko, pero mi madre me llama SangSoo —susurra la chica contra el pelo de Hana. Su aliento le calienta la nuca.

Ella no contesta. Lo intenta, pero no puede hablar, como si sus labios estuvieran cerrados para no sentir el dolor que le produce lo que ha pasado. La madre de SangSoo la llama por su verdadero nombre coreano en casa. Como tantos coreanos obligados a fingir, la familia de SangSoo habla coreano en la privacidad de su hogar y solo habla japonés en público. Hana siempre pensó que tenía suerte de haber sido nombrada por una madre inteligente. En coreano, *hana* significa «uno», o en su caso «primogénito», pero en japonés, *hana* también significa «flor». Así que Hana nunca tiene que cambiar su nombre, ni en público ni en privado. Su hermana menor no tiene tanta suerte, y SangSoo tampoco.

—Buenas noches, hermana mayor.

En la oscuridad, la voz de SangSoo podría ser la de su propia hermana pequeña. De repente, Hana se siente aplastada bajo el peso de su cautiverio. Su hermana está muy lejos. Cada momento que pasa encerrada en el ferri la lleva aún más lejos. Una pequeña mano se desliza hacia la suya, y Hana la aprieta con fuerza.

Hana se despierta con un sobresalto. Todavía está oscuro en el camarote, pero un leve resplandor ilumina las sombras dormidas en el suelo desde debajo de la puerta. No tiene ni idea de cuánto tiempo ha estado dormida. Desengancha suavemente su brazo de SangSoo y se sienta. Necesita ir al baño, pero no sabe qué hacer. La urgencia presiona su vejiga y amenaza con escaparse y fluir.

—Necesito ir al servicio —susurra a la habitación. Al principio nadie responde. Unos pocos cuerpos se giran y cambian de posición. Como nadie responde, ella repite su declaración un poco más fuerte.

—Silencio, niña estúpida —responde alguien en la oscuridad.

—Lo siento, tengo que…

—Ya te he oído dos veces —corta la mujer—. ¿No puedes olerlo? Todas tenemos que ir al baño.

Hana está sorprendida por la dura respuesta de la mujer. Inhala lentamente. Nada. Ella no huele nada. ¿Le pasa algo en la nariz?

—No huelo nada.

—Eso es porque huele a colonia. No puede oler por encima de la peste de un hombre —dice una voz diferente en la oscuridad—. Sí, yo también la huelo. Debió echarle la botella entera en la cabeza.

Las palabras son como agujas y la piel de Hana se inflama. Levanta el cuello de su vestido hasta la nariz y respira. Huele como él. Está en su ropa. Quiere arrancarlo de su cuerpo y destrozarlo, pero aquellas palabras resuenan en su cabeza. «¿Es eso lo que quieres, pasar días y días viajando en un tren lleno de soldados sin una sola prenda de ropa que cubra ese cuerpo tan hermoso?».

En vez de despojarse de su olor, Hana relaja la vejiga, no le importa oler a retrete. SangSoo debe haberse despertado cuando hablaban porque une su brazo con el de Hana sin decir ni una palabra sobre el hecho de que se ha manchado entera. Su silencio reconforta a Hana y aprieta su brazo alrededor del de SangSoo. Se acuestan juntas, una al lado de la otra sobre la humedad agria de Hana, y pronto vuelven a quedarse dormidas.

Un fuerte golpe contra la puerta metálica del camarote despierta a todas con un sobresalto. Algunas chicas gritan sorprendidas. Las luces del techo parpadean, inundando la estancia de un resplandor verdoso. Cuatro soldados entran y tres de ellos arrastran cada uno a una chica hasta sus pies. Los gritos de resistencia invaden la habitación, pero no hacen nada para disuadir a los soldados. El último soldado mira a Hana y se dirige hacia ella. Se agacha hacia ella, pero de repente se inclina hacia atrás, cubriéndose la nariz.

—¡Se ha meado encima! —grita a los otros soldados, y le da una patada de asco—. Los coreanos son animales. —Sus ojos se posan sobre SangSoo—. Tendrás que venir tú —dice, y agarra su muñeca, arrastrando a la muchacha sobre Hana.

—Es solo una niña —le suplica Hana al soldado.

SangSoo mira a Hana con ojos tristes.

—No te preocupes, hermana mayor, estaré bien, como tú. —Su voz está temblando, aunque suena valiente. A Hana se le rompe el corazón.

—Yo iré en su lugar. Me ofrezco voluntaria —dice Hana, poniéndose en pie y encontrándose cara a cara con el soldado.

La sala entera observa la escena; ni siquiera se oye una respiración en los segundos siguientes. Es como si todas estuvieran esperando que el sol cayera del cielo y abrasara a Hana hasta convertirla en cenizas. Se ha enfrentado a un soldado japonés. Todas saben que no deben hacer eso. Los segundos se alargan a medida que aumenta la tensión del conflicto. Las rodillas de Hana se vuelven de goma y teme que la traicionen. Pero antes de que se dé cuenta, otras chicas,

chicas más mayores y mujeres se ofrecen como voluntarias para ocupar el lugar de SangSoo.

Sus voces resuenan en el pequeño espacio como una cacofonía de aves marinas, cada una ofreciendo su cuerpo en lugar del de la niña. Algunas de las chicas más fuertes intentan arrancarle del brazo a SangSoo y convencer al soldado de que se las lleve, pero él no cede. Sin previo aviso, golpea a una de las mujeres en el vientre.

Ella se retuerce buscando aire.

—A la próxima chica que abra la boca le dolerá más —advierte, llevándose a rastras a SangSoo por el brazo y sacándola del camarote.

La puerta metálica se cierra de tal manera que la oscuridad que sigue al apagar las luces parece una advertencia. Los gritos llenan las tinieblas, suaves y sentidos de corazón, gritos de aflicción por la muchachita, que ha sido elegida porque Hana se ha manchado.

Cuando el ferri atraca en tierra firme, Hana no puede contener su preocupación. El soldado no ha devuelto a SangSoo al camarote. Las otras tres chicas volvieron una por una, pero la chica más joven, la chica a la que todas se habían ofrecido a sustituir voluntariamente, seguía desaparecida. Cuando los soldados llegan y ordenan a todas que salgan del camarote, Hana está desesperada por saber qué le ha pasado. Pero mantiene la boca cerrada.

Con pies de plomo, Hana sigue a las demás mientras desembarcan del ferri y son conducidas hacia una caravana de camiones militares. Los ojos de Hana miran la cara de todas las chicas junto a las que pasa, esperando encontrar los ojos marrones aterrorizados de SangSoo. Los camiones las desplazan durante una corta distancia hasta una estación de tren, donde Hana se coloca en un compartimento de tren junto a otra chica. Han pegado periódicos con cinta adhesiva sobre el vidrio y luego lo han pintado de negro para que no puedan ver hacia afuera. Hana le pregunta a la chica en voz baja si ha visto a SangSoo, dándole una descripción. La otra chica niega con la cabeza. Ella no ha viajado en el mismo camarote que

Hana. Estaba en otro con unas cuarenta chicas que supuestamente iban a ir a Tokio a trabajar en una fábrica de uniformes. Por alguna razón la han separado de ese grupo y se ha quedado en este tren con Hana. No sabe por qué.

Tiene la edad de Hana, quizá solo un año más o menos, y es atractiva, tiene lo que su madre habría llamado cara de luna, con piel blanca y labios rosados. Sus dientes son en su mayoría rectos, no sobresalen, y sus ojos son más grandes que los del coreano promedio. Todos los chicos del pueblo de Hana se habrían enamorado de ella.

—¿Te sacaron del camarote alguna vez? —pregunta Hana en voz baja.

—No. No se llevaron a nadie. ¿Por qué, te sacaron a ti? —La chica parece alarmada.

—Sí, y a mi amiga, la niña, SangSoo. Pero nunca volvió.

—¿Por qué te llevaron? —pregunta con cautela. Sus ojos recorren el compartimento del tren como si alguien estuviera escuchando.

Hana no puede decir la palabra en voz alta. Es una palabra pequeña, y ciertamente esta chica, mayor que ella, sabría lo que significa. Aun así, no puede reunir el coraje para decirlo. Hana se aparta de ella y se hunde de nuevo en el asiento. Permanece sentada allí, preocupada por SangSoo, deseando no haberse manchado así, pero al mismo tiempo aliviada de haberlo hecho, y se odia a sí misma por ese pensamiento.

El tren sale lentamente de la estación y la puerta del compartimento se abre deslizándose. Dos soldados entran, uno de ellos arrastra a SangSoo con él. Hana se mueve inmediatamente para que pueda sentarse a su lado.

La cara de SangSoo está pálida y su labio inferior está hinchado. Una delgada línea de sangre se ha resecado a lo largo de una comisura. Su cuello está magullado y no puede dejar de temblar. Su vestido está rasgado y sujetado con alfileres donde deberían estar los botones. Hana apoya suavemente su hombro contra el de

SangSoo, y la joven muchacha emite un lamentable sollozo. Ella sujeta la mano de SangSoo en la suya sin decir una palabra. Sobrevivió, piensa Hana, pero toda posible felicidad queda ensordecida por el estado de la pobre chica.

Uno de los soldados se sienta frente a ellas, al lado de a la otra chica. El otro soldado pisa las piernas de Hana y se aprieta contra ella junto a la ventana. Hana tiene demasiado miedo de mirar la cara del hombre, pero a medida que el tren gana velocidad y comienza a deslizarse por las vías, descubre quién es. Reconoce su colonia. Se endurece ante el repentino descubrimiento y mira a su mano. Morimoto mete los dedos en el dobladillo de su vestido, toqueteándolo como un gato jugando con un ratón atrapado, moviendo la cola y bloqueando cualquier escapatoria sin mirar nunca directamente a su presa.

A lo largo del viaje, él fuma cigarrillos sin parar, y el humo de tabaco llena el compartimento. Las puntas de sus dedos rozan constantemente el dobladillo de su falda, como burlándose de ella, pero no la mira. El corazón de Hana late con fuerza en su pecho, latidos erráticos que le hacen difícil respirar. Hace todo lo que puede para no moverse, excepto cuando sus dedos se acercan demasiado y amenazan con tocar su piel, entonces ella aparta la pierna lentamente.

El tren avanza por la noche y pronto todo el mundo en el pequeño compartimento se duerme, excepto Hana. La ira y el miedo se arremolinan en su cuerpo, irradiando olas calientes hacia el soldado que hay junto a ella. La robó de su hogar junto al mar, de todo lo que ella conoce y ama, y luego la violó. Solo piensa en asesinarlo mientras duerme. Cuanto más tiempo pasa, menos puede sacarse el pensamiento de la cabeza. Poco a poco, se vuelve hacia él. ¿Violó también a SangSoo? Hana mira al otro soldado sentado frente a ella. ¿Fueron ellos dos quienes le hicieron daño?

Hana vuelve a mirar Morimoto. Su pecho se levanta con cada profunda bocanada de aliento, y Hana imagina su corazón latiendo bajo los botones de su uniforme. Alcanza a ver una pistola en su cintura, bien metida en su funda. ¿Puede cogerla sin despertarlo? Hana mira fijamente la pistola negra, apenas visible en la funda de cuero. Se imagina qué tacto tendría en sus manos, cómo se sentiría apuntándole al corazón. ¿Será pesada? ¿Solo tiene que apretar el gatillo o hay algo más técnico que hay que hacer primero? ¿Podría realmente dispararle? No, piensa al fin, pero podría apuñalarlo. El pensamiento la hace sentirse bien, es reconfortante de alguna manera.

Ella sabe usar cuchillos. Se zambullía con uno a diario, cortaba la oreja de mar de los arrecifes, cosechaba algas marinas, e incluso hacía palanca con él para abrir las ostras que caían de los barcos japoneses. Le arrancaría el corazón como si fuera una perla escondida en lo profundo de la carne de una ostra. El pensamiento le sube por la espina dorsal, cosquillas de venganza bailando sobre sus vértebras. ¿Esta sensación es lo que llaman coraje? Se imagina apuñalándolo en el pecho, la sorpresa en su cara. La ira corre por sus venas. Y entonces, piensa, ella y SangSoo pueden huir del compartimento, esconderse en el tren o saltar desde una ventana abierta y escapar. Hana desea tener un cuchillo para que todo se haga realidad.

Morimoto hace un movimiento mientras duerme, sobresaltándola. Hana da un respingo, rozando accidentalmente a SangSoo, que duerme junto a ella. Asombrada por lo fría que tiene la piel, Hana se da cuenta de que SangSoo ha dejado de temblar. Coloca la palma de su mano sobre la frente de la niña. Es fría al tacto. Sus labios son de color carne. Asfixiando el creciente pánico en su tripa, Hana inclina la cabeza hacia adelante, colocando su oreja frente a la boca de SangSoo para escuchar su respiración. Nada.

Hana de repente no puede tragar. Empieza a ahogarse de pánico. El ruido despierta a los demás en el compartimento.

—¿Qué está pasando? —exige Morimoto—. ¿Qué pasa contigo?

Se pone de pie y arrastra a Hana contra sí. Ella continúa asfixiándose, agarrándose la garganta. Grita de nuevo palabras incoherentes, y simplemente señala el cuerpo inmóvil de SangSoo.

Él sigue su dedo y mira a la niña. Suelta a Hana, que aún mira a la pequeña sentada inmóvil en medio de toda la conmoción. Él permanece en silencio durante un momento que se alarga. Entonces la chica de enfrente grita.

—¡Está muerta! ¡Está muerta! —grita una y otra vez. El terror deforma su cara, que deja de ser bonita.

El estruendo fuera del compartimento anuncia la llegada de más soldados. La puerta se abre y aparecen dos caras interrogativas. Morimoto finalmente habla.

—Esta está muerta. Déjala atrás hasta que lleguemos a la próxima estación. Luego entiérrala.

—¿Enterrarla? —repite uno de los soldados.

—Sí, enterrarla. Ponerla con las demás.

—Por supuesto, señor.

Los dos hombres levantan el cuerpo de SangSoo como si fuera un saco de arroz y la sacan del compartimento. La puerta se cierra y Morimoto vuelve a dormir como si no hubiera pasado nada. Mirándolo fijamente, incrédula, Hana recuerda sus palabras. Dijo «las demás». ¿Cuántas chicas muertas más hay en el tren?

La idea del cuerpo diminuto de SangSoo lanzado como si fuera basura es demasiado, y Hana empieza a llorar. Ha estado reprimiendo su miedo y su dolor, reprimiendo su culpa. Ahora no puede detener los sollozos; es como si un puño invisible le arrancara los sonidos del estómago. Nadie dice una palabra para callarla. En lugar de eso, Morimoto comienza a roncar.

La chica sentada frente a ella da golpecitos en la rodilla de Hana de vez en cuando, resoplando entre los sollozos lúgubres de Hana, pero no hay nada más en el pequeño compartimento que indique la pérdida de la vida de SangSoo. Ni el periódico ennegrecido en las ventanas ni la sombra de luz que se balancea sobre sus cabezas. Ni los muros que se levantan con el movimiento del tren, ni los soldados dormidos.

En algún lugar más allá de ese tren que serpentea por tierras desconocidas, lejos de un mar, en su pequeña isla, los padres de SangSoo también siguen ignorando su muerte. Tal vez estén durmiendo en sus casas, soñando con su inminente regreso, esperando más allá de la esperanza que algún día la verán, que el tiempo se la devolverá. Hana los imagina, esperando a una hija que nunca regresará a casa, que murió a los pocos días de salir. Se preguntarán por ella durante siglos y tal vez nunca sepan cuánto tiempo hace que los dejó.

El tren tarda dos días en llegar a la siguiente estación. Los soldados entierran a SangSoo junto a las vías en una tumba sin marcar con otros cuatro cuerpos. Hacen que las chicas miren, para que sepan qué les pasa a las que no obedecen órdenes. Las muertas están envueltas en sábanas, pero Hana sabe cuál es SangSoo porque es la más pequeña, la más insignificante. Así es como los soldados la ven, como ven a todas las chicas.

Morimoto dice que ha muerto de una infección por un corte en la pierna, pero Hana sabe la verdad. Una vez que el dolor de Hana se apaciguó, vio la sangre en el asiento de SangSoo. Se había empapado en el cuero, y los riachuelos habían corrido como venas por los lados hacia el suelo. SangSoo murió desangrada. Era demasiado pequeña, demasiado joven para soportar tanta tortura. ¿Cuántos hombres violaron a la niña?

Hana no puede evitar comparar a SangSoo con su hermana pequeña, Emiko. Si Hana no se hubiera ido con Morimoto, habrían cogido a su hermana. La idea de que su hermana podría haber sufrido el mismo destino que SangSoo, una muerte terrible tan lejos de casa, hace que el estómago se le caiga al suelo. Pero no es así; ella está a salvo.

Si hubieran estado en su isla, habría tenido lugar una ceremonia de entierro, y los dioses habrían sido llamados a guiar el espíritu de SangSoo hacia sus antepasados. Hana no sabe quiénes son los antepasados de la chica. No sabe nada de ella, excepto que es de la isla de Jeju, y que su nombre japonés es Noriko. SangSoo, Noriko, Hermana Pequeña. Hana sabe que nunca la olvidará.

Cierra los ojos y le desea al espíritu de SangSoo un buen viaje de regreso a casa, le pide que no se inquiete ante una muerte tan dolorosa y, sobre todo, le pide que no persiga sus sueños buscando vengarse de la chica que debería haber sido escogida en su lugar.

Dos chicas nuevas se unen a ellas en su compartimento, y el tren pronto comienza su viaje. Hana hace todo lo posible para mantener su mente alejada de SangSoo. Se esfuerza en pensar en su hermana pequeña, en que está segura en casa, donde Hana anhela estar también. Al menos salvó a una niña de los soldados. Apuntó demasiado alto pensando que podía salvar a dos.

Hana mantiene la cara de Emi en su mente para no ver la pálida piel de SangSoo. Piensa en bucear en el mar para no sentir el frío cruel en la punta de los dedos. Piensa en algas marinas negras que se balancean con las corrientes, en las millas de profundas aguas azules para no ver el rojo, el color de la muerte. Cuando Hana finalmente se somete a la llamada del sueño, sueña con su familia, todos nadando en el fondo de un océano oscuro, pero a veces no está segura de si están nadando o si simplemente se balancean con la corriente, los ojos sin vida, la piel fría como el agua que se arremolina a su alrededor.

EMI

Seúl, diciembre de 2011

La hija de Emi, YoonHui, vive cerca de la Universidad de Mujeres Ewha, en Seúl. Emi la ayudó con el pago inicial, hace quince años, para comprar el pequeño apartamento de un dormitorio. Parecía una buena inversión, así que Emi vendió la casa familiar que tenía cerca del campo de mandarinas y se mudó a la choza al lado del camino. YoonHui es profesora de literatura coreana en la universidad, y le va bien. Su hija le ofrece devolverle ese depósito cada vez que se ven, pero Emi no acepta el dinero. Tiene las necesidades cubiertas con lo que encuentra en el mar, y eso es bastante para ella. Hoy está también en casa una amiga de YoonHui. Está sentada a la mesa de café, dándole de comer al perro con palillos.

—Recuerdas a Lane, ¿no? Es profesora de antropología en la universidad.

YoonHui siempre la presenta igual cada vez que Emi va a visitarla. A Emi le parece extraño que Lane siempre esté allí, siempre haciéndole caricias al perro y sintiéndose como en su casa. Sospecha que llevan siendo amigas desde mucho antes de que Emi supiera de ella.

—Hola, Madre, te veo muy bien.

—Hola, Lane —responde Emi. Lane lleva viviendo en Corea del Sur más de una década y ha adoptado la mayoría de las costumbres del país. En la cultura coreana no se llama a nadie por su nombre, sino que todos son madres, padres, hermanas y hermanos mayores y menores, tíos y tías o abuelas y abuelos. Incluso a los extraños se les llama de esta manera. Si YoonHui se hubiera casado y hubiera tenido hijos, como la mayoría de las mujeres de su edad, Lane estaría llamando Abuela a Emi en lugar de Madre, pero no hay hijos en casa de YoonHui, así que es simplemente Madre. Incluso su hijo se olvida y la llama Madre en vez de Abuela cuando su nieto está cerca. Quizá si hubiera ido a visitarlos más a menudo, si hubiera hecho un esfuerzo para ser una parte más grande de sus vidas, se habría ganado el título.

Lane también habla un coreano impecable. Su acento de ciudad la hace sonar muy sofisticada para ser estadounidense. La mayoría de los norteamericanos tienen un acento pesado y un sonido poco agudo al oído de Emi, como los turistas que visitan a las *haenyeo* en la isla de Jeju. Llegan con taxis desde el aeropuerto, en grupos, y toman fotos de las *haenyeo* con sus teléfonos modernos y sus cámaras digitales caras. Algunos de ellos tienen la confianza suficiente como para probar su coreano básico con las buceadoras, que siempre se ríen ante sus intentos de conversar. JinHee se pone muy contenta cuando los turistas hacen un esfuerzo, pero a Emi no le acaba de hacer gracia.

—Deberías estar más agradecida —dijo una vez JinHee al escuchar las quejas de Emi—. Al menos intentan hablar con nosotras.

—Nos miran como si fuéramos animales del zoológico —respondió Emi sin mirar a su amiga.

—¡Calla, no es así! Y de todos modos, nos ayudan a mantener nuestro modo de vida.

Emi se rio, incrédula.

—¿Cómo mantienen nuestra forma de vida si somos nosotras las que hacemos todo el trabajo?

JinHee dio unas palmaditas en el hombro de Emi.

—Su entusiasmo por nuestro trabajo viaja con ellos a sus países de origen. Comparten nuestra forma de vida con sus amigos y cuentan historias sobre su tiempo con nosotras. Si todavía se habla de nosotras, nunca podremos desaparecer.

Emi miró fijamente a JinHee, maravillada por su habilidad para alcanzar siempre una visión tan amplia de las cosas. La hija de Emi interrumpe sus pensamientos.

—¿Tienes hambre? Puedo prepararte algo de almorzar.

—Qué va, almorcé en el avión. Me traje calamares secos y *kimbap* en el bolso —responde Emi, todavía pensando en su amiga. Qué extraño que de repente la eche de menos, ahora que ha llegado a la casa de su hija.

—¿Dónde está Hyoung? —pregunta su hija.

—Tenía que volver al trabajo. Dijo que nos vería en la cena. Llevó a YoungSook al entrenamiento de baloncesto. —Emi ya extraña a su nieto—. Ha crecido muchísimo.

—YoungSook quiere ser un jugador profesional de baloncesto en América, ¿verdad, Lane? —dice su hija. Su amiga está sentada al lado de Emi en el sofá, y ambas miran cómo Lane introduce porciones de arroz en la boca del perro con mucha habilidad.

—Si ese chico sigue creciendo al ritmo que hasta ahora, tal vez lo logre —dice Lane—. Será como un Yao Ming coreano.

El perro ladra, las dos amigas se ríen, y Emi cree ver a Lane guiñándole un ojo a su hija.

—Madre, tu cabello —dice su hija, volviendo la atención hacia Emi—. Necesitas otra permanente. Déjame llevarte a la peluquería antes de la cena. Vamos a Jungsik, así que podemos ir a una peluquería cerca de allí.

Su hija le toca el pelo y eso la hace reír.

—No, no, no, no necesito una cita con el peluquero. Soy demasiado vieja para tales vanidades. —Se ríe otra vez.

—Madre, nunca se es demasiado vieja para estar guapa —dice Lane mientras se levanta para recoger la mesa.

El perro ladra, corre y salta al regazo de Emi. Es un caniche enano, blanco, con una bola de algodón al final de la cola. Emi acaricia la cabeza del perro. Luego mete la mano en la bolsa de la compra y saca el peluche que compró en el avión.

—¿Puedo darle esto? —pregunta antes de dárselo al perro.

—Por supuesto —dice Lane—. Oh, qué bonito, mira, YoonHui. La hija de Emi se lleva el peluche y le arranca las etiquetas.

—Cógelo, Bola de Nieve. Ve a buscarlo.

El perro corre por el pasillo y coge el peluche, se lo devuelve a Emi. Ella lanza al gato una y otra vez por la habitación, hasta que el perro se cansa de traerlo y se tumba a sus pies, royendo con alegría la cabeza mullida del gato.

Los químicos de la permanente emanan en oleadas cada vez que Emi se mueve, por lo que intenta sentarse lo más quieta posible mientras cenan en el restaurante. Es demasiado elegante para ella, y entiende por qué su hija quería arreglarla. Incluso sugirió que Emi se cambiara los pantalones rosados que llevaba puestos porque estaban manchados de té verde. Emi solo ha traído otro par de pantalones para su corta estancia en Seúl, así que se puso el par negro que tenía planeado usar al día siguiente. Ella ya llevaba puesto un suéter negro, y la expresión de su hija mostraba su desaprobación.

—No irás a un funeral, Madre. ¿No tienes otro suéter? —Emi miró su ropa. No tenía planeado ponerse las dos prendas juntas, pero de repente se sintió como si fuera a un funeral. De repente, la pesadez de su corazón se convirtió en algo insostenible y no pudo evitar ponerse a llorar.

—Madre, lo siento. No lo decía en serio.

—No, no, no es culpa tuya. Es solo…

Pero Emi no tenía palabras para explicarlo. Aceptó el pañuelo que YoonHui le ofreció y se secó las lágrimas. Su hija se sentó en silencio frente a ella con gesto avergonzado.

—No es culpa tuya en absoluto —le dijo Emi a su hija cuando recuperó la compostura—. Vamos, vamos a ponerme presentable.

—Cogió a YoonHui de la mano y la condujo hasta su maleta—. ¿Qué me pongo para cenar?

YoonHui se rio y examinó las escasas pertenencias de su madre. Al final, se pusieron de acuerdo en que sería un suéter crema que su hija tenía colgado en su armario. Las mangas eran un poco largas, así que YoonHui dobló los puños, y a Emi le recordó a su propia madre. Siempre había pensado que YoonHui se parecía más a su marido, pero sentada allí, mirando las hábiles manos de su hija, Emi vio la cara de su madre mirándola. Esto aligeró un poco su pesadumbre y levantó lo suficiente su espíritu como para que sonriera al verse en el espejo del salón de belleza, con su nuevo cabello con permanente.

El camarero trae el té y pone la bandeja delante de Emi. Vierte el líquido caliente en las tazas de cerámica mientras YoonHui los va pasando alrededor de la mesa. Emi está rodeada por los rostros de su familia, su nuera y Lane. Las caras son más viejas que las que ella ve en su mente cuando está en casa. Su hijo ya debería ser abuelo, su hija abuela. Su nieto debería ser un bisnieto. Todos hablan, se ríen y piden comida. Lane cuenta una historia sobre su última publicación, acerca del aumento de la mutilación genital femenina en los países occidentales y cómo cada vez más mujeres hablan por Internet. Su nuera se queja del cuello de la camisa de su nieto. Su hijo está pidiendo *whisky* tras *whisky*, con hielo. Emi está escuchando y no escuchando, hasta que todo el mundo se calla de repente y la mira.

—¿Me escuchas? —pregunta su hijo.

Sacude la cabeza.

—Te he preguntado qué planes tienes para mañana.

—¿Mañana? —pregunta Emi, y de repente olvida por qué ha venido. El restaurante parece inusualmente silencioso. Su nieto se ruboriza como si sintiera vergüenza de ella.

—Sí, mañana —dice YoonHui, y acaricia la mano de Emi—. Lane y yo queremos ir contigo.

Emi se siente confundida. Los vapores que emanan de su cabello la están mareando. Demasiados ojos la observan fijamente.

Necesita aire. Hace un movimiento para ponerse de pie y su hija se levanta con ella. Apoyándose en YoonHui, Emi se aleja de la mesa y se adentra en el frío aire nocturno. Los coches se mueven bajo las brillantes luces de la ciudad, parpadeando y zumbando en todos los edificios. Siente nostalgia por la tranquilidad de su solitaria cabaña, el rugido de las olas del océano y la risa sencilla de sus amigas buceadoras.

—No quería volar —le dice a YoonHui—. Pero tuve que hacerlo. —Se acaricia el moretón por encima del ojo.

YoonHui no responde, pero pasa su brazo alrededor de los hombros de Emi. Una junto a la otra, observan la ciudad apresurada de coches resplandecientes de importación y de tacones de diseñador haciendo clic contra el pavimento. Emi recuerda el suelo, tan debajo de ella mientras volaba en el avión. El negro de la pista estaba rodeado por esos arrugados tallos marrones de la hierba de invierno, y Emi no podía evitar imaginar lo que habría debajo de la pista, enterrado durante demasiados años. Quién, no qué. Había muchas caras mirando desde la tierra mientras volaba sobre ella. Emi no quiere recordarlas. Aleja sus miradas vacías de su mente, permitiendo que los sonidos de la ciudad la distraigan. Su mente regresa ansiosa a las luces centelleantes y al bienestar del brazo de su hija.

Emi despierta en medio de la noche. Ha habido un ruido, o una voz; cree que alguien ha gritado su nombre. Se sienta y se coloca bien el camisón. La habitación está completamente a oscuras, excepto por los números rojos brillantes del despertador. Son las tres de la mañana. Su hija ronca suavemente a su lado. Emi se escabulle de debajo de las mantas con cuidado de no despertarla. Con los brazos extendidos por delante, avanza a través del espacio vacío hacia la puerta del dormitorio.

Ya en la pequeña cocina, hierve agua en la tetera. Bola de Nieve viene a ver lo que está haciendo y la sigue allá a donde va, pegado a sus pies. Emi se sienta en la mesa de desayuno y el perrito salta sobre su regazo. Le da unas palmaditas en la cabeza. Emi mira fijamente el espacio vacío de la pared de la cocina, pintada de azul celeste. Acariciando el suave pelaje del perro, recuerda el sueño que la ha despertado.

Una chica está nadando en el océano, buceando en busca de conchas marinas. La chica saluda a Emi y le muestra la estrella de mar que ha encontrado. Emi está en la orilla, pero no lleva puesto su traje de neopreno. En lugar de eso lleva un vestido de algodón blanco que cae hasta por debajo de sus rodillas. El vestido disimula bastante mal sus pliegues carnosos de mujer anciana. En los pies lleva unos zapatos negros brillantes que nunca había visto antes. La chica se ríe desde el agua y se zambulle de nuevo. Se parece a un delfín, se levanta y se zambulle una y otra vez, con elegancia y sin esfuerzo. «¿Soy yo misma en un tiempo pasado?», se pregunta Emi.

A lo lejos, una nube negra se precipita hacia ellas. Se hincha como un mar furioso cuando llega hasta ellas, ganando altura y fuerza. Emi grita para que la joven llegue a tierra. Le grita que viene una tormenta, pero la chica no puede oírla por el ruido del viento. La chica se zambulle de nuevo, y luego la lluvia y los truenos y relámpagos caen por todas partes. La playa está llena de granizo y Emi trata de refugiarse debajo de un saliente de roca, mientras vigila a la chica por si vuelve a salir del agua. Pero no sale.

Pasan los minutos, y Emi empieza a temer que la chica se haya ahogado. La tormenta tiene cada vez más energía. Olas poderosas chocan contra la costa. Emi sabe que la chica no tiene ninguna oportunidad de salir de ahí. Se quita los zapatos. Luego se saca el vestido por la cabeza. Desnuda, corre hacia el mar agitado y se zambulle. Mientras su cabeza se hunde bajo el agua fría, alguien grita su nombre.

La tetera silba, haciendo ladrar a Bola de Nieve. Emi manda callar al perro y aparta rápidamente la tetera del fuego. Vierte el agua caliente en una taza y coloca en ella una bolsa de té verde. Mientras se sienta, el perro salta de nuevo sobre su regazo. Emi calienta sus manos alrededor de la taza mientras espera que el agua cobre un oscuro tono verde amarillento. En todos sus años nunca ha usado un par de zapatos negros brillantes como los de esta noche. Puede que llevara un vestido blanco, pero no los zapatos.

Emi sorbe el té de su taza y se pregunta qué significan los zapatos nuevos en los sueños. JinHee lo sabría. Interpreta los sueños de todos sin que nadie le pregunte. ¿Y quién era la joven del mar? ¿Era su yo más joven? ¿Es un sueño sobre la muerte de su infancia o quizá sobre la inminencia de su muerte?

«Sabes quién es», dice acusadora la voz en su mente. Emi trata de bloquear ese pensamiento, pero recuerda la cara de la chica y la vuelve a invocar en su mente.

—Hana —susurra a la habitación vacía. Es un nombre que no ha dicho desde hace más de sesenta años.

Bola de Nieve pone la cabeza de lado. Emi se mete en la sala de estar con su té. Se sienta en el sofá para no interrumpir el sueño de su hija. Bola de Nieve brinca junto a ella y se acurruca contra su pierna. Emi no quiere cerrar los ojos. Teme ver a la chica muerta flotando en el océano, sus ojos negros y sin vida mirándola fijamente. Le da palmaditas en la cabeza al perro y sorbe su té hasta que los primeros rayos del sol chocan contra el alféizar de la ventana.

HANA

Corea, verano de 1943

El tren viaja solamente de noche, cuando los bombarderos que sobrevuelan la zona no pueden verlo llevando suministros hacia el norte. Hacen muchas paradas en el camino, pero obligan a las muchachas a permanecer en el tren. Se les da muy poca comida y agua. Hana está hambrienta. Su estómago parece que se está digiriendo a sí mismo. Esperar a que pase la luz del día es insoportable. A las chicas se les ordena permanecer sentadas en silencio mientras los soldados fuman, comen y bromean.

Las dos chicas que se unieron a ellas cuando el tren se detuvo en la estación son amigables, pero Hana no se siente muy habladora después de lo que le pasó a SangSoo. La chica con cara de luna que presenció la muerte de SangSoo parece aliviada de tener nuevas amigas con las que hablar. Su expresión es bonita de nuevo; la conmoción ha ido diluyéndose. A veces, las cuatro se quedan solas y comparten sus historias.

Las tres chicas parecen desesperadas por contarse la historia de su vida. Hana se sienta tranquilamente y escucha, con un ojo dedicado a la brizna de luz solar que entra a través de la ventana ennegrecida. Las sombras pasan a través de la delgada línea, y ella se pregunta si son de soldados o civiles que pasan, civiles que podrían querer ayudarlas.

—Mi madre me envió a la casa de mi tía en Seúl, pero nunca llegué allí —dice una muchacha. Es la mayor del grupo, debe de tener diecinueve años, y en su mejilla hay un hoyuelo característico. Tiene el cabello rizado y encrespado en una masa rebelde que se recoge en la nuca.

—Estaba esperando el autobús en una de las estaciones de mi ruta. Faltaban tres paradas para Seúl, y un oficial del ejército llegó en coche. Me preguntó adónde iba y se lo dije. Me dijo que el autobús se había retrasado y que tardaría horas en llegar. Me ofreció llevarme —mira con vergüenza a las demás, esperando ser juzgada, pero nadie dice una palabra, así que continúa—. Sé que no debería haberle creído. Mi madre dijo que no me fiara de los japoneses. Que no son realmente nuestros amigos, porque ven a los coreanos como ciudadanos inferiores, pero... parecía muy amigable. Pensé que realmente quería ayudarme. —Su voz se desvanece en un susurro—. Nunca había estado tan lejos de casa —añade.

Hana mira hacia atrás, a la cortina de luz, a las sombras que bailan a través de ella. Ella tampoco ha estado lejos de casa antes. Su madre tampoco se fiaba de los japoneses. No perdía de vista a las niñas, excepto cuando era estrictamente necesario, y le dio a Hana órdenes muy estrictas de mantenerse alejada de los extraños. Su padre solía estar fuera todo el día, pescando los restos que dejaban los barcos japoneses. A menudo regresaba a casa tarde, por la noche, mucho después de que Hana, su madre y su hermana hubieran vuelto del mercado, y les revelaba su cargamento con gran fanfarria.

—¡Mirad lo que he traído para nuestra fiesta de esta noche! —decía al entrar en la pequeña casa de tipo tradicional.

Hana y su hermana chillaban de alegría, corrían hacia él antes de que pudiera atravesar siquiera el umbral de la puerta y cada una se abrazaba a una pierna de su padre. Él irrumpía en la casa como un monstruo marino surgido de las oscuras profundidades del océano. Incluso a sus dieciséis años, Hana seguía con la tradición para divertir a su hermana, que se reía encantada mientras su padre luchaba por mover sus piernas atrapadas. Hana tenía que echarle una mano con eso intentando que su hermana no se diera cuenta. Esta pequeña ficción era su forma de traer felicidad al hogar, incluso aunque su padre estaba cansado en lo más hondo de los huesos y parecía envejecer prematuramente por el agotamiento y el estrés.

—¿Dónde está mi reina? —decía antes de sentarse para abrir la saca.

—En la cocina, ¿dónde si no? —gritaba su hermana, y su madre asomaba la cabeza desde detrás de la puerta.

—Ah, ahí está mi hermosa mujer, y qué maravilloso olor inunda nuestro palacio esta noche. Venid, mis mercenarias implacables, tomad los frutos del saqueo para entregárselos a mi esposa, la hermosa cocinera.

Esa era la señal para que Hana y su hermana rebuscaran en el saco, emitiendo sonidos de alegría y de sorpresa con cada pez que encontraban, con cada bocado de algas marinas o cada bolsa de arroz. A veces, su padre las sorprendía con algunas peras que había logrado intercambiar por pescado, pero era un regalo especial que no solía traer más de una o dos veces al año. La noche antes del secuestro de Hana, su padre había traído a casa dos grandes peras. Ahora mismo casi puede saborear su carne jugosa, tiene el sabor fijado en el borde de su memoria.

—Me llevó a un almacén del ejército y me hicieron firmar un formulario, pero no sé leer japonés. Nunca he ido a la escuela —continúa la chica, avergonzada—. No tenía ni idea de lo que estaba pasando. Me dejaron allí con un coreano que me dijo que mi tía ya no requería mis servicios. Que el emperador me necesitaba. Que ahora iba a trabajar por la gloria de Japón.

Hana mira la cara de la muchacha y ve inocencia en sus ojos. Los soldados no la han violado. Hana se pregunta si los soldados del ferri solo asaltaron su camarote. No puede contarles a estas chicas lo que le han hecho. Están todas calladas, esperando a que hable, porque le ha llegado el turno de compartir su historia. Hana mira los rostros expectantes uno por uno, se disculpa y mira hacia otro lado, concentrándose en la luz del sol que se desvanece.

Al final del viaje en tren, una semana después, Hana está sola en el compartimento. Las otras tres chicas se bajaron en estaciones anteriores. Morimoto no ha hablado con ella en todo el camino; apenas la ha mirado. Es como si se le hubiera olvidado que ella está allí hasta que llegan a su destino en Manchuria. De repente no deja de hacer cosas: le ordena que baje del tren, le entrega el papeleo al oficial de turno y se va de allí con paso marcial, como si no la hubiera arrastrado al otro lado del mundo. El soldado nuevo se marcha para conseguir un vehículo y por un instante consigue quedarse a solas.

Observa todo lo que la rodea y está a punto de echar a correr hacia la carretera cuando ve volver a Morimoto. Lleva un paquete de cigarrillos. De pie junto a ella, enciende uno. Le da algunas caladas y luego le ofrece el cigarrillo.

—¿Sabes fumar?

Hana mira fijamente el cigarrillo y luego a él, preguntándose si es algún tipo de truco. Morimoto se ríe de ella, emite un leve sonido, como si fuera un amigo casual que no ofrece nada siniestro, sino solo un cigarrillo a una chica tonta.

—Es fácil, mírame —dice, y da una larga calada. Entrecierra los ojos mientras el humo se enrosca en el aire hacia el cielo nocturno.

Luego coge el cigarrillo entre los labios y lentamente lo acerca hacia la boca de Hana. Ella se queda quieta, temiendo que pueda quemarla o algo peor.

—Traga aire —dice. Hana agita la cabeza y a él se le cae el cigarrillo. La golpea. El dolor hace que se le salten lágrimas de los ojos aturdidos. Él recoge el cigarrillo del suelo de tierra y lo enciende de nuevo. Lo empuja entre sus labios.

—Vas a aprender a hacer lo que se te pide. Inspira.

Decir que no sería una locura, así que hace lo que él quiere, inhala e inmediatamente se pone a toser mientras el humo ardiente irrita su garganta tierna.

Él se ríe, dándole palmadas en la espalda como haría un hermano mayor. El cigarrillo cae de sus labios hasta el suelo. Él lo aplasta con la punta de la bota. Cuando el otro soldado regresa, Morimoto charla con él como si Hana no estuviera allí. Morimoto le da unas palmaditas en el hombro, se ríen, el soldado le saluda y Morimoto devuelve el gesto. El otro soldado conduce a Hana hasta un *jeep* aparcado al lado de la estación de tren. Morimoto enciende otro cigarrillo, exhalando una nube de humo mientras pasan a su lado por el camino de tierra. Hana saborea el tabaco en su lengua mientras se alejan.

Está oscuro, así que mientras circulan no ve gran cosa de la campiña manchuriana, solo sombras de arbustos dispersos y pastizales altos. El cielo nocturno es el más oscuro que ella ha visto en mucho tiempo, no hay luna que ilumine el camino. Los faros delanteros del camión apenas ayudan al conductor a mantenerse dentro del agreste camino de tierra. Hana se queda dormida, pero una mano áspera la despierta por sorpresa.

—Ya hemos llegado, baja del coche —ordena el soldado.

Iluminada por los faros delanteros del camión, una gran posada de madera se levanta ante ellos. Tiene dos pisos y a lo largo del segundo hay ventanas enrejadas. La puerta principal se abre y sale un soldado que los invita a pasar al interior.

—¿Es la sustituta? —pregunta cuando se juntan en el patio.

—Sí, del cabo Morimoto.

—Por supuesto —dice con una sonrisa.

Se saludan entre sí y, sin mirar a Hana, el soldado salta de nuevo al camión. Hana lo mira mientras pisa el acelerador y se aleja. El soldado de la posada cierra la puerta detrás de ella y echa el cerrojo. Llama a alguien y aparece una anciana vestida con ropa china. La anciana coloca un brazo alrededor de Hana y la dirige hacia el interior, hacia la posada. Hana la sigue, aliviada de estar con una mujer. Tal vez esté en un orfanato. El pensamiento le da una mínima cantidad de coraje.

—¿Puede decirme dónde estoy? —pregunta Hana, hablando en el obligado japonés.

La mujer no responde. Hana lo intenta de nuevo, pero la mujer se limita a llevar a Hana por el gran pasillo principal hasta una vieja escalera de madera. La escalera conduce al segundo piso, que está bañado en oscuridad.

—¿Qué hay ahí arriba? —pregunta Hana.

La mujer enciende una vela y comienza a subir la escalera. Al pie de la escalera, Hana se detiene. Colgados en dos filas sobre la pared, a la altura del primer escalón, hay retratos enmarcados de muchachas. Todas llevan el mismo peinado y ponen una expresión solemne y sonriente. Hay un número debajo de cada imagen. Sus ojos oscuros parecen perseguirla mientras sube las escaleras tras la anciana e intenta con todas sus fuerzas no tener miedo.

La luz de la vela parpadea contra las paredes del sombrío pasillo, pero no brilla lo suficiente como para que Hana vea todo lo que la rodea. Dejan atrás algunas puertas hasta que la mujer se detiene frente a una y la abre con una llave. Hana entra y la mujer se gira para marcharse.

—Espere —dice Hana—. Por favor, dígame dónde estoy —ruega, pero las zapatillas de la mujer ya golpean los escalones de madera de vuelta al primer piso.

Hana se queda sola en casi total oscuridad y puede inspeccionar la pequeña habitación. Es apenas lo bastante grande como para contener una estera de tatami colocada en un rincón contra la pared y una palangana junto a ella. Hana corre hacia la palangana y la encuentra llena de agua fría. La lleva hacia sus labios y el agua se le escurre por la garganta. Bebe y bebe, sin plantearse el grado de limpieza del agua o para qué sirve. Se traga hasta la última gota. Luego se acuesta sobre la estera de tatami y espera a que la anciana regrese.

Hana despierta de su sueño intermitente cuando la anciana entra en la habitación. Ha traído un tazón de arroz con sopa en una bandeja, acompañada de una guarnición de encurtidos japoneses. Hana se sienta y una ráfaga de preguntas sale volando de sus labios.

—¿Dónde estoy? ¿Por qué estoy aquí? ¿Cuándo puedo ir a casa con mi madre? —Está desesperada por conseguir respuestas. Incluso repite las preguntas en coreano.

La mujer niega con la cabeza. Habla en otro idioma, Hana supone que es mandarín. Le pide a Hana que se coma el arroz y se gira para marcharse. Cuando abre la puerta, un profundo y sobrenatural gemido entra en la habitación.

—¿Qué es eso? —Hana no puede evitar preguntarlo, pero la mujer vuelve a negar con la cabeza. Se va de la habitación sin decir palabra.

Hana va hasta la puerta y mira hacia afuera. La mujer se aleja arrastrando los pies, tiene los pequeños hombros caídos hacia adentro. Hana está segura de que si la anciana no se ha molestado en cerrar la puerta de la habitación, este no puede ser un lugar tan horrible. Es como si le dieran libertad para vagar por la posada, como si ya no fuera una prisionera. Si sigue presa, parece que a la anciana no le importa que Hana intente escapar. O quizá no hay a donde ir, interviene su mente, impidiendo que sus esperanzas se hagan demasiado grandes.

El sonido vuelve a llegar, un llanto inhumanamente grave, como la muerte. Hana quiere cerrar la puerta y acurrucarse en el rincón más lejano de la habitación, pero necesita saber qué criatura es capaz de hacer un sonido tan terrible. Quizá si encuentra el origen del sonido sabrá dónde está y por qué la han traído aquí.

La puerta de su habitación es una de las muchas que dan a un balcón, el cual da a su vez a un pequeño salón con aún más puertas. Bajo las escaleras hay ahora más velas encendidas, y Hana puede ver el espacio más claramente. Es un lugar desnudo, como si aún no hubieran traído los muebles de la posada.

El gemido vuelve a sonar y a Hana le parece que proviene de la puerta más cercana al final de las escaleras. Está entreabierta y puede ver sombras que se mueven dentro. Sin pensar en su seguridad ni en nada más que en descubrir la fuente del sonido, se desliza por la escalera, sintiendo un escalofrío con cada crujido de los escalones de madera. Mira a las muchachas de la pared cuando llega al último escalón. Parece que se ciernen sobre ella, vigilantes y acusadoras. Hana se aleja de ellas avanzando de puntillas hasta la puerta. Aguanta la respiración y mira dentro.

Una mujer con las piernas abiertas y los muslos cubiertos de sangre yace sobre una estera contra la pared. Un hombre se agacha entre sus piernas, lleva cubiertas la nariz y la boca con una máscara de tela. Los pelos del cuello de Hana se erizan cuando se da cuenta de que ese gemido de muerte viene de la mujer ensangrentada.

—Tiene que empujar —le dice el japonés a la persona que tiene al lado. Hana no puede ver a la otra persona, pero escucha su voz.

—El doctor dice que debes empujar —dice una mujer en coreano. Hana toma una bocanada de aire con sobresalto. La mujer es coreana. La mujer ensangrentada grita con un sonido profundo y hueco que es más animal que humano. Hana se da la vuelta para volver al segundo piso, temerosa en parte de la mujer que está dando a luz y en parte aliviada de que haya terminado en algún lugar con otros coreanos.

—No va a salir de esta —dice el médico en japonés, y Hana se queda helada.

—¿Qué hay del bebé? —pregunta la mujer que hay a su lado.

—Ya está muerto.

—¿Puedes salvarla operándola?

—Hay demasiado riesgo de infección.

—¿Qué hay que hacer con ella, entonces?

—O lo saca empujando, o se muere con él. Dile que si quiere vivir debe empujar más fuerte.

Hana no se queda a oír nada más. Sube apresuradamente por las escaleras en silencio, se agacha en su habitación y se sienta, temblando, con las rodillas apoyadas en el pecho. Sus ojos siguen a la deriva hacia el tazón de arroz con sopa y los encurtidos en la bandeja, incluso mientras escucha los gritos de dolor de la mujer de parto. Su estómago gruñe. Se siente fatal por tener hambre mientras muere otra mujer. Pero no puede dejar de pensar en comer. El viaje en tren ha sido demasiado largo.

Alcanza el tazón y devora el arroz. Cuando vacía el cuenco, se come todos los encurtidos de golpe y luego se limpia la cara con el dobladillo del vestido. Un nuevo gemido se desliza bajo la puerta cerrada y Hana se siente enferma. Las náuseas la abruman, se arrastra hasta la palangana y vomita.

El arroz, el agua y los encurtidos salpican la cubeta de metal. Se limpia la boca con el dorso de la mano y se pone en pie para llevar la palangana escaleras abajo y vaciarla. En mitad de la escalera oye a la mujer otra vez y no es capaz de bajar del todo. Vuelve corriendo a su habitación.

Al acercarse a la puerta descubre una placa de madera que hay al lado. Tiene tallado el nombre de una flor en letras japonesas, y también un número: Sakura (flor de cerezo), 2. Las otras puertas del rellano tienen también una placa con nombre de flor. Los repasa uno por uno: Tsubaki (camelia), 3; Hinata (girasol), 4; Kiku (crisantemo), 5; Ayame (iris), 6; y Riko (jazmín), 7. Cuando llega a la última placa escucha un ruido en el otro extremo del pasillo, cerca de su habitación.

Hana no sabe si investigarlo, pero al volver a su habitación ve otra puerta más allá de la suya. La placa que está a su lado no es una flor, sino un nombre: Keiko (bendición), 1. Hana oye un ruido dentro. Desesperada por encontrar a alguien que le diga dónde está y por qué la han traído a este lugar, coloca rápidamente la palangana en el suelo y alcanza la manija de la puerta. El miedo envía un latido inestable y acelerado a su corazón, un latido demasiado duro que arrebata el aire a sus pulmones, pero la manija gira fácilmente.

Esta habitación es idéntica a la que le han asignado a ella. Una vela arde en el suelo junto a una mujer, que está arrodillada sobre la estera cubriéndose la cara con las manos. Está llorando en silencio. Sus hombros se estremecen con cada sollozo enmudecido. Hana comienza a cerrar la puerta, pero la mujer nota su presencia y baja las manos. Se miran.

—Tú debes ser la nueva Sakura —dice la mujer en japonés.

Hana se siente aliviada de que puedan comunicarse.

—¿Eres Keiko? —pregunta Hana, recordando la placa de la puerta. La mujer asiente con la cabeza. Las placas son nombres. Ahora el nombre de Hana es Sakura.

—Qué joven eres —dice Keiko, negando con la cabeza—. ¿Cuántos años tienes?

—Dieciséis —responde Hana, avergonzada por el temblor de su voz. A la luz de las velas, Hana calcula que Keiko tiene treinta y tantos años.

—Una vez tuve tu edad. Parece que fue hace toda una vida.

La mujer de abajo gime y Keiko se cubre la boca con las manos, sofocando un sollozo.

—¿La conoces? —pregunta Hana.

—Es mi amiga —dice Keiko con voz temblorosa después de una larga pausa.

—El bebé está muerto —dice Hana casi sin pensar. Su estómago se revuelve.

—Bien. —Una expresión oscura cubre los rasgos de porcelana de Keiko.

Hana se sorprende por la ira de Keiko.

—Ella también podría morir —dice, preguntándose si Keiko se va a alegrar también de esa noticia.

La cara de Keiko se ablanda y mira hacia abajo, hacia las manos apoyadas sobre su regazo.

—Eso sería bueno también.

Sin embargo, la voz de la mujer indica que es lo peor que podría pasar. Exactamente lo contrario de las palabras que ha dicho.

—No lo entiendo —dice Hana en voz baja.

—Pronto lo entenderás —responde Keiko sin levantar la vista—. Vuelve a tu habitación. Si te encuentran aquí tendremos que responder por ello las dos.

Hana quiere preguntarle a qué se refiere, pero desde abajo llega la voz de un hombre.

—¡Venga! —susurra con dureza Keiko.

Hana abandona rápidamente la habitación de Keiko, coge la palangana y vuelve a su habitación. Pronto comienza a oler a bilis, y se pregunta si debería tirar el vómito por la ventana, pero recuerda el miedo de Keiko y piensa que es mejor no hacer nada. Hana se recuesta sobre la estera de tatami y piensa en las palabras siniestras que le ha dicho Keiko. Nadie más entra en su habitación esa noche, y Hana se queda dormida agarrándose el estómago vacío.

Al día siguiente, Hana se entera de que la amiga de Keiko ha muerto durante el parto, pero no antes de comprender por qué la han traído a este lugar.

EMI

Seúl, diciembre de 2011

La hija de Emi la despierta con un ligero apretón en el brazo. Se despierta con los ojos irritados y resecos.

—Ya está el desayuno —dice YoonHui.

Emi huele el café recién hecho, el arroz hervido y el pescado blanco asado. Su estómago gruñe. Sus rodillas crujen cuando se levanta del sofá. Bola de Nieve mueve la cola y la sigue hasta el baño. Parece que no le importa verla resolver sus asuntos matutinos. Es como si fueran viejos compañeros y compartieran años de intimidad pasada. Emi se lava la cara y luego se cubre los ojos con las manos, remojándolos con agua fría. Revitalizada, coge al perrito en brazos y arrastra los pies hasta la cocina.

Su hija se ha superado a sí misma. Sobre la mesita y junto a los dos tazones humeantes de arroz, hay un despliegue de raciones sobre platos pequeños de porcelana.

—Has preparado mi *banchan* favorito —exclama Emi acercándose a los brotes de judías sazonados.

—Me pasé la mañana de ayer cocinando —admite YoonHui, y se sienta frente a su madre.

Emi sujeta los palillos y coge unos pocos brotes de judías. Están deliciosos y se lo hace saber a su hija. Comen en silencio durante un rato, aunque Bola de Nieve intenta llamar su atención de forma intermitente. YoonHui le da al perro unos trozos pequeños de pescado.

Después de desayunar llevan el café a la sala de estar y su hija pone un CD. Un piano interpretando música clásica llena el aire de la habitación, y YoonHui baja el volumen.

—Qué música tan bonita —dice Emi.

—Es Chopin. La última vez también te gustó.

—Sí, es muy bueno.

YoonHui sonríe y mira por la ventana. Emi piensa que Lane estará a punto de llegar.

—Madre, ¿seguro que no te importa que Lane venga con nosotras hoy? ¿De verdad?

—Ya te he dicho que no, no me importa. No te preocupes por mí. ¿Viene tu hermano?

—No, tiene que trabajar.

—¿Y mi nieto?

—En el colegio. Los volveremos a ver esta noche, en la cena.

Su hija exhala profundamente. Emi siente que está disgustada. No sabe por qué, así que se sienta y espera, aunque ya se ha terminado el café y quiere vestirse.

—¿Madre? ¿Puedo preguntarte algo?

Parece que tenga miedo de hablar. Después de tanto tiempo, su hija, una mujer de 58 años, aún tiene miedo de hablar con su propia madre. Emi se pregunta qué habrá hecho para que su hija tenga tanto miedo.

—Por supuesto, pregúntame lo que quieras.

YoonHui traga y mira fijamente su taza de café. Se lame los labios y no levanta la vista cuando habla.

—¿Fuiste una «mujer de solaz»? —El silencio cae entre ellas como una sábana invisible.

Emi no responde inmediatamente, sino que se mira las manos.

—¿Por eso empezaste a ir a las manifestaciones los miércoles cuando nos visitabas? —continúa su hija. Su frente se arruga con preocupación.

Emi toca la mesa. Es sólida y suave al tacto. Su corazón se contrae. Las manifestaciones de los miércoles se celebran todas las semanas desde que hace veinte años se presentó la primera mujer de solaz, aunque Emi solo ha asistido una vez al año durante los últimos tres años. La manifestación es un llamamiento a la justicia, y exige que el gobierno japonés admita los crímenes de guerra que cometió contra miles de mujeres durante la Segunda Guerra Mundial.

Han pasado muchísimos años desde que terminó la guerra, desde que comenzaron las protestas, pero los crímenes siguen impunes. ¿Qué se necesita para merecer una disculpa? ¿Y para dar una? Emi se lleva la mano al pecho. Su corazón se desata. La manifestación de hoy es especial, es la protesta número mil.

—¿Por qué no puedes hablar conmigo? —La voz de su hija es un gemido de dolor.

Emi apoya las palmas de las manos sobre los muslos. Nunca ha sabido hablar con su propia hija. YoonHui es académica, se rige por la lógica. Investiga cada una de sus decisiones de manera exasperante y luego las lleva a cabo con gran precisión. Por eso no pudo seguir a Emi al mar para ganarse la vida como *haenyeo*. En vez de eso, se fue a la universidad en busca de un mundo que tuviera sentido para ella. Emi nunca ha entendido el mundo que habita su hija. Así como su hija nunca pudo entender los secretos que Emi ha guardado de sí misma durante toda su vida. No conoce palabras suficientes como para explicarle a su hija toda una vida de silencio. Pero tampoco puede decir más mentiras.

—No fui una mujer de solaz. No deberías dudar de mí —Emi mira a su hija mientras habla, esperando que sea suficiente.

—Yo-yo no dudo de ti, yo solo… quiero que compartas tu vida conmigo. Alguna parte de ti. —YoonHui dirige la vista hacia abajo, hacia el café. Parece avergonzada y un poco enfadada.

—YoonHui —Emi dice su nombre suavemente.

YoonHui mira hacia arriba. No oculta su ira. En vez de eso, parece que reta a su madre a mentirle. El tigre feroz aún vive en ella, y Emi siente un creciente orgullo al verlo.

—Estoy buscando a alguien, eso es todo. Espero encontrar alguna noticia allí.

—¿Quién es? ¿Una amiga?

La chica de sus sueños se introduce en su mente. Vuelve a ver la cara joven. ¿A quién está buscando? ¿Una chica perdida hace muchísimos años? ¿Una mujer que se ha hecho vieja en otro país? Si contesta a su hija de verdad, sabe que abrirá una compuerta que lleva sellada más de seis décadas, y que no habrá manera de cerrarla otra vez. Detrás de esa compuerta sellada yacen el engaño, el dolor, el miedo, la preocupación, la vergüenza, todas las cosas de su vida pasada que ocultó a sus hijos y, a medida que crecía, incluso a sí misma. De repente la situación la supera y se queda sin aliento, como si le diera una patada un soldado sin rostro, una pesada bota militar. Sus hombros caen y no puede mirar a su hija a la cara. Mira más allá de ella, al suelo de linóleo cubierto de líneas de mármol que convergen entre sí como delicadas flores.

Lo primero que envió Emi a las manifestaciones del Miércoles fue una flor. Hace tres años, JinHee la convenció para que asistiera a la ceremonia inaugural de apertura del parque de la Paz de Jeju. El parque fue construido para conmemorar el levantamiento de Jeju en 1948, que llevó a la masacre de más de veinte mil isleños. Muchos de los asesinados fueron acusados injustamente. Todavía recuerda el miedo que asolaba su aldea, todos temían ser tachados de rojos, de comunistas. Cuando el gobierno provisional surcoreano, apoyado por Estados Unidos, ordenó la ejecución masiva de supuestos izquierdistas como medida preventiva al estallar la guerra de Corea, todos los que simpatizaban con Corea del Norte, que recibía apoyo de la Unión Soviética, eran arrojados a las cárceles, golpeados, torturados y luego asesinados.

Emi solo tenía catorce años cuando incendiaron la casa de su familia. Su aldea era una de las muchas sospechosas de albergar a esos rebeldes de izquierdas que luchaban por el Norte comunista. JinHee también lo vivió, aunque nunca hablaba de ello. Sabía que Emi guardaba recuerdos dolorosos en el corazón porque ella tenía que cargar con los suyos propios. La ceremonia inaugural en el parque de la Paz fue el primer paso para curar las heridas del pasado sangriento de la isla, y JinHee no paró hasta que Emi accedió a asistir.

—Esas pesadillas que estás teniendo no van a desaparecer solas —dijo JinHee tras una larga mañana de buceo. Estaban sentadas en el mercado vendiendo la pesca. Emi había llenado un cubo extra de orejas de mar, el hallazgo afortunado del día—. Necesitas enfrentarte a tu pasado. Esto te podría ayudar.

—El pasado es el pasado —respondió Emi observando el trasiego de compradores. Una niña pequeña agarrada al dedo índice de su madre llamó su atención. Eran turistas del continente. Los ojos brillantes de la chica se fijaron en ella. Le sonrió y Emi miró hacia otro lado. Llevaba mucho tiempo teniendo pesadillas. No podía recordar cuándo habían empezado, pero sabía que habían comenzado en algún momento después de la muerte de su marido.

—No se puede hacer nada al respecto —respondió Emi.

—Qué testaruda. Te aferras a tu *han* como si te perteneciera. —JinHee agitó la cabeza consternada y luego saludó con la mano a la niña, que se tapó la boca para reírse.

—No hago eso —contestó Emi sentándose un poco más alto para poder masajear su pierna coja.

—Vamos a ir todas. Vamos a alquilar una furgoneta para ir hasta allí. —Emi no contestó. Volvió a mirar a la niña, que parecía despreocupada y ligera como el aire mientras saltaba junto a su madre por el abarrotado mercado. Estallaron los celos que Emi reprimía cada vez que veía a un niño feliz. Todos habían sufrido durante la ocupación japonesa de Corea. Muchos habían sobrevivido a la Segunda Guerra Mundial solo para morir en la guerra de

Corea. Pero si, al igual que Emi, se las habían arreglado para sobrevivir a ambas cosas, siempre llevaban consigo una carga de impotencia y de arrepentimiento abrumadora. Miembros de la familia asesinados, muertos de hambre, secuestrados, vecinos volviéndose unos contra otros... todo esto era su *han*, una palabra que todos los coreanos conocen y una carga que cada uno lleva dentro de sí. Todo el mundo, incluso JinHee y las otras buceadoras, llevaban este *han*, pero no era asunto de nadie la manera en que Emi cargaba con el suyo.

JinHee tocó la pierna buena de Emi.

—No dejes que tu terquedad te impida encontrar la paz.

Emi estaba a punto de entrar a discutir, pero JinHee levantó las manos en el aire, rindiéndose.

—Me callo, lo prometo...

—Bien —dijo Emi prematuramente.

—Pero solo si vienes con nosotras —gritó JinHee, y aplaudió en el aire—. ¡Nunca tendrás paz si no vienes, ni contigo misma ni conmigo! —Luego soltó su famosa carcajada, que resonó entre los puestos. Todas las miradas cayeron sobre ellas, y Emi no tuvo más remedio que sonreír.

El viaje al monumento se llenó de historias y de lágrimas mientras recordaban el levantamiento y la posterior matanza. Muchas de las buceadoras eran niñas en aquella época y habían perdido padres, tías, tíos, hermanos y abuelos. Emi se sentó en el asiento delantero de la camioneta, mirando por la ventanilla pero escuchando. No se unió porque no era capaz de recuperar sus recuerdos de aquella época. Cuando intentaba crearse una imagen del período posterior a cuando Corea se liberó de los japoneses, una neblina cubría su mente. Era como si los cincuenta años de dura represión gubernamental hubieran hecho demasiado bien su trabajo. Ni siquiera las libertades del actual gobierno habían cambiado su incapacidad para hablar de ello. La mente de Emi había bloqueado los recuerdos de su pasado doloroso para que pudiera criar a sus hijos y sobrevivir. Pero eso no detuvo los sueños.

—¿Estás bien? —preguntó JinHee cuando llegaron al parque. Emi se encogió de hombros, y al ver que JinHee seguía revoloteando cerca de ella como si cuidara a un niño, Emi la apartó lejos de sí.

Más de cinco mil personas asistieron a la ceremonia. Emi miró a través de la multitud, preguntándose cuántos habrían vivido alguna vez en la isla de Jeju y se habrían marchado debido a las atrocidades cometidas por sus propios compatriotas. Una mujer pasó junto a ella llevando un ramo de flores blancas. De repente, parecía que todos llevaban las mismas flores blancas. Emi no sabía por qué las flores la desconcertaban, pero cuando la gente pasaba junto a ella llevándolas en sus brazos, empezó a sentirse sin aliento. Agarrándose el pecho, notó que todos se dirigían en la misma dirección y empezó a seguirlos.

Su corazón se aceleró de nuevo al acercarse a una masa de gente alrededor de una mesa. Estaba cubierta de crisantemos blancos, símbolo del duelo. Las flores del entierro se amontonaron ante ella mientras cientos de visitantes las ofrecían a los muertos perdidos. Las ráfagas de verde oscuro y blanco hicieron emerger un recuerdo en la mente de Emi. Otra ceremonia, hace mucho tiempo. Recordó a su madre dándole una de estas flores blancas y fantasmales.

A partir de entonces los sueños aumentaron su intensidad cada noche, y JinHee se arrepintió de haber obligado a Emi a asistir a la ceremonia. Los recuerdos que Emi había reprimido durante demasiado tiempo comenzaron a perseguirla más allá de sus sueños. Llegaban a ella durante el día, mientras preparaba el desayuno o incluso mientras se zambullía en el mar. Eran pequeños destellos al principio, una imagen de una muchacha nadando hacia una playa rocosa, un soldado parado en la orilla, voces que se alejaban… hasta que un día no pudo contenerlos más. Afectaban a su productividad, amenazaban con derribarla. Su historia entera se estrelló tan dolorosamente contra su conciencia que sufrió un primer ataque al corazón. El médico le advirtió que necesitaba tomarse las cosas con calma y minimizar el estrés a toda costa. Pero los recuerdos comenzaron a asolarla, y ella ya no podía ignorarlos. Así que la próxima vez que abordó un autobús a Seúl para visitar a su hija, se escabulló y se fue a la primera manifestación del Miércoles en busca de una muchacha perdida hacía mucho tiempo.

El perro ladra, atrayendo la atención de Emi hacia el presente. Su hija está esperando una explicación. Emi baja la mano, coge al perro y lo deja acurrucado sobre su estómago. El pelaje sedoso y el cuerpo pequeño y cálido consiguen tranquilizar su mente al menos un poco.

—¿Madre?

—Hace mucho tiempo, durante la guerra, los japoneses se llevaron a una chica de nuestro pueblo y nunca volvió.

—¿Quién era ella?

—Alguien a quien quería mucho.

Su hija permanece callada, pero sus ojos se han vaciado de ira y se han llenado de preguntas. Emi no dice nada más. Coloca al pequeño caniche en el suelo y se pone de pie. Mientras arrastra los pies hacia el dormitorio para cambiarse de ropa, su hija la llama.

—Sabes que amo a Lane, ¿verdad?

Emi se detiene un momento y mira a su hija. Todavía puede ver a la niña pequeña a la que una vez enseñó a nadar en las frías aguas del mar del Sur. La niña que sonreía a Emi con su cara perfectamente redonda mientras se echaban agua la una a la otra y nadaban en círculos alrededor de las *haenyeo* que regresaban de un largo día de buceo. Emi soñaba que su hija un día se zambulliría junto a ella como las otras chicas hacían con sus madres, como lo hizo ella con su propia madre. Pero YoonHui creció muy rápidamente, y su mente era tan madura y estaba tan llena de ideas que Emi no podía mantenerse al día de sus nuevos pensamientos, siempre cambiantes. El día en que le dijo a Emi que no quería aprender a bucear fue el peor día que tuvo como madre. Debería haberlo imaginado. YoonHui no era como las otras chicas. Miraba al cielo en vez de bajar a las aguas.

—¿Por qué no puedo seguir yendo a la escuela? —preguntó YoonHui una tarde.

Tenía diez años y solo un año de formación como *haenyeo*. También era su último año en la escuela. Emi acababa de terminar la inmersión del día y estaba clasificando su pesca en la playa. Las otras mujeres también estaban cerca, vaciando sus redes, y Emi sabía que todas estaban escuchando.

—Porque puedo enseñarte todo lo que necesitas saber sobre buceo aquí en el mar. En la escuela no pueden enseñarte esto.

YoonHui se quedó pensativa durante un momento antes de contestar. Parecía sopesar sus palabras cuidadosamente. Emi continuaba clasificando la pesca. Comentó que el día anterior había encontrado muchas más orejas de mar. JinHee y algunas otras se mostraron de acuerdo.

—Madre —interrumpió YoonHui, llamando de nuevo la atención de Emi.

—¿Qué, hija?

—Lo he decidido… he decidido que quiero ir a la escuela como mi hermano mayor.

Emi dejó de destripar un calamar. Miró a su hija durante un largo rato, sin decir nada.

—No te enfades. Lo he pensado bien. Quiero ir a la universidad algún día. Quiero ser profesora.

—¿Es así? —Emi volvió a eviscerar y clasificar, sus manos trabajaban metódicamente.

—Sí, mamá. Es así. Es así de verdad.

YoonHui puso las manos sobre sus estrechas caderas y enderezó los hombros delgados. Levantó la cabeza y miró directamente a los ojos de Emi. Incluso sintiéndose herida por la decisión de su hija, le costó mucho no dibujar una sonrisa radiante por el orgullo que le hacía sentir su hija tonta y testaruda.

—Todas las mujeres de nuestra familia se convierten en *haenyeo*. Somos mujeres del mar. Está en nuestra sangre. No nos convertimos en maestros. Este es nuestro regalo y nuestro destino. —Emi miró a su hija, impresionando la importancia de sus palabras a través de su expresión. YoonHui apenas parpadeó.

—Eso fue antes de la guerra. Ahora hay más oportunidades. Soy una chica inteligente, y mi profesora dice que soy aún más inteligente que cuando mi hermano mayor tenía mi edad. Dice que soy demasiado lista para desperdiciar mis talentos trabajando como una campesina, arriesgando mi vida en los peligros del mar. No, mamá, yo pertenezco a la escuela.

—¿Campesinas? —repitieron sorprendidas algunas *haenyeo*.

—¿Quién nos llama campesinas?

—¿Cómo se llama ese hombre?

—Tu maestro es un hombre —dijo Emi con voz fuerte y controlada. Las demás se callaron para escuchar—. No es de nuestra isla. Es del continente, y los del continente no pueden entender lo que significa ser una *haenyeo*.

—¡Sí, así es! —respondió el coro de mujeres.

—Nos zambullimos en el mar como nuestras madres, abuelas y bisabuelas desde hace cientos de años. Este regalo es nuestro orgullo, porque no respondemos ante nadie, ni ante nuestros padres, ni ante nuestros maridos, ni ante nuestros hermanos mayores, ni siquiera ante los soldados japoneses durante la guerra. Atrapamos nuestra propia comida, conseguimos nuestro propio dinero y sobrevivimos con la cosecha que nos da el mar. Vivimos en armonía con este mundo. ¿Cuántos hombres maestros pueden decir lo mismo? Es nuestro dinero el que paga su salario. Sin estas «campesinas» se moriría de hambre.

Todas las cabezas asentían al unísono mientras Emi hablaba. Hubo gritos de apoyo y alguna carcajada. La cara de YoonHui se puso de color rojo, apretó las manos en pequeños puños y los ojos se le mojaron de lágrimas que no llegaron a caer.

—No importa lo que dijo mi maestro. Importa lo que yo quiera —dijo YoonHui—. Ya hablé con mi padre, y aceptó. Solo quería decírtelo antes de irme. Hoy es mi último día de buceo contigo. Papá me ha pagado la matrícula de la escuela. Algún día iré a la universidad.

Su padre. Ahora le tocaba a Emi sonrojarse. Su padre había ido por la espalda y había apoyado a YoonHui para que rompiera con la herencia familiar. Era un movimiento estratégico por su parte, y su hija no tendría ni idea de que su padre intentaba reafirmar su autoridad sobre la de Emi. El cuchillo en su mano empezó a temblar. Las otras mujeres callaron y volvieron a sus asuntos.

—Echaré de menos que nades junto a mí. —Eran palabras verdaderas. JinHee se acercó y sujetó el cuchillo de Emi.

Entonces empezaron a caer las lágrimas de los ojos de su hija, pero eran de felicidad. Se acercó corriendo a su madre y la abrazó.

—Oh, gracias, madre. No te arrepentirás. Te haré sentir orgullosa.

Esa noche Emi no pudo soportar dormir junto a su marido. Él sabía que la conversación había tenido lugar, porque ese mismo día, más tarde, había llevado a su hija al pueblo para comprarle útiles escolares y un uniforme. Emi vio que su hija sonrió a su padre antes de irse a dormir, agradecida por la oportunidad de dejar el mar atrás, ignorante de lo que le había ayudado a hacer en realidad.

Sentada en el sofá, escuchando los sonidos de su familia durmiente, Emi se echó a llorar. Sentía una mezcla de dolor y orgullo. Dolor por la elección de su hija, pero orgullo por la fuerza que demostraba al escoger su camino. Su hija era una excelente nadadora. De entre todas sus amigas, ella podía aguantar la respiración más tiempo, nadar más lejos y llenar su red más rápido que nadie. Habría superado las habilidades de buceo de Emi si le hubiera dado una oportunidad a la vida *haenyeo*. Ahora nunca lo sabría. Emi miró al cielo, esforzándose por ver lo que su hija veía cuando miraba al mundo. Un negro vacío le devolvió la mirada, pero había cierto consuelo escondido en su vastedad. YoonHui había pedido la aprobación de su madre. Aunque no la necesitaba, la quería. Su férrea determinación no había enterrado la necesidad de que su madre la aceptara.

Cuando Emi mira ahora a YoonHui ve a esa niña otra vez, con sus ojos llenos de determinación pero también suplicando la aprobación de su madre. Ha encontrado el amor (solo unos pocos son bendecidos con tal regalo) y es feliz. Emi ha experimentado muy poca felicidad en su propia vida. Ahora que en la nación se han asentado la democracia y una especie de paz, parece justo que sus hijos encuentren algo de felicidad. Eso supone una ruptura en el ciclo de sufrimiento que soportó su país durante tanto tiempo. Emi asiente con la cabeza mirando a su hija y se dirige hacia el dormitorio para vestirse, llevando a rastras su pierna mala detrás de ella.

Su hija ha lavado los pantalones rosados, así que se los pone. También se pone el suéter negro, y mira su reflejo en el espejo. Una anciana la mira fijamente. Emi mira su pecho y se pregunta cuándo el corazón que lleva dentro se dará por vencido. Toca el espejo con la mano, su palma sobre el corazón de la anciana.

Lane las está esperando fuera del edificio. El viento frío hace revolotear un extremo de su bufanda alrededor de su cuello. Levanta hacia YoonHui una bolsa de papel llena de porciones de tarta de café.

—Ya hemos comido —dice YoonHui disculpándose, pero Emi la interrumpe.

—Tomaré algo de tarta contigo, Lane.

—Sabía que lo harías, Madre. Es la mejor tarta de café de la zona. La pedimos en la universidad para actos especiales. Pero ten cuidado. Te volverás adicta.

Emi se pega a Lane y coge una de las porciones de la bolsa. Está hinchada por el enorme desayuno que preparó su hija, y rara vez come dulces. No ha vuelto a ser muy golosa desde que el dentista le arrancó cuatro muelas el año pasado. Come un bocado y sonríe. Sabe más a pan de canela. Se lame los dedos al terminar.

—¿Quieres otra? —pregunta Lane, con la nariz enrojecida y goteando por el frío.

—No, una es suficiente. Estaba muy buena.

—Venga, vámonos antes de que nos congelemos —dice su hija cogiendo con un brazo a Emi y con otro a Lane.

Lane mira rápidamente a Emi y Emi le sonríe. El calor se propaga a través de su pecho mientras caminan con los brazos unidos, las tres juntas, hacia el metro. Su hija es como una niña pequeña de nuevo, dando saltitos junto a Emi. Es como si le hubieran quitado un peso de encima, y ha renacido alguien más liviano y feliz. Emi mantiene esta imagen en su mente, deseando que nunca se desvanezca, y se dirige llena de esperanza hacia la manifestación.

HANA

Manchuria, verano de 1943

Hana está en la cocina terminando de desayunar sopa de arroz con trocitos de calabaza seca cuando se da cuenta de que algunas de las otras chicas la observan en silencio. Son los rostros que la recibieron anoche desde la pared, al pie de las escaleras. Antes de que pueda decir nada, Keiko aparece detrás de ella.

—Es hora de cortarte el pelo —dice—. Para que encajes con el resto de nosotras.

Keiko blande un par de tijeras de jardinería, y Hana ya lamenta la pérdida de su cabello largo y hermoso. Keiko levanta las tijeras y Hana se prepara para el primer corte cuando el guardia, un soldado, las interrumpe.

—No hay tiempo para esto. Hazle una coleta —le dice a Keiko.

Keiko obedece y luego ordena a todas que se preparen. Nadie mira a Hana mientras limpian los platos y pasan junto a ella hacia la escalera. Hana se queda rezagada, preguntándose para qué debe prepararse.

—Espera un momento —le dice el soldado, que saca una cámara de una bolsa que había sobre el banco de la cocina—. Quédate quieta —dice mientras manipula la lente—. No sonrías —exige antes de disparar dos fotografías rápidas.

Hana apenas tiene tiempo para entender que le han hecho unas fotos cuando el soldado le ordena que regrese a su cuarto y la empuja bruscamente hacia la escalera. Ella sube las escaleras, pero no sin antes mirar las caras que la observan desde los marcos de las fotos. Falta uno de los marcos. Hana lo ve en el último momento, y es capaz de recordar el número debajo del espacio vacío: 2.

Keiko se detiene en su puerta y parece querer decirle algo a Hana, pero luego inclina la cabeza y silenciosamente desaparece. Hana toca el número que hay junto a su puerta. Su fotografía quedará colgada junto a las otras. Ella es la cara que está detrás de la puerta de la habitación 2. Un temblor recorre sus brazos.

Hana se sienta en la colchoneta de tatami y escucha los sonidos que llegan desde detrás de la delgada puerta de madera. Un murmullo de voces masculinas, al principio bajito, llega a sus oídos. Viene del salón de abajo, pero luego la intensidad aumenta a medida que suben la escalera y pronto suena como si hubiera una muchedumbre congregándose en el rellano. Ella lucha contra el impulso de ir hasta la puerta y descubrir lo que está sucediendo; parece más seguro quedarse quieta, pensando que si no la oyen no sabrán que está allí. Pero todo es en vano.

La puerta se abre y los ve. Soldados haciendo cola para la nueva Sakura. Más tarde, Hana se entera de que la llegada de una nueva mujer se propaga como un incendio por el campamento, y todos los soldados llegan temprano, corriendo para ser los primeros en probarla.

El primer soldado entra en su habitación. Es grande y ya se está bajando los pantalones. Hana no se retrae en su mente como hizo en el ferri cuando Morimoto la violó. Abre la boca y grita. El soldado se detiene, solo por un instante, y luego sonríe.

—Tranquila, tranquila, seré rápido, te lo prometo. Siempre soy rápido.

Sus pantalones se deslizan hasta sus tobillos y se arrodilla sobre el tatami. Hana pega la espalda al rincón más alejado de la pequeña habitación, pero no está lo suficientemente lejos. Él simplemente la observa y, lentamente, su pene comienza a endurecerse con una erección.

—Eres hermosa —dice, y la agarra por el tobillo.

Hana le patea la mano, pero eso no lo disuade. Él la coge y la arrastra por el suelo hasta la esterilla. Antes de poder gritar de nuevo, él está encima de ella. El peso de su cuerpo la aplasta, pero aun así se revuelve debajo de él, le golpea la espalda con los puños, le araña la piel y luego le muerde en el hombro.

Él se incorpora, dándole un breve respiro, y la golpea en la tripa. Se le escapa el aire. Él no espera. Mientras ella jadea para coger aliento, entierra las manos entre sus piernas y la penetra por la fuerza. Ella aún no ha conseguido coger aire. Sin embargo, él continúa, empujando una y otra vez. Hana lucha por recuperar el control de su cuerpo, de sus pulmones, de sus extremidades, pero nada responde. Es como morir.

Se detiene repentinamente. Sus músculos se tensan y después, lentamente, se aparta de ella.

Hana se gira de lado, jadeando en busca de aire.

—Te dije que sería rápido —le dice, y se pone los pantalones.

Cuando se va, otro soldado entra en la habitación. Echa un vistazo a Hana y grita a través de la puerta.

—¡Oye, no has usado condón!

—Ella no lo ha pedido —se oye responder.

El nuevo soldado sacude la cabeza y agarra las piernas de Hana. Sus pantalones ya están alrededor de sus tobillos.

—Por favor, para —pide ella, encontrando por fin el aliento—. Ayúdame, ayúdame a escapar de este lugar. Me han secuestrado, solo tengo dieciséis años, ayúdame a encontrar a mis padres…

Sus palabras caen en saco roto. Él ya está empujando con fuerza, como si sus súplicas de ayuda fueran peticiones para que él sea más rápido, más duro y durante más tiempo. El segundo soldado usa los treinta minutos que le han asignado. Cuando el tercer soldado entra, Hana ha empezado a sangrar. Se toca el reguero rojo que le gotea por la cara interna del muslo.

—Mira lo que me han hecho —le dice al tercer soldado, enseñando sus dedos ensangrentados.

Él se baja los pantalones sin mirarle a la cara. Le aparta la mano, la tumba sobre su estómago y la penetra. Ella grita, pero el soldado no para. Ninguno para. Hana pierde la voz. Se queda quieta mientras saquean su cuerpo uno detrás de otro.

Cuando la procesión de soldados finalmente termina, la noche ha caído. Hana yace semiconsciente en su esterilla manchada de sangre, perdida en la inefable oscuridad. Las palabras de Morimoto se burlan de ella en sueños. «Te estoy haciendo un favor... Estrenándote... Al menos así sabrás lo que te espera».

El sol se eleva lentamente sobre la valla de madera que rodea el recinto. Keiko está detrás de Hana, cortando su largo pelo con unas tijeras. Unos pájaros pequeños y amarillos se posan en las cuerdas combadas de la colada, zigzagueando sobre sus cabezas en el patio. Un viento seco mueve sus diminutas plumas amarillas mientras gorjean tiernas canciones. El viento sopla sobre la cara y el pelo de Hana mientras ella se arrodilla en el polvo, escuchando a los pájaros. Se pregunta cómo es posible que sonidos tan alegres puedan existir en un lugar tan lleno de horror y dolor.

—Ya está, pequeña Sakura —dice Keiko, sacudiendo los mechones de pelo de los hombros desnudos de Hana con un paño seco—. Ahora eres como el resto de nosotras.

Levanta un espejo que cabe en la palma de su mano y Hana no puede evitar mirar su reflejo. Las puntas de su cabello suavizan la línea de su mandíbula, pero no es eso lo que llama su atención. Un cardenal morado ha nacido alrededor de su ojo derecho, y una marca roja en forma de corazón mancha su mejilla izquierda. Su labio inferior está roto e hinchado, y su cuello está en carne viva de las manos y los antebrazos que la ahogaron para someterla. Así que esto es cómo los demás ven su dolor. Se aparta de su reflejo. Ya no es suyo; ahora es la imagen rota de una chica llamada Sakura.

Hana pasa los dedos por la suciedad bajo sus rodillas. Tiene las uñas sangrientas y rotas. Si se queda quieta arrodillada en el patio, sus heridas duelen menos, pero no puede dejar de arañar la tierra. Le duelen todos los músculos; sus partes más íntimas palpitan debido a las repetidas violaciones. Apenas podía bajar las escaleras cuando Keiko la despertó. Ahora está sentada en la suciedad, preguntándose si todo volverá a ocurrir de nuevo.

—No luches contra ellos —dice Keiko—. No será tan malo si no te resistes. No se irán hasta que estén satisfechos. Luchar contra ellos solo hará que sufras más. Sakura, ¿puedes oírme? —Keiko pone la mano sobre el hombro de Hana.

Hana retira la mano de Keiko. Deja de arañar la tierra. Recuerda cuando aprendió a bucear. Cómo una vez esperó demasiado tiempo antes de subir a la superficie e involuntariamente abrió la boca para respirar, tragando agua que le entró en los pulmones. Si su madre no hubiera estado cerca, se habría ahogado. El dolor insoportable en sus pulmones y el miedo a ahogarse hicieron que aprendiera la lección. Nunca más le volvió a pasar. Incluso cuando se quedaba sin aliento debajo del agua, se aseguraba de ascender lentamente, de mantener la calma incluso cuando sus pulmones pedían aire a gritos. Aprendió a soportar, porque el dolor del ahogamiento era peor. El dolor es un buen maestro. La cuestión es si puede aceptar lo que ha aprendido de este dolor para dejar de luchar. Parece indescifrable.

—¿Cuánto tiempo te has permitido sufrir aquí dentro? —pregunta Hana.

—Demasiado tiempo —responde Keiko.

La amargura en su tono llama la atención de Hana, que eleva la mirada hacia la mujer japonesa, que podría ser hermosa si no fuera tan delgada. El pelo de Keiko es negro azabache, excepto por una línea plateada en cada sien que enmarca su cara. Es más alta que las otras chicas y lleva un colorido kimono de seda que contrasta con los vestidos lisos de color beis. Hana toca el dobladillo del kimono de Keiko. Es suave y reconfortante.

—Una vez fui *geisha* —comenta Keiko—. En Japón me ganaba la vida muy bien entreteniendo a empresarios ricos. Este kimono fue un regalo de mi cliente favorito.

Recorre con sus manos los laterales del kimono, y a Hana le recuerda a una grulla blanca, de pie al borde del agua, con la regia cabeza levantada ligeramente, ignorando todo lo que hay a su alrededor, los árboles, los pájaros en el cielo, el aire.

—¿Y a ti adónde te encontraron, pequeña Sakura? —pregunta Keiko con ojos vigilantes.

A Hana le atormenta este nuevo nombre japonés. El resto de las chicas también llevan los nombres de las flores que hay colgadas de sus puertas. Todas menos Keiko.

—¿Es Keiko tu verdadero nombre?

—Por supuesto, pero has cambiado de tema.

—¿Por qué tú conservas el tuyo y nosotras perdemos el nuestro?

—¿No quieres decirme de dónde eres, pequeña Sakura? —Keiko eleva una ceja perfilada con lápiz, pero Hana no dice nada. La mujer busca una escoba y barre los mechones de pelo recién cortados que se acumulan en una pila en el suelo. Después de una larga pausa, finalmente responde.

—Necesitáis un nombre japonés, así que os dan uno. Yo no lo necesitaba.

Viéndola barrer los últimos mechones de pelo del suelo, Hana sospecha que Keiko miente. Todas las tablillas de madera que hay en sus puertas fueron talladas hace mucho tiempo y fijadas a las paredes con clavos largos ya oxidados. A las mujeres se les asigna una habitación, y por lo tanto un nombre. Si Keiko ha estado allí tanto tiempo como las tablillas, debería estar oxidada ella también. Keiko no puede ser su verdadero nombre. Tal vez siempre tuvieran a una chica japonesa en esa habitación y buscaran una nueva cuando la antigua se mudase o muriese.

—¿Cómo acabaste aquí? —pregunta Hana—. ¿Te secuestraron?

Keiko se tensa.

—Me hice vieja —dice simplemente—. Una *geisha* vieja es peor que una mujer vieja. Una tragedia de la profesión. Vine aquí creyendo que sería una buena oportunidad. Cumpliría con mi deber patriótico sirviendo a Japón y a los soldados, y además podría pagar las deudas que había acumulado cuando mis clientes dejaron de visitarme.

Mira hacia el otro lado del patio, posando sus ojos sobre un triste caqui de ramas prácticamente desnudas, luchando por sobrevivir en el suelo baldío. Un estremecimiento la recorre y su mirada penetra repentinamente a Hana.

—Nunca confíes en un hombre al que le debes dinero.

Hana cree que nunca volverá a confiar en un hombre. Mira al suelo y ve cómo sus dedos cavan grietas en la tierra. Se da cuenta de que ya no le importa Keiko, ni las placas junto a las puertas, ni los nombres. Solo puede pensar en lo que traerá el día siguiente. Tal vez sería mejor morir ahora que soportar ser violada una y otra vez, un día detrás de otro, para acabar muriendo como la mujer parturienta.

—Ven, Sakura. Vamos a desayunar —dice Keiko sacando a Hana de sus oscuros pensamientos. Le indica a Hana que entre.

A través de la puerta trasera, Hana ve a las otras chicas reunidas alrededor de una pequeña mesa en la cocina, comiendo tranquilamente. Algunas la miran a través del guarda apoyado en la jamba de la puerta. Sus caras expresan compasión al notar los moratones de Hana. Esta se da la vuelta, incapaz de aguantar sus miradas.

Nunca antes le han tenido ese tipo de lástima a Hana, ni a nadie de su familia. Su pueblo isleño está lleno de gente fuerte y orgullosa; incluso los niños mantienen la cabeza alta. La ocupación japonesa fue una amenaza que casi hizo que murieran de hambre, teniendo que pagar injustamente impuestos por la pesca diaria, pero se las arreglaron para pescar más y más con cada nuevo decreto, consiguiendo alimentarse de todas formas. Eso significaba permanecer en el agua más horas y arriesgar sus vidas incluso durante el mal tiempo, pero con el peligro creciente también vino un orgullo creciente por su arduo trabajo y por haber ganado. Habían sido colonizados solo sobre el papel.

Su isla está habitada por pescadores fuertes y mujeres buceadoras, las *haenyeo*; y Hana es una de ellas (al menos, eso creía). Nunca pensó que podrían arrebatarle eso, que se vería obligada a convertirse en... esto.

Dentro, las otras chicas hablan de ella como si no pudiera oírlas. Son coreanas, pero hablan en japonés por obligación. Son todas mayores que ella; algunas parecen tener unos veinte años, aunque un par deben de ser de edad similar a Hana. Keiko es la mayor, y ahora que Hana la examina a la luz del sol, le parece que debe rondar los cuarenta años. Hana permanece sentada en el patio de tierra, así que Keiko le lleva la comida en un pequeño tazón de metal: gachas de arroz con trozos de carne seca. Hana se está muriendo de hambre, pero no toca la comida.

—Es demasiado fuerte. Ese es su problema —les dice una de las chicas a las otras en la mesa, lo bastante alto como para que Hana lo escuche. Su tablilla identificativa dice que se llama Riko. —La oí luchar contra ellos como un leoncito.

—Eso no es bueno —las demás están de acuerdo.

—Es mejor ser una chica débil y ceder fácilmente —dice la chica llamada Hinata.

—Es más fácil eso que pelear. Disfrutan demasiado pegándonos —contesta Riko.

—Sí. Son bestias monstruosas, no hombres —apunta Hinata, y todas asienten entre bocados de arroz.

—Debe de ser una campesina, con esos hombros tan anchos —adivina Tsubaki. Se oye un rumor general de asentimiento.

—Y sus piernas son tan musculosas... ¿Sabes de dónde es? —le pregunta Hinata a Keiko.

Los ojos de Hana se encuentran con los de Keiko. Es una mujer sorprendente; mira atrás, hacia Hana, con expresión dolorosa. Sus ojos son suaves, pero su voz es fuerte.

—Dejadla en paz. Se acostumbrará pronto, igual que nosotras tuvimos que acostumbrarnos. Si no, nunca sobrevivirá en este lugar.

Asienten con la cabeza y algunas expresan su acuerdo en tono de disculpa. Hana no detecta animosidad ninguna en las chicas, no hay mala voluntad. Su curiosidad parece genuina, pero no puede evitar sentir que la han traicionado. Sabían lo que le iba a pasar después del desayuno de la mañana pasada, pero nadie le advirtió. Y ninguna intentó detenerlo.

Arrodillada en el patio, Hana trata de recordar a las otras chicas que viajaban con ella en el tren. ¿Estarán sufriendo el mismo destino? Hana fue la última en llegar a su destino, y la última en saberlo. Podría reírse de su ignorancia durante esas últimas horas que pasó viajando hacia el norte, pero no puede articular ningún sonido. La risa se ha convertido en un idioma extranjero. Entonces recuerda a SangSoo. Enterraron su menudo cuerpo en medio de la nada, tan lejos de casa. Es demasiado. Hana empieza a chillar.

Los sonidos que escapan de su boca son inhumanos, pero no puede parar. Sus gritos molestan a los pajaritos amarillos, que alzan el vuelo como una ráfaga de viento, desapareciendo hacia el sol. El soldado apoyado contra el marco de la puerta ordena a las chicas que la hagan callar. Keiko y Hinata salen corriendo y rodean a Hana con sus brazos.

—Silencio —le pide Keiko, sosteniendo la cara de Hana entre sus manos. —Para de gritar, niña.

Se acurrucan junto a ella, la abrazan, le acarician el pelo, pero Hana lucha contra ellas. Su garganta pronto se queda afónica, pero Hana continúa chillando. Finalmente, Keiko le abofetea la mejilla.

La bofetada es seguida por un pesado silencio, y luego por sollozos amortiguados, cuando algunas de las chicas en la cocina empiezan a llorar. El soldado las manda a todas a sus habitaciones. Keiko guía a Hana adentro del burdel y escaleras arriba, dejándola en la habitación donde la chica que una vez había sido murió.

EMI

Seúl, diciembre de 2011

Mire adonde mire, pancartas que rezan *1000 Miércoles* saludan a Emi, de pie entre la muchedumbre que hay frente a la embajada japonesa. Las manifestaciones semanales comenzaron en 1992 y hoy, el miércoles milésimo, todavía no hay una resolución para las supervivientes.

Ya hay muchos manifestantes y simpatizantes reunidos, aunque todavía es temprano, pero la energía se nota apagada, como en el funeral de un gran líder donde una especie de tristeza festiva impregna a la multitud. Emi observa el descomunal edificio de la embajada. Todas las ventanas y las persianas están cerradas. Emi ve a otras mujeres oteando ventanas de la embajada, y sabe que todas se preguntan lo mismo: ¿están ahí dentro, mirando? ¿Sienten remordimiento o les han dado un día de vacaciones a los trabajadores de la embajada? Quizá todos están en su isla disfrutando del día libre. La amargura se asienta en su estómago ardiendo con la lentitud del carbón al final de un incendio abrasador.

—¿Tienes frío? ¿Nos sentamos allí, en una de las tiendas al resguardo del viento? —pregunta Lane.

—No, aquí está bien. —Emi no se ha percatado de que estaba temblando, pero ahora que Lane lo ha dicho solo piensa en el frío. Entierra las manos en los bolsillos del abrigo.

—Voy a comprar un chocolate caliente para todas —ofrece Lane, y desaparece entre la muchedumbre.

Un hombre golpea el micrófono.

—Probando, probando, hola, hola…

Emi se distrae en medio del alboroto. La voz del hombre retumbando a través de los altavoces, el murmullo de la multitud, los ojos japoneses escondiéndose detrás de las ventanas cerradas, todo se desdibuja en un segundo plano. La única sensación que Emi no puede bloquear es el frío. Penetra las capas de tela que envuelven su cuerpo y perfora su delgada y arrugada piel. Hacía un frío similar la noche que perdió a su padre. El recuerdo la coge desprevenida y se ve obligada a dejarlo entrar.

Presenciar la muerte de alguien es una cosa extraña y aterradora. Un segundo está ahí, respirando, pensando, en movimiento, y al siguiente no hay nada. No hay aliento, no hay pensamientos, no hay un corazón latiendo. La cara laxa, sin emociones. Emi vio así la cara de su padre, sin rastro del terror que había sentido apenas un momento antes. Se fue en un abrir y cerrar de ojos. Ella cerró los párpados, un simple aleteo, los volvió a abrir y estaba muerto.

Nunca le ha contado a nadie la historia. Era más fácil no pensar nunca en ello, para no tener que revivirlo. Pero ahora es demasiado vieja para detener los recuerdos. Su cuerpo está agotado, igual que su mente. Están empezando a resurgir a cualquier hora, invadiendo su soledad de dolor y remordimiento. A veces las viejas heridas deben reabrirse para curarse del todo —eso dice JinHee—, y Emi todavía no ha sanado de ver morir a su padre.

En medio de la multitud, Emi deja que la cara de su padre llene su mente. Sus ojos amables y pacíficos le devuelven la mirada, y ella lo ve como era antes, lleno de vida y de una gracia raramente vistas en aquellos tiempos de agitación. Era 1948, y Emi contaba con catorce años de edad. La guerra de Corea aún no había comenzado, pero la tensión entre la policía que el gobierno de Corea del Sur había enviado para mantener el orden y los rebeldes izquierdistas había crecido hasta convertirse en una feroz guerra de guerrillas. El levantamiento de Jeju había comenzado dejando muchos muertos en ambos lados.

La policía entró en su aldea bajo el manto de la oscuridad. El ululante viento de diciembre disfrazó su llegada. Un golpe y, con él, la puerta principal de la casa se abrió de par en par. Los policías entraron y sacaron a Emi y a sus padres de sus mantas. Los arrastraron al aire gélido de la noche. Lloraba y estaba confusa, pero los policías la golpearon y luego golpearon también a sus padres, gritándoles que se callaran. Los hombres eran jóvenes y estaban enojados, pero Emi no entendía por qué la estaban tomando con su familia. No tenía ningún hermano o tío que se hubiera unido a la izquierda rebelde, nadie que hiciera que la ira de la policía cayera sobre su familia. Eran meros ciudadanos de un país rasgado en dos por potencias mayores de lo que ellos podían controlar.

Uno de los policías tiró de su padre y lo puso frente a Emi, de cara a su madre. Empujó a su padre hasta que cayó de rodillas y sostuvo un cuchillo curvo contra su garganta.

—Esto por esconder a los rebeldes —dijo, y entonces el tiempo se detuvo.

Emi observó con incredulidad como la hoja se deslizaba por el cuello de su padre de izquierda a derecha. La sangre brotaba a borbotones, manchando su camisa de dormir negra a la luz tenue. Sus ojos aterrorizados no dejaron de mirar a los de su madre, y Emi pensó que parecía más asustado por ella que por sí mismo. Luego, se quedó inerte. Su madre gimió hacia el cielo húmedo, pero otro policía igualmente joven le dio una patada en la cabeza. Cayó en silencio. Emi gritó y se arrastró hasta su padre.

—¡No estés muerto! —gritó una y otra vez—. Padre, no estés muerto.

Un policía la apartó a duras penas del cuerpo sin vida de su padre. Emi intentó escabullirse de su presa, pero él la retuvo aún más fuerte, amoratando sus brazos.

—Deja de luchar conmigo o te cortaré la garganta a ti también —le advirtió.

—Déjala. Está cubierta de sangre —ordenó otro policía con voz dominante.

Emi alzó la vista hacia él. Era mayor que los otros y parecía estar al cargo.

—Matar hace que me entren ganas —dijo el policía retorciéndole los brazos hasta que quedó arrodillada delante de él.

—Todavía no hemos acabado. Hay más casas por visitar. Luego podrás hacer lo que quieras. —Miró a Emi y se alejó.

El policía que la sujetaba lo pensó un momento. Escupió en el suelo y después asintió. Le dio una patada a Emi en mitad de la espalda. Ella cayó a cuatro patas y recibió otra patada. Se derrumbó sobre el suelo, frío y mojado, y se cubrió la cara con los brazos.

—Límpiate y tal vez vuelva a por ti. —Se echó a reír. Se ajustó los pantalones y se alisó el abrigo.

Se fueron tan en silencio como habían llegado, como tigres en la noche. Emi y su madre sostuvieron el cuerpo de su padre entre ellas, mientras permanecían calladas mirando cómo su casa ardía hasta los cimientos. Había ocurrido tan rápido que Emi no tuvo oportunidad de ver quién había provocado el incendio. Cuando miró a su alrededor se sorprendió al ver los puntos de luz repartidos por las colinas: otras casas ardiendo. Si escuchaba con atención podía oír gritos distantes mezclados con el rugir del viento, o quizá era la voz acallada de su madre gritando dentro de su cabeza.

Los policías habían quemado casi todo el pueblo. Ella enterró a su padre en una tumba poco profunda, cubierta con arena que había traído cubo a cubo desde la playa, porque la tierra era demasiado dura para cavar más allá de los primeros centímetros. Su madre se arrodilló al lado de la tumba y lloró. Otros llegaron a ayudarlas, unas cuantas mujeres mayores y hombres aún más viejos que ellas. Los policías se habían llevado a la mayoría de los hombres y mujeres jóvenes, junto a los niños y niñas. Nadie quería pensar adónde habían ido. Solo querían enterrar a sus muertos y encontrar cobijo. Emi no entendía por qué el policía la había ayudado de la manera en que lo hizo. La había salvado de un destino terrible.

—¿Cómo pueden hacer eso a sus propios ciudadanos? —preguntó una anciana, dirigiéndose a nadie en concreto, mientras Emi repartía la arena sobre el cuerpo de su padre.

Unos cuantos viejos intentaron explicar el miedo que existía entre la Unión Soviética y los Estados Unidos, pero nadie podía explicar la muerte causada por sus propios hermanos.

—Todos somos coreanos —dijo la anciana de nuevo—. Los japoneses se han ido. —Su cara estaba perfilada por el tiempo y la dureza. Había sobrevivido a la colonización solo para sufrir una nueva ocupación.

Emi volvió a ocuparse del entierro de su padre. Como el resto de la gente de su pequeño pueblo, su familia había hecho lo que pudo para no involucrarse con los rebeldes de la guerrilla o con la policía. Solo podía pensar en el hecho de que su padre había sobrevivido a la ocupación japonesa y a la guerra, pero había muerto a manos de sus compatriotas.

Emi y su madre siguieron al pequeño grupo de supervivientes a las afueras del pueblo, hacia la playa. El anciano que había hablado antes dijo que había vivido en la isla durante casi ochenta años y conocía una cueva, escondida en una bahía en la costa. Su madre apenas pudo soportar el viaje de veinticuatro horas. Era como si algo la atara a su marido muerto y la arrastrara dos pasos hacia atrás por cada paso adelante que daba. Emi buceaba desde hacía cinco años y su cuerpo era delgado y musculoso. Utilizó su fuerza de buceadora para llevar a su madre, en ocasiones a rastras, a la seguridad de la cueva.

La cueva daba cobijo a diecinueve personas. Emi reconoció algunas caras, pero la mayoría eran del otro lado de la bahía. Se preguntaba si su mejor amiga, JinHee, habría sobrevivido a la masacre, pero nadie se atrevió a dejar la seguridad de la cueva para ir a buscar a otros, excepto una mujer. Una madre fue a buscar a su hija, secuestrada mientras su casa ardía. Volvió a la cueva rota, con la cara de color ceniciento. Ninguna amenaza consiguió persuadirla para que les dijera lo que había encontrado, pero Emi imaginaba lo peor.

Por las noches, la madre se despertaba gritando el nombre de su hija. Emi lloraba hasta dormirse, cubriéndose los oídos para atenuar la agonía de la mujer.

Temerosos de encender un fuego por si los policías localizaban su escondite, pasaron la noche congelados, con los dientes castañeteando, en la profundidad de la cueva. Emi y su madre se acurrucaron junto con dos ancianas para compartir el calor corporal. Los hombres también se tumbaron juntos, pero el invierno en diciembre era demasiado duro. El más viejo de ellos se moría, escabulléndose silenciosamente mientras el resto dormía.

Emi y su madre ayudaron a los ancianos a mover los cuerpos congelados a la parte posterior de la cueva, donde permanecieron preservados por el frío. Antes de irse a dormir, Emi se obligaba a pensar en las aventuras que le contaba JinHee, como si al recordarlas asegurara la supervivencia de su amiga. Imaginar a su amiga en otra cueva de la isla hacía que Emi tuviera fuerzas para seguir adelante, a pesar de la muerte de su padre y del cambio que había experimentado su madre.

Comían lo que encontraban dentro de la cueva: el musgo que crecía en las paredes, insectos que se arrastraban en el barro y unas criaturas que Emi sospechaba que eran ratas o algo peor. Después de cuatro semanas muriéndose de hambre, la madre de Emi decidió que era hora de volver. Apoyándose la una en la otra, parpadeando debido a la luz del sol de enero, salieron de su escondite.

Ambas estaban debilitadas y sufrían el frío paralizante mientras caminaban de camino a casa por la nieve recién caída, pasando ante edificios que habían ardido hasta los cimientos, sin encontrar una sola alma. Cuando vio el carbón negro que una vez fue su hogar familiar sobresaliendo a través de los montículos de nieve blanca, Emi estaba demasiado entumecida para llorar. Todo había desaparecido. Todo. El lugar que una vez había albergado a su familia, que había guardado sus memorias entre sus paredes —la expresión seria de su hermana mientras enseñaba a Emi a leer, la voz de su padre cuando cantaba y tocaba la cítara, los deliciosos platos que su madre cocinaba con ternura—, todo había sido reducido a cenizas.

¿Dónde estaban ahora —se preguntaba Emi— el espíritu de su padre y el cuerpo ausente de su hermana? Su madre se arrodilló en las ruinas y se cubrió la cara con las manos. Después de un largo silencio, Emi llevó a su madre al lugar donde habían enterrado a su padre.

El montículo estaba cubierto por una capa de nieve virgen. Unas pisadas diminutas en forma de rama zigzagueaban sobre la pequeña elevación. Emi miró hacia el blanco cielo, en el que las gaviotas se elevaban, deslizándose con el frío viento de enero. ¿Estarían yendo a visitar a su padre, quizá rindiéndole homenaje a su espíritu?

Su madre se arrodilló al lado del montículo e inclinó la frente hasta tocar la nieve del suelo. Se le escaparon unos sollozos suaves y Emi también se arrodilló para abrazarla. La notó muy delgada, como una anciana. Su madre aún no tenía cuarenta años, pero la guerra le había robado demasiado: a su hija mayor, luego a su marido; y ahora lo poco que le quedaba de juventud se hundía en la tierra helada junto a su casa. Emi también sollozó, por todos, los vivos y los muertos.

Emi escuchó voces distantes y se sentó a escuchar. El viento parecía escuchar. El viento parecía detenerse en silencio, y las gaviotas encima de ella gritaban a modo de advertencia. Entonces volvió a oírlas: voces de hombres.

—Madre, viene alguien —susurró Emi justo cuando las voces se escuchaban detrás de ellas. Las puntas de los rifles en alto avanzaban en su dirección.

—Debemos irnos —susurró Emi, e intentó alzar a su madre, pero esta no se movía.

El corazón de Emi se aceleró. Había sido un error abandonar la cueva. Si sobrevivían a esto, volverían a la seguridad. Una pequeña arboleda de mandarinos ennegrecidos por los incendios permanecía en pie bajo una elevación del terreno. Si pudiera hacer que su madre se levantara podrían esconderse y esperar a que pasaran los policías, pensó Emi, olvidando por completo la capa de nieve fresca que cubría el suelo.

—Por favor, madre —rogó, tirando de ella con todas sus fuerzas—, tenemos que darnos prisa.

Se apresuraron hacia la pequeña subida y después bajaron hacia el bosque de mandarinos. Se escondieron detrás de un árbol que asomaba por encima del resto, aunque la mitad de las ramas estaban reducidas a polvo, que se acumulaba en el suelo. El frío del clima había salvado las raíces del fuego, pero el árbol nunca se recuperaría.

Las voces de los policías cesaron cuando llegaron a las ruinas de la casa. Emi escuchó mientras inspeccionaban las cenizas. Se acuclilló protectoramente sobre su madre mientras ambas temblaban de frío.

—Mirad esto —dijo un policía llamando a los otros.

—¿Qué es? —preguntó otro.

—Pisadas frescas.

Entonces, el silencio. Emi los imaginó inspeccionando sus huellas, siguiendo el camino hacia su escondite. Había sido imprudente al dejar que su madre volviera. Sabía que su madre no estaba en sus cabales: estaban congeladas, hambrientas y de luto. Rodeada de muerte por todas partes, Emi se alegró de salir de la cueva que se había convertido en una tumba. Deseaba desesperadamente ver lo que quedaba de su casa.

El adolescente que rodeó el árbol el primero llevaba un abrigo grueso y acolchado y una bufanda amarilla alrededor del cuello. Le habló en tono suave.

—¿Estás herida? —preguntó. Miró hacia abajo, a su madre, que estaba apoyada contra el árbol—. ¿Ella está bien? ¿Es tu madre?

Emi no pudo responder. Solo mantuvo los brazos alrededor de su madre. Los otros policías se acercaron y cargaron el aire con su curiosidad silenciosa. Emi esperó las palabras duras, los puños crueles y el dolor que seguiría. Inclinó la cabeza.

—¿Es sorda? —preguntó uno de los policías.

—Creo que está bajo una conmoción —respondió el joven—. No pasa nada. No vamos a hacerte daño. Estamos buscando supervivientes. Ven con nosotros. Te llevaremos a un lugar seguro.

Extendió la mano y Emi se encogió. Su madre levantó la mirada y le escupió en el abrigo. El policía dio un paso atrás. Los otros dos gritaron a su madre y se abalanzaron sobre ella con los rifles en alto, preparados para golpearla con ellos.

—No, quedaos atrás. Está bien. Solo tienen miedo. Están cubiertas de ceniza —les dijo a los hombres—. Acordaos de la casa de ahí atrás, y de la tumba… —Su voz se desvaneció mientras inspeccionaba la cara de Emi.

—Lo han matado —dijo Emi.

Los tres policías se quedaron parados y la miraron fijamente.

—¿Quién lo hizo? —Preguntó el chico con voz suave. Se puso a su altura para poder mirarla a los ojos—. ¿Viste quién hizo esto?

—No le digas nada —susurró su madre.

Emi observó los ojos oscuros de su madre. Le estaban gritando una advertencia. Emi miró de nuevo al hombre joven.

—Vinieron en medio de la noche. No pudimos ver nada. Estaba demasiado oscuro.

—¿Estás segura? —preguntó él, con voz todavía amable, como si quisiera ayudarla. Como si realmente le importara.

Ella asintió. El hombre se puso en pie y pareció pensar en sus palabras por un momento. Miró por encima de los mandarinos devastados por el fuego. Emi siguió su mirada y no pudo evitar recordar cómo corría con su hermana por la arboleda umbría en los veranos calurosos, riéndose de nada en particular. El recuerdo repentino la sorprendió, y no pudo quitarse de encima el sentimiento de que nunca volvería a verlo de aquella manera. Todo había desaparecido. El policía inspiró y después dejó salir el aire con fuerza a través de la nariz.

—Cogedlas —ordenó.

Emi quedó sorprendida por su tono alterado. La conducta amable fue sustituida inmediatamente por eficiencia militar. Los otros dos policías levantaron a Emi y a su madre, se pusieron de pie y las alejaron de su casa. Al pasar por la tumba de su padre, sus ojos se fijaron en la pequeñez del montículo. En su cabeza era un hombre grande y robusto que se erguía como una torre sobre ella, con brazos protectores; pero la muerte se había llevado esa imagen, dejando únicamente una pequeña elevación que con el tiempo apenas sería percibida. Clavó la mirada en el suelo mientras dejaban atrás las piedras y las conchas, tan familiares, tiradas en el camino; los tesoros que había rescatado del mar. Se revolvió al ver el furgón, pero era demasiado tarde.

Los policías las llevaron a la comisaría regional: un remolino de cuerpos, algunos uniformados, otros vestidos con harapos sanguinolentos cuyas voces eran una cacofonía de ira, dolor y miedo.

Una anciana se sentó contra la pared, acunando la cabeza ensangrentada de su hijo en su regazo. Estaba quieta y callada mientras a su alrededor reinaba el caos. Emi apretó la mano de su madre entre las suyas tan fuerte como pudo cuando el policía las arrastró a una improvisada sala de espera. La gente se juntaba en pequeños grupos, unos llorando, otros en silencio por la conmoción. El policía las dejó allí y habló con el oficial en la recepción. Este las miró por encima del hombro unas cuantas veces mientras rellenaba un formulario.

Emi miró cada cara a su alrededor y no reconoció a nadie. ¿Dónde estaba la gente de su pueblo? Por un momento temió que todos estuvieran muertos; luego apartó el pensamiento de su mente. Miró a su madre, pero no soportaba verle esa expresión vacía en la cara prematuramente envejecida.

El policía regresó y Emi se puso firme, intentando expresar el desdén que sentía, pero él no pareció darse cuenta.

—Esperaremos aquí hasta que nos llamen.

—¿Por qué, qué hemos hecho? —preguntó Emi.

—Nada —respondió él aclarándose la garganta. Parecía inseguro.

—Entonces, ¿por qué nos has traído aquí? —Emi se sentía más audaz cuanto más avergonzado parecía él. Era de nuevo el joven de voz suave que se había acercado por primera vez a ella en el bosque de mandarinos, no el policía que le había ordenado subir al furgón.

—Eso no es de tu incumbencia. Son asuntos gubernamentales.

—Nosotras no tenemos nada que ver con lo que el gobierno...

—Calla —le interrumpió, agarrándole el brazo con fuerza. Sus ojos recorrieron la sala, inspeccionando a la gente que escuchaba la conversación—. Estás aquí bajo mis órdenes. Eso es todo lo que necesitas saber.

Ella le miró fijamente hasta que finalmente le soltó el brazo.

El oficial de la ventanilla los llamó y los tres fueron conducidos a una oficina pequeña de la parte trasera de la comisaría. Cuando el policía cerró la puerta tras él, la miseria reinante fuera quedó repentinamente acallada y un silencio neblinoso llenó la cabeza de Emi. Un escritorio grande dominaba la habitación y detrás del mismo había un hombre de uniforme condecorado. Numerosas medallas y cintas adornaban su pechera, y Emi se preguntó a cuántos conciudadanos habría matado para ganar tales distintivos y honores. Estudió su cara y esperó a que hablara.

—Me han dicho que eres una *haenyeo*. ¿Es eso correcto? —preguntó él sin quitar la vista del montón de documentos que tenía delante. Parecía seguir leyendo incluso mientras esperaba su respuesta.

—Sí —respondió Emi, preguntándose cómo habían podido comprobar sus registros familiares tan rápido.

—¿Y esta es tu madre? —Levantó la vista un momento y miró hacia arriba, a la madre de Emi.

—Sí.

—¿También es una *haenyeo*?

—Sí.

—Ah, ¡debo decir que eres un primor! HyunMo, ¡eres un afortunado! Creo que será una esposa adecuada. Siempre y cuando le hagas las preguntas correctas, claro. ¡Ja, ja! —Palmoteaba su rodilla mientras se reía entre dientes—. Dime, ¿cuál es tu apellido?

Emi se detuvo. Había dicho esposa. No lo entendía.

—Su padre era Jang —contestó HyunMo antes de que ella pudiera hablar. No la miró, sino que mantuvo los ojos fijos en la mesa.

—¿Jang? Buen nombre de familia, fuerte —dijo el oficial, y lo escribió en el formulario. Firmó la parte inferior del formulario y lo deslizó por el escritorio hacia Emi—. Bien, ahora firma aquí. —Le ofreció el bolígrafo.

El policía sabía el nombre de su padre. Emi lo miró fijamente; las orejas le ardían y tenía la boca seca.

—Coge el bolígrafo, chica, y firma con tu nombre en la línea, justo encima del mío. ¿Lo ves? Justo ahí —le instruyó el oficial, colocando el bolígrafo en la mano de Emi.

—¿Qué es esto? —preguntó finalmente Emi. Miró a su madre, pero no le fue de ayuda: tenía la vista clavada en el suelo y lloraba en silencio.

—Es tu licencia matrimonial. Firma aquí.

—Pero ¿con quién me voy a casar? —preguntó Emi.

—¿Cómo? Con él, claro —contestó, señalando al policía, al muchacho que la había alejado de su hogar incendiado, que conocía el nombre de su padre y su oficio—. Vamos, vamos, que no tengo todo el día. Fírmalo. HyunMo, tú firmarás junto a su nombre.

Emi se volvió para mirar a HyunMo. Era bastante más mayor que ella, pero todavía un adolescente. ¿Y esperaban que se casara con él? Estaba ahí, parada, sosteniendo el bolígrafo, cuando de repente el oficial la abofeteó tan fuerte que se cayó al suelo. Se había movido con rapidez, alzándose como ataca una serpiente, y le había golpeado la cara con mucha fuerza.

—Ponla en pie.

HyunMo la levantó cuidadosamente y mantuvo un brazo de apoyo rodeándola mientras la empujaba hacia el escritorio. Parecía tan sorprendido como Emi por la repentina violencia. Su mejilla palpitó y su visión se volvió borrosa.

—Firma esto, ahora. HyunMo será tu marido. Y luego los tres saldréis de mi oficina para que pueda ocuparme del resto de los ciudadanos que están en la lista. Hazlo ahora o haré que os arresten, y viendo el estado en el que estáis vosotras dos —dijo avanzando hacia sus demacradas figuras—, no creo que durarais mucho en la cárcel.

La madre de Emi estaba concentrada en el oficial. Se inclinó sobre el escritorio, agarrándose al borde. Su cara se animó con un movimiento, con una expresión vitriólica. Emi tenía miedo de lo que pudiera decir, pero el oficial la interrumpió antes incluso de que empezara a hablar.

—Ni lo intentes, Madre. Tengo poder sobre la vida y la muerte de tu hija. Una palabra fuera de lugar de cualquiera de vosotras y no dudaré en poneros frente a un pelotón de fusilamiento. Dile que firme el formulario —le ordenó a HyunMo.

—Simplemente haz lo que dice —urgió HyunMo con una disculpa en los ojos.

Emi agarró el bolígrafo, pero este se agitó en su mano temblorosa. HyunMo la guió hacia la línea correcta y ella firmó. Él cogió el mismo bolígrafo y escribió su nombre junto al de ella: *Lee, HyunMo.*

—Bien. Ahora salid. Tengo un día muy ocupado.

HyunMo condujo a Emi y su madre fuera de la oficina, de nuevo a través del escenario de desesperación de la comisaría abarrotada, y, finalmente, al frío aire de enero. El viento, que soplaba con violencia, le refrescó el calor de la mejilla atacada. La acarició con su mano, aún temblorosa por haber firmado algo que la despo-seía de su propia vida.

—¿Por qué? —preguntó después de que el silencio entre ellos se prolongara más de lo que podía soportar. Caminaban de vuelta al furgón, aparcado en el estacionamiento de la comisaría—. ¿Por qué me has forzado a casarme contigo?

—Nuestros hijos heredarán esta isla —dijo él sin detenerse. Abrió la puerta del camión y ayudó a su madre a entrar.

—¿Nuestros hijos? —Se sorprendió al ver que él esperaba que tuvieran un matrimonio real, como el que tenían sus padres. La idea era surrealista.

—Sí, y nosotros heredaremos de nuevo tu tierra, la de tu pue-blo, por medio de nuestros hijos.

—¿Nosotros?

—Los otros policías. Como muchos de ellos, tuve que dejar mi casa en el Norte y huir hacia el sur de la línea antes de que los comunistas me asesinaran como hicieron con mi familia. Me lo quitaron todo. A todos nosotros. Así que ahora nos casamos con vosotras para recuperar lo que perdimos. Y aún más importante: para mantener a los comunistas fuera del Sur, debemos extinguir-los. Es por tu propio bien… Y por el bien de Corea.

—Yo no soy comunista —dijo con la esperanza de que alguien que había sufrido tanto pudiera comprender cuánto sufría ella en ese momento.

Él la miró fijamente y su expresión carecía de toda emoción.

—Esta isla está llena de comunistas. Eres una de ellos lo sepas o no. Casándote conmigo ya no supones una amenaza. Entra.

Mantuvo la puerta abierta y esperó a que subiera al camión, pero ella no podía moverse. Los policías habían matado a su padre. Emi retrocedió hasta la oscuridad de esa noche. ¿Estaba HyunMo allí? ¿Por eso sabía que la encontraría en las cenizas de su casa? Su estómago dio un vuelco y le cedieron las rodillas. HyunMo la cogió en brazos y la ayudó a subir al camión.

Emi se sentó junto a su madre, intentando recordar. Estaba muy oscuro aquella noche, el aguanieve le había cegado los ojos y el miedo le había desdibujado las caras de todos los hombres. Trató de recordar la imagen de HyunMo participando en la terrible escena, pero no le parecía familiar. Seguramente reconocería al asesino de su padre si lo viera de nuevo. Cuando HyunMo se subió al asiento del conductor lo miró fijamente tratando de verlo a través de la niebla de la memoria.

Ignorándola, él encendió el motor y se alejó de la comisaría sin pronunciar otra palabra. Emi no conseguía identificar sus rasgos con los de ninguno de los hombres de aquella noche. Lentamente le quitó los ojos de encima y dejó la mirada perdida en el parabrisas. Emi no sabía adónde las estaba llevando HyunMo, y cuanto más se alejaban, más perdida se sentía.

Temblando en medio de la plaza, recordando situaciones que ocurrieron hace mucho tiempo, Emi siente que su edad le pesa demasiado. Le duele terriblemente la pierna, un dolor le recorre la parte posterior del muslo y sube en espiral hacia su cadera, donde se transforma en furiosas puñaladas. El frío no ayuda a soportar los dolores de la edad ni los recuerdos del pasado que la inundan.

Lane regresa con tres tazas de chocolate caliente. Emi acepta la suya rápidamente, disfrutando del calor que penetra a través de sus mitones. Mira los rostros que la rodean. Está buscando algo y nada al mismo tiempo, con la esperanza, aunque no cree que ocurra, de ver algo familiar: una sonrisa, un gesto, cualquier cosa que le recuerde su infancia. Ha venido a las manifestaciones tres veces y, mientras otea entre la multitud, siente que busca algo tan desconocido como la felicidad.

Emi toma un sorbo de su taza; la lengua le pica a causa del líquido dulce y caliente, y sus ojos se mueven sobre los cuerpos que se amontonan a su alrededor sin descansar nunca sobre una cara o una mano demasiado tiempo, con miedo de perderse algo, a alguien. Lane y su hija también beben de sus tazas, siempre conscientes de las miradas de Emi, pero ninguna de las dos interrumpe su búsqueda silenciosa.

Emi observa a la gente entre la multitud, esperando que alguien mire hacia atrás, esperando encontrar a su hermana.

HANA

Manchuria, verano de 1943

La fotografía de Hana ya está colgada con las demás al final de la escalera. Su cara observa a los soldados entrantes, que sabrán que deben hacer cola frente a la puerta 2 si eligen pasar con ella el tiempo que se les asigna. Los alistados como soldados pueden pasar media hora con ella, los oficiales una hora. Es como un plato en un menú: observada, comprada y consumida.

La rutina en el burdel es simple. Levántate, lávate, come, luego espera en la habitación hasta que lleguen los soldados. Cuando se hace tarde, por lo general después de las nueve de la noche, los hombres que aún quedan son enviados a casa. Entonces se limpia, recoge los condones usados, desinfecta y cura sus heridas, si se ha hecho alguna ese día. Comen una cena pobre y luego se van a la cama para empezar el día de nuevo. Diez horas al día, seis días a la semana «atiende» a los soldados. La violan veinte hombres al día. El séptimo día es el de las tareas. Limpia su habitación, lava su vestido andrajoso, y, junto a las otras chicas, limpia el burdel y cuida del exhausto huerto de verduras que tienen en el patio mientras esperan la visita del médico, que viene el día de la limpieza cada dos semanas.

A Hana le costó dos semanas aceptar que no había escapatoria. La primera semana fue la más dura. Durante tres días seguidos

Hana no comió nada, y durante tres noches seguidas lloró sin descanso. Más tarde se enteró de que tuvo suerte de no haber sido confinada en solitario en el sótano, donde a veces llevan a las chicas que se niegan a conformarse o que requieren un castigo mayor que un latigazo. Durante la tercera noche de llanto un golpe en la puerta interrumpió sus oscuros pensamientos.

—Deja de llorar, pequeña Sakura. Ya es suficiente. —Keiko entró en la habitación. La voz de la mujer asustó a Hana, que se giró para mirarla.

Keiko se arriesgaba a ser castigada al ir a la habitación de Hana. Podrían encerrarla en la horrible celda de confinamiento bajo el burdel, y solo pensar que Keiko asumía ese riesgo hizo que el llanto de Hana se detuviera.

—Tienes que calmarte —la amonestó Keiko, aunque con una expresión de lástima en la cara. Se inclinó hacia Hana y le apartó un mechón de la cara—. Sé lo que estás pensando ahora mismo. Que quieres morir. Todas queríamos morir después de nuestra primera noche. —Cuando Hana no respondió, Keiko continuó—: ¿No quieres volver a ver a tu madre?

Su madre. La palabra era como una puñalada en el corazón.

—Nunca la volveré a ver. Lo sé —susurró Hana apartándose de Keiko. Las voces de las mujeres en el mercado resonaron en la mente de Hana. Incluso si sobrevivía a esto y volvía a casa un día, ¿acaso no empujaría eso a sus padres a una muerte prematura?

—No la volverás a ver si mueres, eso es seguro. Y tienes que pensar en ella. Nunca sabrá lo que te ocurrió. Permanecerá sin saberlo durante el resto de su vida.

La imagen de la cara angustiada de su madre cuando la espada de su tío llegó a casa llenó la mente de Hana. Habría salvado a su hermana de este horrible destino solo para dejarla con una madre destrozada. Hana preferiría soportar la peor tortura imaginable que ver a su familia destruida.

La alternativa apareció en su mente. Sufriría día tras día a manos de los soldados, hasta que… no estaba segura de hasta cuándo. ¿Hasta que terminara la guerra? ¿Hasta que se quedara embarazada? ¿O hasta que muriera? Quizá su madre nunca supiera lo que le había ocurrido.

—Te prometo que la volverás a ver. No estarás aquí para siempre. Ninguna de nosotras. Solo tenemos que dedicarle un tiempo, y luego podremos irnos a casa.

Keiko continuó hablando, pero Hana ya no podía oírla. «A casa». Sonaba tan lejano como un lugar en un sueño antiguo. ¿Era realmente posible encontrar el camino de vuelta? ¿Decía Keiko la verdad? ¿La enviarían a casa?

—Vamos a limpiarte.

Keiko le enseñó cómo lavarse, y al ver que Hana no lo hacía, Keiko lo hizo por ella.

Hana no tenía energía para detenerla. El antiséptico quemaba más que la sal en una herida, pero Hana no gritó. Keiko habló durante todo el tiempo, como si llenar el silencio entre ellas hiciera que todo fuera bien.

—Esta guerra no durará para siempre, ni tu tiempo aquí tampoco. Cuida de ti misma mientras estés aquí dentro, sobrevive, y, un día, te dejarán libre y verás a tu madre de nuevo.

Hana miró a los ojos a la mujer. Era la segunda vez que mencionaba el ser liberadas. Aún no sabía juzgar si Keiko estaba diciendo la verdad, pero la *geisha* no apartó la mirada. Parecía retar a Hana a contradecirla. Hana se quedó en silencio. Después de una larga pausa, Keiko habló de nuevo como si no hubiera pasado nada entre ellas.

—Si vas a hacer el viaje de regreso a casa un día, tendrás que cuidarte lo mejor que puedas mientras estés aquí. Y eso requiere limpiarte después de la visita de cada soldado, comer tanta comida como te proporcionen y lavar tu ropa y tu habitación para que los bichos no puedan transmitirte enfermedades. Así es como sobreviviremos todas.

Cuando Keiko se fue, Hana se tendió sobre la delgada estera y se quedó mirando la oscuridad de su habitación. Escuchó los nuevos sonidos que la rodeaban: las otras mujeres en sus habitaciones, el crujido del techo encima de su cabeza, el viento corriendo por los aleros.

—Por favor, Madre. Ven y encuéntrame. Llévame lejos de este lugar —susurró Hana a la habitación vacía. Repitió las palabras una y otra vez hasta que se convirtieron en un canto monótono enterrado profundamente en su mente.

Dos semanas más tarde, Hana ha aprendido a seguir las recomendaciones de Keiko y se las arregla para no pensar demasiado en la muerte. En vez de eso, se aferra a la promesa de Keiko de que todas serán puestas en libertad un día y ella verá a su familia de nuevo. Los soldados siguen haciendo fila frente a su puerta. No la golpean si se queda quieta en la colchoneta. Es como si no les importara si está viva o muerta, solo el que esté físicamente presente para que puedan hacer lo que han venido a hacer.

Una de las chicas, Hinata, le ofrece a Hana un té especial para adormecer el dolor entre las piernas y en el resto del cuerpo. Toma algunos sorbos, pero no le gusta cómo se siente después. Mareada, aturdida y no demasiado consciente. Le resulta difícil mantenerse despierta. Más tarde descubre que es té de opio y se asegura de no aceptarlo una segunda vez. En la escuela de Hana les advirtieron contra el opio. Les dijeron que era un signo de inferioridad consumir opio, y que esa es la razón por la que sus enemigos, los chinos inferiores a ellos, eran todos adictos a él.

Hana se niega a tomar el té en parte porque tiene miedo a convertirse en adicta, pero sobre todo porque necesita mantener el control de su mente. Hinata toma té de opio constantemente, día y noche. Así lidia con las demandas de los soldados. Así es como sobrevive. Pero Hana sabe que eso no funcionará con ella. Perderá el control sobre su mente y volverán los pensamientos de muerte. Los recuerdos de su hogar son fuertes, pero también lo es el dolor de permanecer en el burdel.

Rechazar el té es el primer paso para mantenerse con vida. Con la cabeza despejada tiene el poder de retirarse a su imaginación. Mientras cada día los hombres la visitan, se aleja de la realidad y se ve a sí misma buceando en las profundidades del océano, escapando de lo que la rodea. Aprende a contener la respiración mientras el soldado invade su cuerpo, y realmente siente como si estuviera conteniendo la respiración antes de subir a la superficie a por aire para llenar sus pulmones. Nunca mira a los hombres a la cara. Es mejor no pensar en ellos como personas. En vez de eso, son máquinas que recibe todos los días. Se centra en la promesa de que todo llegará a su fin algún día, porque todo acaba siempre, y luego se duerme. Puede controlar su mente y elegir lo que deja entrar.

Al despertarse cada mañana, el primer pensamiento de Hana es el mar. El sonido de las olas rompiendo contra la orilla rocosa llena su mente. Y entonces se pregunta si su madre también se estará levantando con el sol. ¿Estará preparando el desayuno para su hermana y su padre? La mayoría de las mañanas su madre hace gachas de arroz con escamas de algas marinas y pescado de la cena de la noche anterior. A veces fríe un huevo y lo corta en tiritas para mezclarlo con las gachas. Hana casi puede saborear el sabroso caldo y saliva con el recuerdo. En el burdel rara vez tienen más que un par de bolas de arroz, o un tazón de sopa de arroz que prepara la vieja china. Si tienen suerte, con algún encurtido japonés escondido debajo. Los soldados, también desesperados por conseguir comida, esquilman también su insignificante huerto.

El agua se extrae de un pozo situado en el extremo más alejado del patio de tierra. Las chicas se turnan para recoger un cubo fresco durante el día. Cuando llega su vez, Hana se toma todo el tiempo que puede para llevar a cabo la tarea. Incluso cinco minutos de respiro merecen la pena.

Cuando no escatima tiempo yendo a por agua, encuentra una razón para asearse con especial minuciosidad antes de que el siguiente soldado entre en la habitación. Cuando le urgen a apresurarse, sigue el consejo de Riko y menciona la prevención de enfermedades venéreas; y si la presionan, miente y dice que ha notado protuberancias rojas o llagas llenas de pus en el soldado anterior.

Casi siempre se sale con la suya con las mentiras, pero de vez en cuando al soldado no le importa. Esos son los peores con los que hay que lidiar. Aprende rápidamente a no decir nada y a hacer lo que deseen. Cuanto antes se satisfagan, antes se irán.

Por la noche, tarde, después de que los soldados se hayan ido, es cuando Hana siente más nostalgia de su hogar. Tumbada sobre el tatami mohoso con la manta deshilachada cubriéndole hasta la barbilla, anhela el calor del cuerpo de su hermana pequeña acostada a su lado, la lenta respiración de su padre que ronca y el constante ruido del cuerpo inquieto de su madre que busca orejas de mar hasta en sueños. Hana también piensa en sus amigas, las otras buceadoras *haenyeo* con las que trabajaba diariamente. Las echa de menos a todas.

Estos recuerdos la afligen y la sostienen a la vez. Invaden el silencio que hay dentro de su pequeña prisión, y cada recuerdo reconfortante atraviesa su carne como una daga afilada. El dolor le recuerda su sacrificio. Si ella no estuviera atrapada en el burdel, lo estaría su hermana. Soporta el burdel porque un día encontrará el camino de vuelta a casa. Volverá a ver a su familia.

Llega el día de las tareas y Hana se levanta temprano para lavar su ropa en el patio. El guardia la detiene en la puerta de la cocina.

—Vuelve arriba. Hoy viene el médico. —Bloquea el camino con su cuerpo.

Hana sabe que no debe cuestionar al guardia. Vuelve arriba y espera en su habitación. Es la primera vez que el doctor la visita. La mujer china entra primero, trae una jarra de agua que vierte en la palangana de Hana. Le hace gestos para que se lave.

Cuando la mujer se va, Hana se pregunta por qué ella y su marido gestionan el burdel. ¿Les obligan a llevarlo? ¿También ellos son prisioneros? Un ligero golpe en la puerta interrumpe sus pensamientos.

Un soldado entra en su habitación y Hana se pone en pie de un salto. El soldado debe de ver la alarma en su cara, porque levanta la mano haciendo un movimiento de rendición.

—Soy el médico —dice rápidamente—. Estoy aquí para comprobar tu estado de salud. —Levanta la otra mano para mostrar un maletín negro y le hace un gesto para que se siente.

Ella hace lo que le pide, vacilante, aunque está preparada para huir. Él acomoda su maletín y toma asiento frente a ella.

—Abre la boca —dice, y luego procede a inspeccionar su garganta, sus dientes, encías y lengua—. Bien, todo está bien. Ahora túmbate.

Hana se tensa. Nunca ha ido a un médico y todavía no está segura de si este hombre es quien dice ser. Su uniforme militar la inquieta, pero obedece lentamente y se acuesta en la colchoneta. Él le levanta el vestido y Hana se incorpora de nuevo.

—¿Qué estás haciendo? —pregunta.

—Necesito examinarte —si se siente insultado o está enfadado, no lo aparenta—. Acuéstate otra vez, dobla las rodillas y levántate el vestido. Necesito examinarte la vagina, no me hagas perder más tiempo.

—No, no quiero que lo hagas —dice Hana alejándose de él.

—No tienes elección. Tengo la obligación de examinaros a todas cada dos semanas. Debo comprobar que no tengas enfermedades venéreas, infecciones, heridas o estés embarazada. Es por tu propio bien. Por tu salud y la de los soldados.

Hana lo mira fijamente. La salud de los soldados. Por eso está aquí en realidad.

—Ahora recuéstate, dobla las rodillas y levántate el vestido.

Se acuesta humillada. El examen va rápido. El médico inserta un instrumento metálico y frío en su vagina, la palpa por dentro con los dedos y luego le hace un lavado con un líquido naranja. Después le inyecta en el brazo izquierdo un suero que dice que la protegerá de futuras enfermedades venéreas.

Después de la cuarta semana, unos oficiales llegan montados en un *jeep*, hacia el final de la tarde. Han estado bebiendo y dos de ellos están tan borrachos que no pueden sostenerse. Los otros ayudan a llevarlos, medio caminando, medio tropezando, hasta el burdel, donde se tambalean subiendo hacia el piso de arriba, empujando a los soldados que aguardan en fila al abrirse camino hacia adelante.

—¡Volved todos a vuestras barracas! —grita el capitán por encima de los gruñidos disidentes—. Nosotros tomaremos el mando de este puesto el resto de la noche.

Los soldados que están al inicio de la fila protestan agresivamente, alegando que han estado esperando en la cola durante horas. El soldado que hay en la habitación de Hana abre la puerta y mira hacia afuera. Cuando el teniente primero desenvaina su sable, los soldados se callan, pero ninguno se da la vuelta para irse. El soldado entra de nuevo en la habitación de Hana y comienza a vestirse en silencio. Hana avanza para poder curiosear por la puerta.

—Vamos, salid de aquí —chilla el capitán señalando con su espada al soldado raso que está el primero en la fila.

El soldado raso no tiene condecoraciones. Su uniforme es pulcro, pero poco elegante. Da un paso atrás, pero no se va inmediatamente.

—¿Tienes algún problema, soldado? —pregunta el capitán poniéndose al lado del teniente primero. La vista de ambos erguidos es impresionante. Son más altos que la mayoría de los suboficiales y sus pecheras decoradas brillan como si fueran gemas incrustadas en oro y plata. El soldado raso parece mermar de estatura bajo su mirada.

—Mañana por la mañana nos vamos al frente, señor —dice el soldado en voz baja, carente de rebeldía.

—¿En serio? —responde el capitán.

—Sí, señor —murmuran al unísono algunos hombres.

—Vaya, bueno es saberlo. Teniente, ¿no está de acuerdo en que es bueno saberlo?

—Sí, sí, muy buena información, soldado. Buen trabajo —contesta burlón.

El capitán da un paso hacia el soldado, imponiéndose sobre él. Los hombres situados tras el soldado se alejan.

—¿Y quién crees que liderará en el campo de batalla, soldado? ¿Alguna idea de quiénes podrían ser tus superiores? Ya sabes, los que dirigirán la carga y serán los primeros en morir si la batalla acaba en derrota.

Los soldados que se encuentran a mayor distancia comienzan a escabullirse antes de que el capitán termine su diatriba, pero el pobre soldado raso y el resto de los que están atrapados en la línea de fuego se ven obligados a permanecer atentos.

—Sí, señor; mis disculpas, señor —dice el soldado saludando al capitán.

—¿Tus disculpas? ¿Oye eso, teniente primero? Se disculpa. —Se ríe en la cara del soldado, inclinándose peligrosamente sobre el hombre tembloroso—. Podría clavar tu cabeza en una bayoneta si quisiera. Tal vez para advertir a los futuros soldados de tu ignorancia y recordarles que no deben cuestionar a un oficial nunca. Ahora inclínate —ordena el capitán, su voz como un gruñido grave en la cara del soldado.

El soldado hace una reverencia profunda, exponiendo su nuca vulnerable. El teniente primero coloca su espada contra la piel, ejerciendo cada vez más presión. Una línea de sangre brota bajo la hoja.

—¿Cuál es la orden? —pregunta el teniente al capitán.

El soldado tiembla bajo la espada del teniente, que empuja el filo aún más profundamente. La sangre gotea por un lado de su cara, manchándole el cuello de la camisa.

—Estoy de buen humor. No quiero arruinar la noche. Mándalos fuera.

—Ya habéis oído al capitán. ¡Salid de aquí! —grita el teniente primero, empujando al soldado contra la pared—. Todos vosotros, fuera, antes de que os acuse de insubordinación.

Un estruendo de botas que se apresuran se aleja escaleras abajo. El soldado de la habitación de Hana sale rápidamente cuando entra el teniente primero. El capitán se dirige hacia la habitación de Keiko.

Hana no mira al oficial. Guarda silencio, esperando a que se acerque. Trata de no prestar atención al sable que lleva agarrado firmemente con la mano derecha, ni al balanceo en sus pasos mientras se mueve hacia ella. Todas tienen cicatrices en el cuerpo, causadas por los soldados borrachos y furiosos. Hana ha oído algunas de las agresiones mientras atendía a los soldados en su habitación.

El teniente primero se arrodilla delante de ella y le ordena que se ponga en pie. Ella obedece: temblando, se pone de pie frente a él. Él mira fijamente entre sus piernas. Se inclina como si fuera a inspeccionarla y, usando la punta de su espada, hurga en su vello púbico.

—Esto tendrá que desaparecer —dice—. Quédate quieta o te cortaré.

Usando la espada, procede a afeitarla, cortándole la tierna piel y haciendo brotar la sangre. Hana tiembla mientras la fría hoja le araña la piel. Se muerde la lengua cuando la corta.

—Todas las de tu clase estáis infectadas —murmura mientras trabaja—. No tenéis una higiene adecuada. Estáis llenas de parásitos. Pero no harás que yo me infeste.

Hana cierra los ojos. ¿Ella está infestada? Son los soldados los que traen las enfermedades al burdel. Todas las chicas llegaron inocentes y limpias. Los soldados son los monstruos infestados, la razón por la que las chicas son sometidas a exámenes médicos humillantes y vacunadas con fármacos tan fuertes que hacen que sus brazos se les hinchen y entumezcan. Este soldado es el infestado. Hana aprieta los ojos aún más fuerte para contener su rabia.

Cuando termina de afeitarla, lanza la espada al suelo y le ordena que se limpie. Ella va a la palangana de agua que hay en la esquina de la habitación, que normalmente sirve para dejar en remojo los condones usados, y se acuclilla sobre ella. Usa una toalla de mano. Él la observa mientras se lava, dándole instrucciones para que frote más fuerte, para que se limpie más a fondo, para asegurarse de que quede bien higienizada. Cuando está satisfecho, le ordena que le ayude a desnudarse. Una vez desnudo, se acuesta en el colchón y le ordena que lo monte a horcajadas.

—Cabálgame hasta que vea Yasukuni. ¡Si muero mañana, quiero ver el santuario donde irá mi alma! —Está demasiado borracho para llegar al clímax. Después de una hora de inútil coito, se la quita de encima y se sume en un profundo sueño.

Los soldados a menudo mencionan el santuario sagrado de Tokio. Eso no es nuevo para Hana, pero la humillación que le ha infligido el oficial sí lo es. Los oficiales pasan la noche allí. Hana yace en su tatami, oyendo los ronquidos del teniente, demasiado enojada para dormir. En vez de eso, permanece despierta toda la noche, escuchándole respirar. Cada inspiración le da asco, cada exhalación cargada de alcohol hace que le dé vueltas el estómago. Su propia respiración le hace ser consciente del dolor que le causan las heridas.

El gallo canta al amanecer, despertando al militar, y este le ordena que le ayude a vestirse. Cuando Hana termina de atar los cordones de sus botas, la aparta de una patada. Ella permanece apoyada en sus manos y rodillas, con la esperanza de que tenga la suficiente resaca para no hacerle más daño. Se pone de pie, se pasa los dedos por su pelo desaliñado y luego llama en voz alta a su amigo para que se una a él al salir de la habitación. Al cabo de un momento, bajan las escaleras juntos, riéndose de sus respectivas noches. Cuando oye que la puerta principal se cierra y el motor del *jeep* alejándose del burdel, Hana sale de su habitación y se dirige silenciosamente al piso de abajo.

Keiko sigue a Hana hasta la cocina.

—Oí lo que te hizo —le susurra a Hana al oído.

Los hombros de Hana se hunden.

—Déjame ver —pide Keiko.

—Estaré bien —Hana se aleja.

—No hagas eso. Si te cortó mucho, se infectará. Ven —insiste cogiendo la mano de Hana. La lleva hasta la despensa y cierra la puerta—. Levántate el vestido.

Hana hace lo que le dice. Keiko toma aire a través de los dientes, sacudiendo la cabeza.

—El cabrón te ha destrozado —susurra con vehemencia.

Keiko coge con premura el desinfectante y empapa una toalla pequeña en la solución. Con cuidado, limpia las heridas de Hana. Las otras chicas llegan a la cocina para preparar el desayuno justo cuando Keiko termina.

—No se lo digas a las demás —pide Hana con los ojos sombríos.

—¿Por qué no? Deberíamos advertirlas sobre lo que hace ese hombre.

—Por favor, no quiero que me tengan más lástima de la que ya me tienen.

Keiko toma la cara de Hana en sus manos y la mira a los ojos. Sus manos son suaves y fuertes y su mirada feroz. Se escuchan las charlas de la cocina. A Hana le preocupa que alguna de las chicas abra la puerta de la despensa, pero no quiere enfadar a Keiko yéndose.

—La lástima es amabilidad —dice Keiko con voz segura—. Cada una de nosotras merece lástima, pero nadie en este lugar dejado de la mano de Dios tiene la compasión de darnos algo de bondad. Así que aquí estamos, presas de esta humillación, torturadas día tras día. Lo único que nos queda es darnos la poca amabilidad que nos queda las unas a las otras.

Hana piensa en las palabras de Keiko. Ninguna de las otras chicas ha mostrado mala voluntad, pero tampoco son tan amables con ella como lo ha sido Keiko desde el principio. Como Hana, las otras chicas son todas coreanas, y eso debería haber creado un vínculo instantáneo entre ellas, pero no ha sido así. Hana se ha encerrado en sí misma ofreciendo poco y, precisamente por eso, recibiendo nada. Hundida en su propia miseria, no se ha dado cuenta de que las otras chicas también están pasando por lo mismo. No hay ninguna diferencia entre ellas. Todas son prisioneras y están juntas en esta inefable prisión. Quizá si permite que las demás vean su humillación y su dolor, todas lo reconocerán. Quizá al mirarse en ella como en un espejo, las otras se verán a sí mismas, ensangrentadas y avergonzadas, y le darán la bienvenida a su círculo.

Cuando Keiko sale de la despensa, Hinata entra por la puerta para ver lo que ha pasado y Hana no se esconde. Riko aparece detrás de Hinata y mira por encima de su hombro. Se tapa la boca con la mano. Cuando Hana termina de cubrir sus heridas, sale de la despensa; las chicas están sentadas alrededor de la mesa, esperando que se una a ellas. Cuando Hana se sienta, Tsubaki empieza a preparar una olla de té con arroz. Mientras el agua hierve, relata la vez que un oficial decidió grabarle su nombre en la espalda antes de irse al frente.

—No murió, como él temía —dice Tsubaki entrecerrando los ojos—. Cuando regresó, vino durante nuestras horas libres y me negué a servirle; no habría dejado que me volviera a tocar de ninguna de las maneras. Pero amenazó con matarme. —Agitó la cabeza reviviendo la ira—. Así que le quité la bayoneta de las manos antes de que se diera cuenta de lo que estaba pasando y le apuñalé en el cuello. —Tsubaki sonríe con placer ante el recuerdo—. Lo enterramos en el jardín en medio de la noche. Disimulamos la tumba con un huerto.

Las chicas se ríen cubriéndose la boca.

—Cuando el guardia nocturno nos interrogó al día siguiente preguntándonos adónde había ido el oficial en mitad de la noche, todas fingimos no saber nada —comenta Keiko.

—Lo cual es fácil de hacer cuando ya tienen una opinión tan baja de nosotras —dice Hinata, y todas se ríen.

—Ese año tuvimos una cosecha abundante, de modo que ahora, cuando el huerto se niega a darnos nada, estamos tentadas de hacerlo de nuevo —dice Tsubaki dándole un toque cómplice a Keiko—. Así que si ese teniente primero no muere en la batalla, dímelo y te ayudaré a acabar con él. ¡Así comeremos bien todas!

Un caudal de risas sinceras sigue a las palabras de Tsubaki, y Hana no puede esconder una sonrisa. Es la primera desde que llegó al burdel.

EMI

Los manifestantes canturrean delante de la embajada japonesa. Envueltos en los abrigos y gorros de invierno más cálidos, con las manos enguantadas sujetando sus pancartas, gritan:

—¡Japón debe admitir sus crímenes. Indemnización para las abuelas!

Un hombre grita a través de un megáfono:

—¡Admitid vuestros crímenes de guerra, no habrá paz con Japón sin reconocimiento de culpa!

Alguien cerca de la puerta vocifera:

¡Todas las guerras son crímenes contra las mujeres y las niñas del mundo!

El edificio de ladrillo rojo parece esconderse avergonzado tras la puerta de hierro forjado. Hay más policías que de costumbre frente a él, de pie hombro con hombro en una fila ordenada. Sus rostros inexpresivos esconden su humanidad.

—Tendríamos que haber hecho algún cartel —dice Lane—. Parece que todo el mundo tiene uno.

Emi examina a la multitud. Hasta los niños llevan algo que ondear en las manos.

—Tal vez haya algún puesto donde podamos hacer uno —responde YoonHui—. Mira, allí, en esa tienda.

La hija de Emi señala una carpa blanca colocada junto a un escenario improvisado. Hay sillas instaladas delante del escenario, rodeadas de pancartas que piden indemnización, admisión de crímenes de lesa humanidad, admisión de culpabilidad, admisión de crímenes contra las convenciones de Ginebra. Grandes altavoces emiten ruido blanco que carga el aire de electricidad y descontento.

—¿Vamos a mirar? —pregunta su hija, deteniéndose a tocar el brazo de Emi—. ¿Madre?

—¿Qué? —pregunta Emi.

—A lo mejor podemos hacer algunos carteles nosotras también.

Emi sigue a su hija hasta la tienda. Dos mujeres de pie detrás de una gran mesa cubierta de carteles y rotuladores les dan la bienvenida. Lane coge un marcador rojo y comienza a escribir caracteres japoneses en la pizarra blanca. Emi observa las líneas que fluyen del rotulador rojo de Lane, maravillada por su perfecta escritura.

—¿Sabes japonés? —pregunta Emi.

—Sí, y mandarín también —responde su hija por Lane.

Emi asiente con la cabeza, aunque se pregunta por qué un estadounidense querría aprender esos idiomas. ¿Qué es lo que la impulsa a alejarse tanto de su hogar y rodearse de extranjeros? Lane mira a Emi y le ofrece el marcador.

—¿Quieres hacer uno tú también? —le pregunta.

Emi niega. Su hija se concentra en su propio cartel escrito en inglés, como si no quisiera que Lane la superara. Emi no puede leerlo.

—Para las cámaras —explica YoonHui mientras se dirige hacia los camiones de noticias que hacen fila en la calle.

Ansiosa por echar un vistazo al grupo de ancianas reunidas cerca del borde del escenario, Emi se aleja lentamente de la tienda y nadie se da cuenta de su salida. Mientras arrastra los pies hacia el escenario, su pierna mala le da problemas. El dolor enlentece su paso, pero ella no se detiene. Reconoce a tres de las abuelas de anteriores manifestaciones. Las supervivientes. Hay otras dos que no le son familiares y se acerca para tener una visión más clara de sus rostros.

Son de la edad de Emi, o incluso mayores. El tiempo ha oscurecido su piel, que fue joven una vez. No está segura de poder reconocer una versión envejecida de su hermana, así que Emi presta mucha atención a sus peculiaridades. La más baja hace gestos con la mano, cubierta por un mitón rojo. La otra asiente con la cabeza enfundada en un sombrero rosado mientras golpea el suelo con una bota puntiaguda. Emi observa, esperando un *déjà vu*. Una de ellas se ríe. ¿Ha escuchado esa risa antes, quizá con el tono más agudo de una garganta más joven? Estira el cuello para tener una visión mejor de la abuela, esperando escuchar ese sonido de nuevo. La anciana cuenta una historia y hace gestos con sus mitones rojos. Junta las manos y se ríe otra vez. El sonido es inusual, áspero y rugoso. No le es familiar, después de todo. Emi centra su atención en la otra superviviente. Es un poco más alta que la primera, pero está de espaldas a Emi. Está dando unos pasos hacia un lado, con la esperanza de tener una mejor visión de su cara, cuando la mujer se da la vuelta. Todas miran fijamente a Emi.

—¿Te conocemos? —inquiere una mujer.

—No, no lo creo —responde Emi disculpándose, y se da la vuelta para irse.

—¿Estás segura? Ven con nosotras —dice amablemente la mujer de los mitones rojos.

Emi se detiene, mirando hacia la tienda blanca. Lane está hablando con las mujeres de detrás de la mesa y su hija sigue escribiendo el cartel. Las ancianas susurran entre sí, pero no le quitan los ojos de encima. Empieza a caminar hacia ellas. Su pierna se arrastra un poco más llamativamente de lo habitual y, no importa cuánto se esfuerce, no consigue hacer que le obedezca. Desearía poder ir a nadar: eso le relajaría las articulaciones y le daría algo de alivio.

—Has estado aquí antes, ¿verdad? Reconozco tu cara —dice una de las supervivientes más famosas.

—El año pasado; nos conocimos el año pasado —admite Emi.

—Sí, me acuerdo —dice, y observa la pierna coja de Emi—. ¿Estabas buscando a alguien? ¿A tu amiga?

Emi se ruboriza. ¿Realmente se acuerda o simplemente está siendo educada?

—Sí, a mi amiga. Hana. Se llama Hana.

—Hana. ¿Alguna de vosotras recuerda haber conocido a una chica llamada Hana durante la guerra?

Las mujeres murmuran entre ellas y Emi espera mientras viajan en el tiempo a ese horrible lugar de recuerdos compartidos.

—Yo conocí a una Hinata —dice una de las mujeres nuevas, la de la cara que Emi todavía no había visto. Se vuelve hacia Emi y ambas buscan el reconocimiento en los ojos de la otra.

—¿Hinata? —pregunta Emi distraídamente, estudiando su rostro envejecido, tratando de verlo con la piel más joven, menos marcas, ojos más brillantes…

—Sí. Girasol —responde ella traduciendo el nombre japonés al coreano.

—Todas nos llamábamos como flores en aquel entonces, no con nuestros verdaderos nombres —dice una mujer sin disfrazar su amargura.

—Ahora odio las flores —comenta otra.

—Sí, yo también. No puedo disfrutarlas.

—Demasiados recuerdos —dice otra.

—Ninguna de nosotras conocía el nombre real de las otras —le dice la mujer de los mitones a Emi—. Nadie podría saber el nombre de tu amiga, a menos que ella tuviera la oportunidad de decírselo.

—Pero quizá hablara de su casa… O de mí. Me llamo Emi, Emiko.

Las señoras repiten su nombre y una por una sacuden la cabeza.

—Era de la isla de Jeju. Una *haenyeo* —afirma Emi, como si eso marcara toda la diferencia en el mundo.

—¿*Haenyeo*? ¿Se la llevaron desde tan lejos? —exclama una mujer.

—De todas partes —responde otra—. Incluso de China, Filipinas y Malasia.

—Y las chicas holandesas también. ¿Recordáis a aquella que habló?

—Sí, la chica holandesa. Fue valiente al darse a conocer.

Emi recuerda haber visto a la holandesa en el periódico. Como tantas otras «mujeres de solaz», había escondido su historia de violación y humillación a su familia durante más de cincuenta años. Cuando la primera «mujer de solaz» coreana, Kim Hak-sun, se dio a conocer en 1991, aportando su oscuro testimonio, otras la siguieron. Fueron recibidas con incredulidad y tildadas de prostitutas que estaban detrás del dinero. Fue entonces cuando la mujer holandesa, Jan Ruff O'Herne, se les unió con un movimiento audaz, contando su historia en la Audiencia Pública Internacional sobre Crímenes de Guerra Japoneses, en Tokio, en 1992, y el mundo occidental se enteró.

En ese momento, Emi todavía no estaba lista para admitir que el agujero que había en su corazón lo causaba la ausencia de su hermana. Tampoco estaba dispuesta a aceptar que su hermana podría haber sido una de esas mujeres.

—¿Madre? —la hija de Emi aparece llevando el cartel recién escrito.

—¿Tu hija? —pregunta la mujer de guantes rojos.

—Sí, esta es YoonHui —responde Emi, y sonríe con orgullo a su hija.

Las mujeres intercambian saludos con educación, pero Emi pronto pierde el interés por ellas. No pueden ayudarla. Se aparta y vuelve a buscar entre la multitud, esforzándose por ver algo familiar, a alguien sujetando una cabeza como Hana una vez sostuvo en brazos la suya, una risa, una cierta forma de caminar, de sentarse, cualquier cosa que le recordara a la chica perdida.

La mujer de los mitones rojos se aparta del grupo y se para al lado de Emi.

—¿Sabes adónde la llevaron?

—Me dijeron que tal vez a China, o a Manchuria, pero nunca lo he sabido con seguridad.

—Debe haber sido una amiga muy cercana si la buscas después de todo este tiempo. Lo siento mucho.

Emi asiente distraídamente, recordando el día en que su madre le dijo lo que sabía del paradero de Hana. Era una tarde fría de enero y Hana llevaba meses desaparecida. Los padres de Emi tenían demasiado miedo de dejar a Emi sola en la orilla e incluso en casa. Los soldados habían regresado a la aldea poco después del secuestro de Hana y habían robado a dos niñas más de una familia que vivía al otro lado del bosque de mandarinos. Ese fue el día en que Emi aprendió a bucear en aguas profundas. Solo tenía nueve años, pero su madre no la perdía de vista.

—Al menos aquí tendrán que arriesgarse al ahogamiento antes de atreverse a separarte de mí —le dijo a Emi mientras nadaban más allá de los arrecifes superficiales.

Ese año fue extraordinariamente seco y las granjas habían sufrido. Las buceadoras, sin embargo, consiguieron no pasar hambre trabajando más horas incluso en invierno. En vez de estar en el agua durante una o dos horas, como hacían normalmente, permanecían dos y hasta tres horas en el mar helado, calentándose después en los campamentos de fuego en la costa. Emi había aprendido a apoyarse en la boya mientras vigilaba la red cuando su madre buceaba en las profundidades. Su madre le permitía bucear agarrada a ella más cerca de la costa, donde podían encontrarse ostras y erizos de mar por todo el arrecife. Emi se hizo al agua más rápido de lo que su madre esperaba. Tenía una complexión más pequeña que su hermana mayor, y no había sido una nadadora fuerte antes. Era como si Emi no tuviera más remedio que prosperar en sus nuevas circunstancias. Su madre parecía complacida: la única emoción positiva que había expresado desde que su hermana fue secuestrada.

Después de una larga mañana de buceo, habían nadado de regreso a la costa con la captura del día para descansar cerca del fuego caliente. Emi había encontrado una ostra en el arrecife y la estaba abriendo con un pequeño cuchillo. Dentro, encontró una perla escondida en la carne.

—¡Una perla! —exclamó, y se la ofreció a su madre.

Las otras buceadoras se inclinaron para echar un vistazo al hallazgo de Emi.

—¡Ja! —se rieron—. Es muy pequeña, nada excepcional.

Su madre también miró la pequeña perla.

—Lástima que no hayas podido encontrarla dentro de unos años. Hubiera sido una perla magnífica. Qué desperdicio. —Agitó la cabeza y volvió a contar y a separar su captura.

Después del secuestro de Hana, su madre se había vuelto distante y callada. Aunque incluso en su distanciamiento mantenía a Emi a su lado, lo que hacía más difícil que pudiera jugar con sus amigos.

—No estaría aquí dentro de unos años —apuntó una de las mujeres con tono resentido—. Los pescadores de ostras japoneses no nos dejan nada. Disfruta de tu pequeña perla, Emi. Puede que sea la única que queda en estas aguas.

Emi la levantó contra el brillante sol de invierno. Nunca antes había visto una perla de cerca, y solo dos buceadoras habían encontrado una, que ella supiera. Los japoneses habían destruido los criaderos de ostras por las perlas desde que llegaron, hacía más de treinta años, sin dejar ninguna para que las *haenyeo* las encontraran. Ahora buscaban algas, orejas de mar y criaturas que vivían más profundo de lo que a los japoneses les interesaba pescar.

¿Y si no hubiera sacado la ostra del arrecife esa mañana y en vez de eso la hubiera encontrado dentro de unos años, como su madre había dicho? Hizo rodar la diminuta esfera entre el pulgar y el índice a la luz del sol.

—Ojalá Hana estuviera aquí —dijo—. Ella se habría alegrado por mí. —Besó la perla y la dejó caer en la arena.

Al mencionar el nombre de Hana, la madre de Emi dejó caer el erizo de mar que estaba limpiando e inspiró a través de los dientes delanteros. Clavó la mirada en Emi. Las otras buceadoras apartaron los ojos, proporcionándoles privacidad sin alejarse realmente. Desconcertada por la evidente animosidad de su madre, continuó:

—Nunca hablas de lo que le pasó. ¿Por qué?

Su madre se agachó para recuperar el erizo. Destripó con pericia la carne comestible con su cuchillo y arrojó los restos en un cubo. Sin decir una palabra, continuó separando, destripando y contando.

Emi temblaba de frío. Normalmente ayudaba a su madre con las tareas para que pudieran llevar rápidamente la captura al mercado, luego se iba a casa para darse un baño caliente y ponerse ropa de abrigo. Pero estaba demasiado enojada para dejar el tema.

—Tú sabes lo que le pasó, ¿no? Por eso no quieres hablar de ella. Dime adónde la llevaron.

Su madre no alzó la mirada. Seguía clasificando, preparando la carne y limpiando. Cuando otro erizo se le cayó en la arena, se oyó como exhalaba con exasperación. Emi se preparó para una reprimenda, pero su madre no habló inmediatamente. En vez de eso, contempló el mar. Emi siguió su mirada, protegiéndose los ojos de la luz del sol que resplandecía sobre las olas del océano. Parecían congelarse bajo la mirada dura de su madre, con las blancas crestas inmóviles en la lejanía. Era como si el tiempo hubiera cesado. Hasta el viento murió en silencio. Emi y las otras buceadoras aguantaron la respiración, anticipándose a la ira de su madre. Finalmente, su madre la miró.

—La llevaron al frente, a China, o quizá incluso a Manchuria. Nunca lo sabremos. Pero lo que sí sé es que no volverá.

Lo último que Emi esperaba era una respuesta a su pregunta, y la pilló desprevenida.

—¿Sabes dónde está? ¿Lo has sabido todo este tiempo? —gritó demasiado alto. Las otras buceadoras retrocedieron—. Entonces, ¿por qué Padre no la trajo de vuelta?

—Calla, niña. Tú no lo entiendes. No podía traerla de vuelta. No de… ese sitio.

—¡Entonces iré yo! No tengo miedo. Solo dime dónde está. —Emi se puso en pie, lista para comenzar la búsqueda de Hana.

Su madre la agarró por el codo.

—Es demasiado tarde. La llevaron al frente de guerra. Eso significa que ya está muerta.

Habló con tanta naturalidad que Emi se quedó boquiabierta. Sus rodillas se debilitaron. Se hundió de nuevo en la roca. Las olas empezaron a hincharse y los vientos comenzaron a rugir de nuevo. Las aves gritaban con sus voces infantiles por encima de sus cabezas, y las mujeres empezaron a charlar entre ellas para disipar la tensión.

Emi miró fijamente la cara muda de su madre, intentando determinar si lo que había dicho era un hecho conocido o una suposición. Estaba tan concentrada que no se dio cuenta de que estaba apretando la hoja de su cuchillo en la palma de la mano.

—¿Qué estás haciendo? —gritó su madre corriendo al lado de Emi y quitándole el cuchillo. La sangre brotaba del corte de su palma. Mientras su madre tapaba la herida con pedazos de trapo arrancados de su propia camisa, Emi persiguió la expresión de su madre hasta que finalmente encontró voz para hablar.

—¿Por qué la llevaron al frente? Ella no es un soldado. Es una chica. Solo se llevan a los chicos a la batalla.

Su madre ató el vendaje improvisado antes de hablar. Sostuvo la mano herida de su hija en el regazo. Parecía pensar en lo que había dicho, acariciando suavemente el dorso de la mano de Emi. El viento había empezado a soplar de nuevo y un escalofrío removió los delgados huesos de Emi.

—Hay cosas en este mundo que nunca deberías saber, y yo te protegeré de esas cosas mientras pueda. Ese es mi deber como madre. No me preguntes esto otra vez. Hana está muerta. Puedes echarla de menos, puedes llorar, pero nunca hables de ella conmigo. —Su madre se levantó de repente, cogió el cubo y se fue. Cuando su madre la buscó por encima del hombro, Emi supo que tenía que seguirla. Aunque no se pronunciaran más palabras, nunca dejaría a Emi sola.

Cuando su padre llegó al mercado, Emi se marchó a casa con él. No podía explicarle por qué su madre estaba enojada. En vez de eso, hicieron una comida ligera de sopa de pescado con algas y setas. Su padre se había vuelto más y más callado desde que se llevaron a Hana. Ya no cantaba o recitaba poesía, ni siquiera tocaba su amada cítara. De vez en cuando, su mirada se cruzaba con la de Emi y los dos intercambiaban una triste sonrisa, sin saber cómo animar al otro.

La noche cayó antes de que su madre regresara del mercado. Emi se había quedado despierta, sentada con su padre.

—Ven, hija —dijo en cuanto entró por la puerta, como si supiera que Emi aún estaría despierta.

—¿Adónde vamos? —preguntó Emi, temerosa de que su madre siguiera enfadada con ella por preguntar por su hermana.

—Esposo, ven tú también.

Los tres bajaron hacia el mar, guiados solo por las estrellas. El estruendo de las olas que se estrellaban a lo largo de la costa, muy por debajo de los acantilados, les advertía para que se alejaran y no cayeran sobre las rocas del fondo. Mientras se acercaban al borde del acantilado, Emi se dio cuenta de dónde estaban. Era un mirador alto, con vistas a la playa y a las rocas negras de abajo, donde una vez hacía muchos meses estuvo vigilando la pesca.

Su madre encendió una lámpara de aceite y la puso en el suelo. Entonces abrió su bolsa y sacó una flor. Era un crisantemo, símbolo de duelo para los coreanos. El sello imperial de Japón era el crisantemo amarillo, con una cresta que simbolizaba el poder de la familia imperial. Emi se preguntaba qué fue primero, si el símbolo del poder o el de duelo. Su padre levantó la lámpara y la sostuvo en alto para iluminar la flor blanca contra el cielo nublado y estrellado.

—Ofrecemos esta flor al dios Dragón del Mar en nombre de Hana, nuestra hija e hija del mar. Ayuda a su gran espíritu a encontrar su camino en el más allá; guíala hacia nuestros antepasados. —Arrojó la flor al acantilado, donde desapareció en el olvido, para siempre. Igual que Hana.

que desaparecen en su garganta, y luego sigue picando la carne de su palma.

Han pasado casi dos meses cuando el canto de la criatura del demonio despierta a Hana una noche de su sueño reparador. Tumbada en la oscuridad, espera a que el ave insoportable cante de nuevo, porque su costumbre es cantar tres veces en una lenta sucesión que concluye con pregón final más largo; pero ningún sonido sigue al primero. Hana empieza a preguntarse si es el gallo quien la ha despertado en realidad. Quizá haya sido otra cosa lo que la ha perturbado.

Dos estrellas cuyos nombres no conoce parpadean con luz moribunda, más allá de las barras de hierro del ventanuco que hay en lo alto de la pared. El cielo nocturno le informa de que ha pasado la medianoche, pero aún queda tiempo para el amanecer. Hana escucha a través del silencio, concentrándose en los ruidos familiares del burdel. El techo cruje con cada ráfaga de viento, los grillos cantan al unísono bajo las tablas del suelo y el constante murmullo de las diminutas patitas de los ratones dentro de las paredes sugiere que todo es como debe ser. Entonces, en algún lugar bajo su habitación, una puerta se cierra con un chasquido y un sendero de pasos se esparce por el suelo de la sala principal de la planta baja.

Es demasiado temprano para el cambio de guardia nocturno, que se realiza al amanecer. Los pasos suenan amortiguados. Ninguno de los guardias se preocupa de caminar silenciosamente por la casa. Muy al contrario, parecen querer anunciar su presencia, marchando por los suelos de madera de las habitaciones sin pensar en las chicas que duermen arriba.

Las pisadas cuidadosas llegan hasta la escalera y Hana se recuesta de nuevo con rapidez. Los pasos se acercan cada vez más, hasta que se detienen repentinamente delante de su puerta. Se tapa con la manta hasta el cuello. No puede ser la visita de un oficial. Su presencia se anuncia generalmente con la cena, las bebidas y la ceremonia mientras eligen a una chica y la llevan arriba. El estrecho hueco que hay bajo la puerta de madera brilla con la tenue luz de una linterna. Comienza a desear no haber rechazado a todos los soldados que luchaban por sus atenciones, haber elegido un protector. Con un protector, las visitas fuera de horario no están permitidas, por temor a la represalia por parte del hombre que tiene protegida a la chica. Tal vez este sea uno de los soldados que rechazó, que vuelve para vengarse. ¿Cómo puede explicarle antes de que la mate que no es personal, que los detesta a todos por igual?

El pomo chirría al girar y Hana finge dormir. La puerta se abre y una franja de luz brilla a través de sus párpados cerrados. Ella relaja los músculos de la cara e imita la respiración profunda del sueño, fingiendo que su pecho asciende y desciende con un ritmo lento y constante. La linterna se apaga. La habitación vuelve a caer en la oscuridad. Los pasos se adentran. La puerta se cierra con un chasquido. Hana deja de respirar.

Un viento fantasmagórico aúlla recorriendo las vigas sobre sus cabezas. El burdel parece jadear y el viento sale por la ventana. Hana abre los ojos y mira fijamente a la oscuridad. Hay una silueta negra parada junto a la puerta. No se mueve durante un largo rato. Los grillos han dejado de cantar y los ratones han congelado sus pasos. La respiración superficial del intruso llena el vacío dejado por su silencio.

Él da un paso hacia donde está Hana y ella se aferra a la manta más fuerte. Da un paso más y, antes de poder evitarlo, ella se incorpora y se aleja de él, encogiéndose aterrorizada en la esquina más alejada.

—No tengas miedo —susurra—. Soy yo.

Hana reconoce instantáneamente la voz. Sacude la cabeza violentamente. Él se detiene frente a la ventana. La tenue luz de las estrellas le ilumina la cara. Morimoto ha vuelto.

—Soy yo —repite arrodillándose delante de ella—. Por fin he vuelto a por ti.

Le toca la rodilla temblorosa y las yemas de sus dedos envían una descarga eléctrica a través de su piel. Ella se agazapa lejos de él, aún negando con la cabeza, horrorizada por su vuelta. Él es el monstruo que invade sus sueños cuando revive su secuestro y encarcelamiento. Todas las mañanas se promete a sí misma que si alguna vez vuelve a ver a Morimoto de nuevo, lo apuñalará en el corazón o morirá intentándolo.

Ahora el momento ha llegado, pero su valor flaquea. No puede evitar temblar. Desearía simplemente desaparecer. Cuando él tiende la otra mano hacia ella, tiene que morderse la lengua para evitar un grito.

—He vuelto a por ti —dice, poniendo una mano alrededor de su muñeca y tirando de ella.

Su tono la confunde. Suena como si pensara que debería estar feliz de verlo. Ella patea y lucha para desasirse, pero enseguida él se pone sobre ella, aplastándola contra el suelo.

—¿Por qué luchas contra mí? —pregunta sin molestarse en mantener la voz baja. Si Keiko está despierta, lo habrá oído—. ¿No me entiendes? He vuelto por ti.

Su cara se cierne sobre ella, cubierta por las sombras, y ella se llena ese negro vacío con el hombre que recuerda. El que primero la violó y lo llamó amabilidad, para después condenarla a esta inconcebible vida. No vida, sino purgatorio en el inframundo. Morimoto es Gangnim, el dios de la muerte, segador de almas, y ha venido a reclamar la suya.

Se afloja el cinturón. Hana se retuerce debajo de él, mientras el hombre se desabrocha los pantalones. Ella presiona contra su pecho con las palmas de las manos, levantándolo hacia arriba, y él casi se cae. Pero rápidamente recupera el equilibrio y la golpea en el estómago, dejándola sin aire. Se dobla, luchando por respirar.

—No me obligues a hacer eso —dice, bajándose los pantalones hasta las rodillas.

—Voy a gritar —dice Hana con dificultad, entre respiración y respiración—. Y si el guardia de noche te encuentra aquí arriba, recibirás un castigo.

Morimoto la sostiene contra el suelo, poniéndose de nuevo encima de ella. Su cara se balancea sobre la de Hana, con las narices prácticamente tocándose.

—Yo soy el guardia de noche —dice.

Cuando acaba, Morimoto yace junto a ella. Hana le da la espalda para que no pueda verla llorar. Innumerables hombres la han utilizado desde que llegó al burdel, más de quince solo el primer día. Los odia a todos. Su lujuria le repugna. Su miedo a la muerte y a la exultante guerra del emperador la pone enferma. Desea que cada uno de ellos muera de una muerte lenta y dolorosa, y que sufran en la vida eterna después de la muerte. Pero el odio que siente por Morimoto supera cualquiera que haya sentido hasta ahora. Consume todo su ser, paralizándola, y no puede hacer nada para liberar la fuerza de su creciente rabia, excepto llorar lastimosa y silenciosamente.

Su respiración se ralentiza y ella cree que se ha quedado dormido. Se limpia la cara con una esquina de la manta harapienta. Los grillos han comenzado a cantar de nuevo y los ratones corren por los huecos de los endebles listones del burdel. Sus hombros se hunden. No puede controlar los caprichos ni los deseos de Morimoto. Si él quiere visitarla en medio de la noche, puede hacerlo. Si desea golpearla sin ninguna razón cada vez que viene, puede hacerlo también. Ella no es la dueña de su propio cuerpo.

Sus pensamientos viajan hasta el pozo que hay detrás del huerto. Si cae de cabeza, quizá quede inconsciente antes de ahogarse en las profundidades oscuras del pozo. Se ve a sí misma apresurándose por el burdel, rompiendo el cristal de la ventana de la cocina, corriendo por el patio antes de que al cabo Morimoto le dé tiempo a detenerla; y luego ve el agua negra dando la bienvenida a su cara inconsciente y descompuesta. Esto sí que está en su mano. Así es como puede recuperar el control sobre su cuerpo.

Hana se incorpora. Se estremece al alejarse del calor de Morimoto. Él se da la vuelta y ella espera hasta que sus respiraciones reanudan el lento ritmo del sueño. El pozo merodea por su mente. Si tiene suerte, será una muerte rápida e indolora, y nunca tendrá que soportar que la toque de nuevo. Cuando se asegura de que duerme, pasa por encima de su cuerpo desnudo y se dirige hacia la puerta. Las tablas del piso chirrían bajo sus pies, cada paso demasiado ruidoso en comparación con la tranquilidad de la noche. Está casi en la puerta cuando oye hablar a alguien.

«Despierta, hija». Un cosquilleo baja ondulando por sus extremidades. Es la voz de su madre. Suena tan cerca. Hana cierra los ojos, escuchando a su madre hablar una vez más.

«Es la hora», dice su madre, y de repente Hana puede verla. Está en casa, y su madre está junto a ella, urgiéndola a despertar de un profundo sueño. Hana siente la mano de su madre sacudiendo suavemente su brazo, hasta que finalmente abre los ojos. El recuerdo parece muy real mientras Hana está parada en el pequeño cuarto, decidiendo entre la vida en el burdel y la libertad que la espera en el fondo del pozo.

«Ven», dice su madre, y Hana se pierde en el recuerdo de una niña de once años.

El viento forma torbellinos entre las grietas de las vigas del burdel, y Hana recuerda a la chamán dando vueltas en la orilla, las cintas blancas ondeando al viento y la mano de su hermana agarrando con fuerza la suya. Hana le prometió que algún día se zambullirían juntas. Lo sentía como una certeza. No había ninguna duda en su corazón de que un día estaría de pie en la playa observando la ceremonia de su propia hermana como una *haenyeo* de pleno derecho. La imagen de su hermana de pie en la madrugada a la luz del amanecer envía una sacudida por las venas de Hana. En ese momento está desesperada por ver la ceremonia, por verla acontecer con sus propios ojos. No hay nada que desee más en ese momento que ver a su hermana pequeña, Emiko, unirse a las *haenyeo*. Hana vuelve al lado de Morimoto. Mientras se acuesta, decide que si va a morir, morirá tratando de llegar a casa, no arrojándose a un pozo. Yace despierta toda la noche, imaginando su fuga.

A lo largo de las siguientes semanas, Morimoto visita la habitación de Hana cada noche que está de guardia. Al principio trata de resistirse a él, pero él la gana en fuerza fácilmente cada vez, dejándole un recordatorio en su cuerpo antes de irse. La última vez que se resiste, casi la ahoga hasta asfixiarla. Después de eso, Hana deja de luchar. Morimoto va y viene a su antojo. No hay nada que ella pueda hacer al respecto.

Con cada visita se vuelve más y más audaz, hablando como si ella fuera su amante y no su prisionera. Es como si su resignación lo hubiera calmado, haciéndolo menos volátil para con ella. Muy pronto empieza a hablar de su descontento con la guerra.

—El emperador ha condenado a sus soldados a muerte. Los americanos nos están derrotando en el Pacífico Sur. Nadie sabe si es siquiera consciente de las pérdidas que hemos sufrido.

Morimoto a menudo habla con dureza mientras se pone de pie, esperando que Hana acabe de desnudarlo. Habla en voz baja, sin llegar a susurrar nunca, y Hana a menudo se pregunta si las otras chicas lo escuchan a través de las paredes o si bloquean el sonido para poder dormir. Nunca mencionan sus visitas nocturnas. Es como si no pudiera hablarse de nada de lo que pasa en sus habitaciones, a menos que haya sangre derramada.

—Tengo que salir de Manchuria. Me niego a morir por una causa perdida. Ni por el emperador ni por nadie.

Es una forma de hablar extraña para un soldado japonés. La mayoría de los soldados que ha conocido reverencian al emperador como si fuera un verdadero dios. Con gusto ponen sus vidas a sus pies para que derrame su sangre si así lo desea la deidad. Solo algunos hablan en contra del emperador, y normalmente son hombres de mente inestable. Han visto la matanza con sus propios ojos y han cometido atrocidades en el frente, y algo ha quedado roto en

155

sus cabezas. Hana empieza a creer que Morimoto es uno de esos soldados psicológicamente rotos.

—Te llevaré conmigo —dice Morimoto una noche. Cuando habla de irse de Manchuria, Hana se recuerda a sí misma que la conversación acerca de la huida puede ser un cebo para que ella se enamore de él de alguna manera, para que confíe en él, o una cosa parecida que su mente trastornada ha ideado. El asco que siente por él está siempre presente, pero su deseo de volver a casa excede su odio, por lo que le escucha en silencio.

—Podemos irnos juntos de este lugar. Escapar a Mongolia. Conozco gente allí. Tengo contactos. —Le toca el muslo con la palma de su mano, un contacto indeseable en su piel—. ¿Qué te parece? ¿Quieres venir conmigo?

Hana permanece en silencio. Es la primera vez que le pregunta lo que quiere. Podría estar engañándola. Si dice que quiere irse del burdel, podría encerrarla en solitario por estar planeando la huida; pero si dice que no, puede que la golpee por rechazar su propuesta. No hay una respuesta correcta.

—¿Me oyes? —pregunta con voz demasiado fuerte en la oscuridad. Le agarra el brazo con una mano y puede sentir cómo la reta a desafiarle.

—Si es tu deseo —susurra.

Su mano se relaja deslizándose por su brazo, acariciando su piel.

—Deseo estar contigo —dice, y la besa profundamente palpándola con la lengua.

Hana contiene la respiración cuando la besa o la toca. A menudo aguanta la respiración tanto tiempo que casi se desmaya. A veces, cuenta para comprobar cuánto aguanta antes de verse obligada a tomar aire. Su cuenta más alta hasta ahora es ciento cincuenta y dos. Esta noche ha contado hasta ochenta y cuatro antes de que él llegara al clímax y se separara de ella. Mientras se viste, mira más allá de él, imaginando las innumerables tramas de escape que ha planeado si realmente la libera de este burdel.

—No te vayas —dice Keiko cuando están arrodilladas en el patio lavando los condones usados.

Han terminado el servicio y ahora se ocupan de la única barrera que las separa de los hombres y la posibilidad de un embarazo o una enfermedad. Hana odia tocarlos. A pesar de que los soldados se van por la noche, es como si aún siguieran allí, como si hubieran dejado atrás una parte de sí mismos para que no se le olvide que volverán por la mañana. Siempre vuelven (como si pudiera olvidarlo).

Hana se concentra en el agua jabonosa; enjuaga los condones tan rápido como puede.

—No sé a qué te refieres —responde Hana.

—No me mientas —responde Keiko extendiendo la mano y agarrando a Hana del antebrazo—. Y no me dejes sola. No puedes confiar en él. Es como todos los demás. Dirá cualquier cosa para conseguir lo que quiere de ti. Medran en sus aventuras amorosas, te hacen creer que quieren ayudarte a escapar y así tú les entregas tu corazón. ¿Y para qué? Es una falsa promesa. Perderás la pierna… o algo peor.

Hana retira suavemente el antebrazo de la presión de Keiko, que se ha vuelto fuerte. Vuelve a lavar los condones.

—Nunca escucho lo que me dicen.

Los ojos afilados de Keiko se estrechan.

—¿Ni siquiera al cabo Morimoto?

Hana se sorprende al oír su nombre en los labios de Keiko. Nunca han hablado de sus visitas nocturnas. Mira a Keiko e intenta adivinar lo que piensa. ¿Es miedo o ira, o algo más siniestro? ¿Acaso está celosa de que un soldado como Morimoto visite a Hana en vez de a ella? Hana guarda silencio al no estar segura de qué decir o siquiera de qué sentir.

—Aprende de mi error: nunca confíes en un hombre. Especialmente en este lugar. —Keiko recoge los condones de su palangana y tira el agua sucia al suelo. Sin decir una palabra, vuelve adentro.

¿Es Hana una insensata por creer, incluso por un momento, que Morimoto no es un mentiroso; que no la está guiando hacia una trampa solo para complacerse después en castigarla; que no es simplemente un loco que los arrastra a ambos hacia la muerte?

Hana fija la mirada en el claro cielo de la medianoche. Esta noche es la noche. Está de pie de puntillas, aupándose hacia las rejas de su celda para poder mirar por encima de la cornisa elevada de la ventana.

Las barras están oxidadas y le raspan la piel de las palmas de las manos mientras se agarra con fuerza, elevándose más. El verano de Manchuria se disipa rápidamente y una brisa fresca recorre su cara. En su isla aún perduraría la estación lluviosa y el aire nocturno estaría perlado de humedad. El calor de primeros de septiembre se elevaría desde las rocas volcánicas que la forman, y ella estaría sudando por el esfuerzo. El fresco olor de los pastos de las llanuras de Manchuria se introduce por sus fosas nasales alejando este pensamiento.

Se sujeta durante un momento más para echar un vistazo al camino de tierra que hay más allá del muro perimetral. Está demasiado oscuro para verlo, pero sabe que está ahí. A la luz del día podrá distinguir el estrecho sendero hundido en la tierra por cientos de botas de soldados. Hana se suelta de las barras y baja hasta el suelo. Se abraza las rodillas contra el pecho y mira fijamente la ordenada línea de diminutos semicírculos, apenas perceptible en la tabla del suelo más cercana a la pared. Cuenta con las yemas de los dedos cada marca, concienzudamente grabada en la madera desgastada. Veinticuatro… Cuarenta y ocho… Ochenta y tres. Presiona con la uña del dedo gordo para marcar el paso de otro día convertido en noche. Ochenta y cuatro días. Sus dedos recorren la evidencia de su encarcelamiento mientras su mente vaga hacia la puerta y quien yace detrás de ella. Hana trata de escuchar los ruidos del burdel, pero ellos también han sido silenciados. O quizá sea la inminente decisión, que parece silenciar el estruendo en sus oídos como si estuviera sumergida bajo un gran océano, con tan solo la presión del agua resonando en sus tímpanos.

Unos pasos interrumpen sus pensamientos. Morimoto está abajo, preparándose para salir. El latir del corazón de Hana se acelera. Dijo que terminaría su turno cinco minutos antes y saldría por el camino de tierra sin girar su llave en el candado, cinco minutos antes de que llegara el siguiente guardia nocturno, para que Hana pudiera escabullirse y ser libre.

Es como un rey durante una conquista, y le ha propuesto a Hana sus condiciones: seguirlo a través de la puerta abierta y hacia sus brazos. Sus condiciones son una segunda muerte.

Sentada bajo la ventana, mirando fijamente la puerta del dormitorio, Hana lo escucha de nuevo mientras se mueve por las salas comunes de abajo. Se acerca de puntillas a la puerta y la abre lentamente. El silencio del pasillo le da la bienvenida. Las otras chicas normalmente duermen como muertas, pero aun así debe tener cuidado para no despertarlas. Rodeando sin pisar las tablas que crujen, Hana sigue su camino hasta el rellano y escucha las botas salir por la puerta lateral. Las bisagras se cierran con un chirrido y el pomo de la puerta desciende. Hana se inclina sobre la barandilla, aguzando el oído para escuchar el familiar sonido de la llave en la cerradura, el giro del cerrojo de alta seguridad al volver a su sitio y el silencio que le sigue. Pero no oye nada, excepto un silbido. Hana escucha su canción, que se desvanece lentamente.

Tiene menos de cinco minutos antes de que el próximo soldado llegue para sustituir a Morimoto en la guardia nocturna. La indecisión atormenta a Hana. Si la encuentran fuera de su habitación, la castigarán con diez latigazos y luego la confinarán al aislamiento. Pero si se dan cuenta de que intentaba escapar, le cortarán una pierna. No habrá juez ni jurado, solo un grupo de hombres para ajusticiarla. El miedo a ser detenida no pesa más que los recuerdos que plagan su memoria, los recuerdos de su casa. ¿La echan de menos sus padres? ¿La estarán buscando?

Los pies se le han quedado fríos de estar parada en el rellano. ¿Cuánto tiempo ha pasado? ¿Un minuto? ¿Dos? Hana vuelve a su habitación. Escondido en una cavidad hueca debajo de la esterilla sudada están todos los objetos de valor que ha adquirido en su cautiverio, envueltos cuidadosamente en un hatillo de tela: monedas que le han lanzado jóvenes agradecidos, un collar de oro que le dejó un comandante, un anillo olvidado por un soldado raso nostálgico, un peine de plata que perteneció a otro soldado sin rostro y sin nombre. Son las únicas cosas de valor que posee, y sin embargo no son suficientes para llevarla demasiado lejos si va sola.

—¿No quieres que te saque de aquí? —le había preguntado él antes de separarse de ella para hacer su turno de noche. Irradiaba confianza como el sol irradia calor. Ella solo tenía que asentir para satisfacer su ego. Un ligero gesto y él seguiría felizmente su camino.

Por mucho que lo intentara, no podía obligarse a hacerlo. Su mente le gritaba que simplemente asintiera para que él se fuera, pero ella se quedó congelada, mirándole fijamente, con el asco amenazando con reflejarse en su rostro. Él empezó a sentirse confuso. Su confianza vaciló y sus cejas se fruncieron.

—¿Qué pasa, mi pequeña Sakura? ¿No confías en mí? —la mano que le aprisionaba el brazo comenzó a apretar.

Cuando la fuerza fue tal que podría haberla amoratado, ella parpadeó rompiendo la tensión entre ellos. Luego inclinó la cabeza, asintiendo sumisa.

—¿Quién soy yo para no confiar en ti? —contestó, con voz tan baja que se preguntó si realmente había hablado.

Él la liberó de su agarre, satisfecho consigo mismo una vez más, y la abandonó en su habitación.

Sosteniendo sus magras pertenencias, recordando el paso confiado de Morimoto al marcharse de su habitación, Hana tiene la certeza de que él ya está ahí fuera, escondido bajo el puente en las tinieblas de la noche y esperando que ella se reúna con él. No le cabe la menor duda de que ella hará lo que él le pida. Hana mira una última vez la oscuridad más allá de la ventana, deseando que el universo la ayude. La voz de su madre, clara como si estuviera a su lado, suena: «Mira hacia la orilla. Mientras puedas verla estás a salvo». Ve a su hermana de pie en la playa… Emiko.

Hana aprieta la mandíbula ante el recuerdo. ¿Por qué piensa en eso ahora? La imagen de su madre llena su mente, seguida por la de su hermana y luego por la de su padre. Todos están con ella ahora; sus formas fantasmagóricas están de pie una al lado de la otra en su pequeña celda, como si esperaran a que ella tomara una decisión: permanecer en este burdel y servir a las interminables filas de soldados o arriesgar su vida para escapar con el hombre que la trajo aquí. Los ojos vanos de su familia brillan en la oscuridad. «Toma la decisión», parecen decir. Hana da un paso atrás, alejándose de ellos.

—No estáis aquí de verdad —susurra. Los espectros únicamente le devuelven la mirada sin parpadear. Aprieta los ojos cerrados. En su mente los ve tal y como eran antes de que Morimoto la capturara, antes de que se convirtiera en Sakura. Los ve en su isla, viviendo al lado del mar, cuando ella era todavía Hana, un nombre que no le ha revelado a nadie.

Antes de poder pensar en razones para no irse, Hana esconde el hatillo de tela entre su ropa interior. Luego baja volando los escalones de dos en dos. Los ojos de las chicas atrapadas en las fotografías de la pared la miran fijamente a medida que se acerca al último escalón y se detiene para mirar su propia cara. Pensar que su imagen debe permanecer ahí siquiera una noche más le oprime el pecho.

Se pone de puntillas en el borde del escalón inferior y alcanza el marco. Este se inclina hacia arriba y luego se desliza por la pared. Hana lo coge y rápidamente desliza la fotografía fuera del marco de madera. La mete en su ropa interior junto con el hatillo y luego corre a través del salón hasta la cocina.

Hana está prácticamente en la puerta trasera cuando siente la profunda certeza de que sonará una voz detrás de ella, con un rifle apuntándole la espalda, y sus músculos se agarrotan. Sus pasos vacilan y cae al suelo. De rodillas, Hana está preparada para lo inevitable.

Su corazón palpita como las alas de un colibrí, pero lo único que llega a sus oídos son unos suaves ronquidos. De repente quiere regresar. Las razones para quedarse se apoderan de su mente. Perder una pierna si la atrapan, muerte potencial. Y si ella se va, las otras chicas sufrirán. Serán castigadas, confinadas en solitario, y tal vez incluso mueran debido a su acto de egoísmo. La voz suplicante de Keiko atraviesa las imágenes. «No me dejes sola».

La puerta principal se abre al otro lado del burdel. Unas botas pesadas caen sobre el porche de madera antes de entrar. Tiene que cruzar el salón para volver a las escaleras si decide quedarse, y el guardia nocturno la verá. Sus piernas arden al pensar en el filo dentado de la sierra contra su piel.

Es demasiado tarde. No puede quedarse, ni siquiera por el bien de sus amigas durmientes. Se pone en pie y corre hacia la puerta. Deja salir una exhalación temblorosa mientras prueba el picaporte metálico. Chirría, y ella se estremece, aguantando la respiración hasta que deja de girar. Respira y luego tira. La puerta no se mueve. El calor cosquillea en sus mejillas. Vuelve a tirar con toda su fuerza. No se mueve. La puerta sigue cerrada con candado. Es una tonta. Morimoto se ha reído de ella.

Este es su castigo por creer a un soldado japonés, por ser tan ingenua. Ve la decepción de Keiko tan claramente como si estuviera ahora mismo delante de ella. Hana la ha traicionado. Eligió confiar en un hombre.

Resignada a su suerte, Hana apoya su frente contra la puerta. Merece ser castigada. Merece morir. Siente el frío filo del cuchillo contra su muslo, haciendo que se desmaye. Antes de que Hana se dé cuenta de lo que está pasando, la puerta se abre lentamente. «Empujar, no tirar».

La puerta está abierta. Morimoto no mentía. Las pisadas se encaminan hacia la cocina. Hana no mira atrás. Se desliza a través de la puerta abierta, la cierra tras de sí y desaparece en la noche. Ahora no siente ninguna carga, solo la euforia del escape.

Hana se sabe el trayecto hasta el puente donde Morimoto está esperando. Está al final del camino de tierra que podía ver desde su habitación. El camino se dirige al norte durante una milla, y se encontrarán en la bifurcación, justo antes de llegar a las destartaladas barracas militares. Puede imaginárselo mientras la espera en la oscuridad, sonriendo mientras ella se acerca. Lo ve adelantarse para agarrarla y besarle la mejilla, el cuello, la frente; abrazándola sin dejarla escapar antes de apresurarse a lo largo del río hacia la vida que ha planeado para ellos en Mongolia. Puede verlo, y la pregunta que le hizo resuena en su mente.

«¿No quieres que te saque de aquí?». Ve su cara mientras la observa fijamente y, ahora, de pie en el exterior, bajo el cielo nocturno, ella responde libremente a su pregunta.

—No —dice con firmeza—. No quiero que me saques de aquí. —Y después empieza a correr.

Las estrellas iluminan su camino. Hana corre tan rápido como sus piernas le permiten, pero no hacia el norte, por el estrecho sendero donde Morimoto espera, sino hacia el sur, de vuelta a Corea y a su isla en el mar. Sus piernas parecen saber que a él no le costará mucho darse cuenta de que ella no irá, y son rápidas. No se detendrán hasta que pueda ver la orilla donde su hermana estuvo una vez, anclando la vida de Hana a la suya.

Mantiene la imagen de Emiko en su mente mientras corre a través de la oscuridad, pero a veces la cara se transforma y se convierte en las otras hermanas de Hana, las que dejó atrás. Ve su terror cuando se despierten con la noticia de que no está; ve el terror de Keiko. Pero Hana sigue corriendo hasta que le arden los pulmones y le duele el pecho. Aguanta el dolor, superándolo como si fuera la inmersión más profunda de su vida y estuviera nadando desde las oscuras profundidades del océano hacia la luz.

EMI

Seúl, diciembre de 2011

Una anciana solloza a unos pasos de donde está Emi. Una mujer en el escenario habla a través del micrófono. Este chirría, acoplándose, y la multitud gime mientras los niños se tapan los oídos.

—En la manifestación del Milésimo Miércoles tenemos una revelación especial. Dos artistas han creado la *Estatua de la Paz* para recordar a las llamadas «mujeres de solaz». Este monumento es para todas las mujeres y niñas que fueron forzadas a la esclavitud sexual militar, perdiendo su infancia, sus familias, su salud y su dignidad; y para todas aquellas cuyas historias y vidas nunca conoceremos.

Hace gestos a un grupo de mujeres que rápidamente se hacen a un lado dejando a la vista una estatua cubierta por una tela. Dos mujeres vestidas con hermosas túnicas *hanbok* tradicionales de color blanco y rosado levantan la tela con una floritura. Emi entrecierra los ojos para ver la estatua.

Sonidos de admiración y risas apreciativas se extienden a través de la audiencia mientras todos aplauden la estatua. Emi se pone de puntillas, luchando por ver por encima de la gente que está de pie delante de ella y le tapa la vista, pero es demasiado baja. Poco a

164

poco avanza hacia la estatua, chocando torpemente contra la gente al caminar.

—¿Adónde vas? —pregunta YoonHui a sus espaldas.

Emi no contesta a su hija. Simplemente sigue adelante. Tiene que verla. No sabe por qué es tan importante para ella ver la estatua, pero de repente está resuelta a echarle la vista encima.

Empuja a la gente a medida que pasa, tejiendo un camino a través de la muchedumbre con los ojos fijos en la figura de bronce. La multitud parece derretirse a su paso, como si ellos también sintieran su determinación dentro de sí mismos. Adelanta a todos sin dificultad hasta llegar al pie de la estatua.

Emi está sin aliento después de hacerse camino a través de tanta gente. El fino aire invernal le congela los pulmones. Está cara a cara con la escultura a tamaño real de una joven, de no mucho más de dieciséis años, sentada sola al lado de una silla vacía, con las manos ligeramente apretadas en un puño descansando sobre su regazo y los ojos mirando al frente, directamente a los de Emi. Esta jadea, se agarra el pecho y se hunde hasta quedar de rodillas. «Hana...».

La nieve cae a ráfagas desde el cielo grisáceo de la tarde, arremolinándose en círculos perezosos, descendiendo como un silencioso milagro sobre la agitada muchedumbre de abajo. Su hija le grita; un grito penetrante lleno de miedo. Unas manos sujetan a Emi mientras esta se inclina hacia delante, casi tocando el pavimento con la cara.

—¡Madre! —grita YoonHui, corriendo a su lado.

La giran sobre su espalda, y YoonHui le protege la cabeza poniéndola sobre su regazo. Lane llega y sus dos cabezas revolotean sobre Emi como ángeles guardianes. Un halo de luz invernal deja sus rostros en la sombra. Emi ve a sus padres mirándola, haciéndole señas desde el gran mundo del más allá. El impulso de seguirlos la atrae como una corriente submarina. Si lucha contra ella se ahogará, pero si deja que la arrastre mar adentro desaparecerá con un arrullo tranquilo. La cara ensombrecida de la estatua aparece por encima de todos ellos, y Emi se vuelve para echar un último vistazo furtivo a través de un resquicio que deja la gente que se agolpa a su alrededor. Su mirada se posa en la cara de la joven, imponente y familiar al mismo tiempo. Finalmente su mente confirma la cara conocida. «Todavía no, Madre. Padre, aún no. Hana me ha encontrado, por fin. ¿Cómo voy a dejarla cuando ha recorrido un camino tan largo?».

HANA

Manchuria, verano de 1943

Los primeros rayos del sol se arrastran por el horizonte. Hana se aleja de la carretera. Sus pies están ensangrentados debido a las piedras y los palos del escabroso camino. La noche ha sido tranquila, con tan solo un camión tronando carretera abajo. Se escondió detrás de un arbusto en la cuneta cuando pasó, pero sabe que, cuando se acerque la mañana, eso no la esconderá de los ojos ajenos. Ha sufrido el viento helado que sopló repentinamente durante la noche, por lo que el brillo del sol es una vista acogedora.

La hierba seca le pincha las llagas de los pies. Si Morimoto está buscándola, solo tendrá que seguir el rastro de sangre que va dejando. Hana se detiene cada diez minutos para escuchar los campos vacíos mientras coge aliento, atenta a posibles botas pesadas golpeando el suelo tras ella. Él está ahí, en alguna parte, furioso porque ella se ha atrevido a traicionarlo. Pensar en su ira hace que un escalofrío le recorra la piel. Corre más rápido a medida que el sol sale en su primer día de libertad.

Siempre con cuidado de mantener la carretera a su izquierda, continúa caminando hacia el sur. El paisaje es hermoso. Suaves colinas se elevan y se hunden en la distancia. La hierba de las llanuras le llega a la cintura. Puede sentarse en el campo y esconderse de ojos intrusos. Después de unas pocas millas sus pies no pueden ir más lejos, así que se arrodilla y disfruta de su nuevo escondite, procurando no mirarse los pies sangrantes. Los insectos zumban y chirrían a su alrededor. Unas flores pequeñas y amarillas florecen en los altos tallos. Los brazos de la tierra la atraen hacia el suelo. Tumbada aquí, así, a salvo del mundo, podría pensar que ya ha dejado esta vida. Solo el dolor de sus pies palpitantes le recuerda que aún está viva.

Hana sabe que debe seguir adelante, porque Morimoto seguramente la estará buscando, pero sus pies le ruegan que descanse siquiera un poco más. Mira fijamente al cielo y observa cómo las nubes se transforman en un surtido de formas. Una serpiente brota de la boca de una ballena, la cual se divide en un mar de túmulos funerarios antes de desvanecerse en tenues briznas. Le recuerdan el humo del cigarrillo de Morimoto escapándose por las grietas de la ventana de su habitación. Pensar en él le da escalofríos, en sus manos sobre su cuerpo, en su hambre aspirando el aliento de sus pulmones. El odio la llena y el latido de su corazón se acelera. Se sienta y escucha los sonidos que la rodean. ¿Podría oírlo si viniera tras ella?

Mira hacia abajo, a sus pies hinchados. Cubiertos de tierra negra mezclada con sangre, ya no puede ignorarlos más. Coge un puñado de hierba y los frota hasta dejarlos prácticamente limpios. Aguanta el dolor sin hacer ni un solo ruido. Un pájaro canta cerca de ella. El viento le besa la cara. Encuentra una espina alojada en una herida en la base de los dedos del pie. Está clavada profundamente y tiene que introducir sus dedos casi hasta superar la primera capa de carne para alcanzarla.

Al principio no consigue agarrarla, porque sus dedos se resbalan con la sangre. Se los limpia en la hierba. Con los dedos secos, vuelve a hurgar en la herida. Esta vez saca la espina. Recuperándose por un momento, Hana toca las hierbas. Se arquean con el empuje del viento suave y las rasga con sus dedos como si fueran un instrumento delicado.

Su padre era una persona musical. Antes de convertirse en pescador estudió poesía y a menudo interpretaba sus poemas con música. Las letras eran líricas y estaban llenas de historia, lo que las hacía políticas. Cuando los japoneses comenzaron su guerra mundial invadiendo China, se volvieron más duros con los coreanos colonizados, reforzando la prohibición de cualquier libro de historia y literatura coreanas, y prohibiendo el estudio de la cultura coreana. Su padre se convirtió en un forajido y huyó del continente a la isla de Jeju, donde se reinventó a sí mismo como pescador luchador. Allí conoció a su madre.

Después de un día infructuoso en el mar, se sentó en la playa con la red vacía y se puso a cantar una vieja canción popular prohibida. La mayoría de las personas que había en la playa se distanciaron de él, con miedo de que un policía japonés que pasara por allí los viera escuchando la letra coreana de una canción coreana, pero no la madre de Hana. Ella se puso en pie e hizo visera con las manos sobre sus ojos para ver con más claridad a aquel tonto cantando aquella ridícula canción, y cuando vio al joven pescador con la red vacía a sus pies, inclinó la cabeza hacia atrás y se echó a reír. Él alzó la vista, pero no dejó de cantar, y cuando ella se acercó y se sentó a su lado en la roca cálida, decidió en ese mismo momento que no quería que se fuese nunca de su lado. Al cabo de un año estaban casados y Hana había nacido. Pasó algo más de tiempo hasta que su hermana vino, pero cuando lo hizo su familia estaba completa.

Por la noche, cuando los platos de la cena estaban limpios y los cuatro se sentaban juntos al lado del hogar para calentarse, tocaba la cítara. A veces, cuando estaba de buen humor, cantaba la vieja canción que había hecho reír a su madre.

¿Te vas? ¿Me dejas?
¿Me estás dejando atrás?
¿Cómo puedo vivir sin ti?
¿Me estás dejando atrás?
Quiero aferrarme a ti.

Pero, si lo hago, no volverás.
¡Tengo que dejarte ir, mi amor!
¡Por favor, vete, y vuelve con presteza!

La canción es un susurro en sus labios. Las palabras prohibidas ronronean en su lengua. Se siente desafiante cantando en su lengua materna, y recuerda cómo su madre se aseguraba de cerrar bien las contraventanas cuando su padre sacaba la cítara. Hana mantiene la voz baja, de manera que solo ella puede oír la canción. Levanta la cabeza por encima de la hierba unas cuantas veces, escudriñando el campo en busca de miradas espías. Al no ver a nadie, sigue cantando hasta que se le seca la garganta.

Tiene que encontrar agua, pero sus pies están demasiado doloridos para ir a ninguna parte. Queriendo moverse, juguetea con la larga hierba y la teje entre sus dedos. Los tallos son resistentes, como tiras de bambú, y le surge una idea. Arrancando un puñado del suelo, une los extremos con unas hebras de hierba y luego los entrelaza en una trenza fina. Cuando es lo suficientemente larga, se envuelve la planta del pie con ella y la ata sobre su empeine.

Poniéndose en pie, da algunos pasos para probar su zapato improvisado. Su entusiasmo crece con cada paso y, justo cuando se agacha para hacer el otro, las ataduras se desgarran y la trenza se desenrolla. Sin descorazonarse aún, se sienta y teje un segundo zapato, y cuando este también se desmorona, teje un tercero y un cuarto, hasta que sus esfuerzos se desvanecen con la luz moribunda del sol. Acomoda la cabeza sobre la pila de zapatos de hierba marchitos y rotos, descansando sus ojos extenuados.

Su reposo está plagado de sueños. Pesadillas y recuerdos felices nadan juntos, mezclándose las historias y los sentimientos confusos de tal manera que se despierta con un grito en la garganta. Un torbellino de pájaros naranjas se eleva en el cielo de la tarde. Los insectos callan. No sabe si ha gritado de verdad o si ha sido otra cosa la que ha asustado a las aves. Se queda quieta escuchando, esperando que algo o alguien haga ruido.

Al principio es distante. Únicamente el ligero movimiento del pasto siendo empujado, como si fuera por el viento. Pero cuanto más escucha, más alto y más cerca se oye el movimiento, hasta que oye el crujido de los tallos rígidos bajo unas botas. El corazón le retumba en el pecho y quiere alzarse hasta el cielo y seguir a los pájaros naranjas hasta estar a salvo. Se obliga a permanecer donde está, tumbada y quieta como un cadáver. Cualquier movimiento hará que la alta hierba que la rodea delate su ubicación. Voces de hombre susurran órdenes y respuestas. Aguza el oído para escuchar *su* voz. ¿Está Morimoto con ellos? ¿La están buscando a ella o a otra persona?

Hana teme que alguno de ellos le pise el brazo o la cara, o tropiece con ella y la apuñale con su bayoneta. Cierra los ojos y espera lo inevitable. La encontrarán, y luego la torturarán. ¿Cuánto tiempo la mantendrán con vida antes de que su espíritu se escape de su cuerpo maltratado?

Un soldado está parado en la hierba junto a ella. Puede ver su uniforme caqui a través de las hojas de hierba. Le da la espalda. Él no la ha visto todavía. Otro soldado le está susurrando algo y agarrando su rifle.

Da un paso hacia atrás, pisando con el talón de su bota el dobladillo del vestido de Hana. No puede cerrar los ojos. Tiene que ver su cara. ¿Es él? Debe ver la expresión que cruce su cara cuando sus ojos se encuentren con los de ella. ¿Será de sorpresa? ¿O será de triunfo, lujuria u odio? Ella espera que se gire y tropiece con ella.

Pero de repente otro hombre grita desde el otro lado del campo y el soldado que está a su lado se va, liberando su vestido. Los oye correr lejos de ella. Sus gritos aumentan en frecuencia y luego un disparo corta el caos. Permanece inmóvil como un ciervo recién nacido escondido entre la hierba alta, conteniendo la respiración, escuchando y esperando a que los sonidos se desvanezcan, para que la oscuridad caiga y la noche la vuelva a ocultar.

No era él. Está segura. Morimoto se habría girado y la habría encontrado. No es posible que haya estado tan cerca de ella sin sentir su presencia. Es como un animal. La habría olido.

Ve cómo pasan las horas en los colores cambiantes del cielo. El pálido azul del ocaso se oscurece hacia un zafiro profundo, y luego al azul purpúreo de la noche. Demasiado temerosa para moverse por miedo a que los soldados aún estén al acecho, se orina encima. El hedor atrae a las moscas. Trepan por su vestido, zumbando, mientras saborean el algodón pestilente. Es un olor amarillo oscuro, como el hedor de la letrina del burdel. No importa cuánto lo froten, ese olor nunca abandona las tablas de madera podrida.

Un búho ulula y se lo imagina planeando sobre el campo en busca de topos y ratones. Escucha esperando el susurro de las plumas que se deslizan con el viento. Vuelve a ulular y ella encuentra valor para sentarse y, muy lentamente, se pone de pie. No hay nada que ver bajo el cielo nocturno, excepto oscuridad. Con las manos por delante, como una chica ciega, da su primer paso, y luego un segundo. Pronto está corriendo; sus pies destrozados le gritan que pare, pero su mente rechaza sus súplicas.

Hana ya no está segura de continuar en la dirección de la carretera. Ni siquiera está segura de dirigirse hacia el sur. Nunca fue capaz de aprenderse el mapa del cielo de memoria. Su padre intentó enseñarle a orientarse con el vasto cielo, pero ella siempre se resistió. Su atención estaba puesta en el mar, en las tranquilizadoras tinieblas y en las criaturas de su interior. Quería escuchar las historias de los otros pescadores sobre ballenas azules, peces espada y tiburones. Las estrellas de su padre nunca le llamaron la atención. Hana mira al cielo y las estrellas brillan silenciosamente para ella.

Después de correr con incertidumbre campo a través, Hana oye un grito en la oscuridad, tenue al principio, que se transforma en un chillido agudo. Escucha el avance rítmico de unas ruedas girando por las vías. El tren. Ha encontrado el camino. Corre tras el sonido, da un giro brusco guiándose por su oído. El estruendo del metal golpeando contra metal crece en intensidad a medida que se acerca a las vías, hasta que el ferrocarril pasa de largo como una ráfaga de aire y sonido.

Quiere ir en la dirección de donde venía el tren. Todos los trenes nocturnos se dirigen hacia el norte. Están llenos de provisiones para el campo, y viajar de noche es la única manera de evitar los bombardeos aéreos. En el burdel, cuando caía la noche, escuchaba con atención para oír el silbido del tren cuando cruzaba el puente y se dirigía a la base militar. Anunciaba su llegada una vez a la semana, en ocasiones una vez cada dos semanas si venía con retraso debido al bombardeo de las vías; y el estómago de Hana se daba la vuelta cada vez. Ella llegó en uno de esos trenes, clasificada como «suministro de primera necesidad» en la lista de control de inventario. Cuando soñaba con escapar, sabía que las vías del ferrocarril la ayudarían a volver a casa.

Aminora la velocidad hasta conseguir un paso cauteloso, poniendo de nuevo las manos hacia delante. Si no tiene cuidado, se tropezará con las traviesas y caerá a las vías. La hierba esquilmada bajo sus pies revela rocas que le punzan las llagas abiertas, pero las ignora, centrándose en el camino oscuro que hay delante de ella. Se golpea el pulgar contra algo duro. Se arrodilla con agilidad y siente el metal, liso y suave. Apoya la oreja en la vía y presta atención al tren. ¿Hacia dónde va? ¿Y desde dónde vino ella?

Un zumbido tenue llega a sus oídos. Pone las manos en el riel metálico y percibe una débil vibración. El zumbido se atenúa hasta desaparecer. Las vías se tornan silenciosas muriendo entre sus manos. Está rodeada de silencio. Lentamente, el pánico se aposenta en su pecho. ¿En qué dirección? El viento es el único sonido, las estrellas la única luz en la oscuridad. Entonces un leve silbido chirría como un fantasma lejano. ¿Viene de la derecha? Gira la cabeza en esa dirección para escuchar el grito fantasmal del espíritu, pero no vuelve a sonar. Hana se levanta y se gira, confiando en sus oídos, en su corazón y en el inmenso silencio que le apremia al dirigirse hacia la izquierda, siguiendo las vías y esperando que la guíen hacia el sur.

Camina durante toda la noche. Temerosa de desviarse del camino, soporta el dolor de caminar sobre las traviesas de madera y las piedras que hay entre ellas. No ha bebido nada durante dos noches y está mareada, la lengua se le hincha en la boca. Solo puede pensar en beber agua. Por la mañana, se dice a sí misma; debe esperar hasta el amanecer para encontrar agua. Ahora debe seguir avanzando, mientras tenga la protección de la oscuridad. Debe esperar hasta mañana.

Cuando el sol se alce buscará agua y quizá un lugar para descansar. Tiene que haber algún lago o río que nutra la tierra fértil y mantenga a las aves voladoras. Lo encontrará por la mañana. «No te detengas, no todavía». La distancia hasta el mar es mayor de lo que se imagina. Su única esperanza de alcanzarlo es seguir caminando. Un paso tras otro hace que sus pies se muevan, aunque clamen por un descanso.

Al acercarse el amanecer, la noche se transforma en una neblina gris y al principio Hana apenas puede ver los contornos de sus pálidas manos extendidas delante de ella. A medida que el sol se alza, puede ver las vías del ferrocarril bajo sus pies, y pronto el paisaje que la rodea. La hierba alta ha sido sustituida por campos sin fin de flores amarillas.

Para su consternación, ve un camino de grava paralelo a las vías del tren. Un convoy de soldados podría haber pasado por ahí, y no habría podido esconderse en ninguna parte. Rápidamente, se aleja de las vías y el camino y se dirige hacia los campos de flores. Solo le llegan hasta las rodillas, así que huye cada vez más lejos de las vías, hasta que estas son solo un punto lejano en el horizonte. Se recuerda a sí misma que debe mantenerse en paralelo a las vías para no perder el rumbo, o podría acabar caminando en círculos.

En la distancia, vislumbra unas siluetas marrones acurrucadas en la hierba. El mugido grave de un buey atraviesa el silencio. Hana se agacha y escudriña los campos en busca de granjeros o pastores nómadas. El sol ilumina el campo, pero toda belleza está perdida para ella. Sus ojos examinan el campo, pero solo ven a los bueyes. Un lamento bajo escapa de uno de ellos y Hana piensa que quizá esté dando a luz. «Leche», piensa de repente, y corre hacia la criatura parturienta, sin dejar de mirar en busca de seres humanos que puedan ayudarla o lastimarla.

Sus esperanzas se desvanecen al llegar donde está el buey y darse cuenta de que no está pariendo. Ha caído presa de una vieja trampa de cazador y las oxidadas mandíbulas de metal se han cerrado sobre su pierna. La parte inferior del hueso del cuarto trasero asoma a través un colgajo de piel. Se ha roto y cuelga sin vida al lado de la otra pierna. El buey vuelve a mugir y Hana se tapa los oídos. El sonido es un lamento de muerte.

Se aleja de la criatura lastimera, amortiguando con sus manos el terrible y grave gruñido, pero no puede alejarlo de su cabeza. Al escucharlo de nuevo, es como si surgiera del recuerdo de su primera noche en el burdel, cuando presenció cómo la mujer coreana daba a luz a un bebé muerto. Oye los lamentos inhumanos de la mujer como si estuviera una vez más en la habitación iluminada con velas. Había mucha sangre entre las piernas separadas de la mujer. Hana recuerda haber subido las escaleras y conocer a Keiko; la *geisha* estaba arrodillada sobre el tatami, llorando con la cara entre las manos.

El buey vuelve a quejarse y asusta a Hana. Ya no está en el burdel. Ha escapado de ese lugar y tiene que hacer lo que sea necesario para permanecer en libertad. Reuniendo coraje, Hana rodea al animal y se dirige hacia su cabeza. Los ojos del buey se mueven salvajemente en sus órbitas y lucha por mover las piernas mientras ella se acerca. La sangre fresca se filtra de la herida donde la piel está más rota, debido al frenético intento del buey por escapar.

—Tranquila, pobre criatura —susurra con un tono suave.

Se arrodilla junto a su cabeza y le da palmaditas en la frente. El buey se calla. Su respiración es superficial. Las moscas se acumulan en la herida y los gusanos serpentean infestando la carne. Le acaricia el cuello con movimientos largos y lentos. Debe de haber permanecido aquí durante días. Hana puede imaginar su dolor. Puede sentirlo igual que siente la caricia del viento en su cara. Sabe lo que es yacer indefensa mientras el cuerpo está roto. Hana se inclina acercándose al buey y le susurra al oído.

—Duérmete, querido buey. Por favor, duérmete. Apoya tu cabeza pesada en la tierra. Abandona tu cansado espíritu y huye de este miserable lugar. Vete pronto, querido buey, vete pronto. Y perdóname, por favor… perdóname.

Hana presiona sus labios contra la oreja del buey antes de arrastrarse hacia su pierna rota. Se asegura de mantener una mano sobre su piel mientras se desplaza, y sigue haciendo sonidos relajantes mientras se acerca a la pierna. El buey bufa, pero no cocea. Quizá no tenga suficiente energía para luchar, no está segura. Llega lentamente hasta la pierna rota.

Antes de que pueda cambiar de opinión, agarra la pierna y, con un movimiento rápido, la retuerce mientras tira tan fuerte como puede. La piel no se rasga, como ella había esperado. Hana se inclina hacia atrás, a medio camino del suelo, con los talones clavados en tierra para evitar deslizarse por la hierba contra el buey herido. La trampa de metal se mueve bruscamente, pero la cadena la mantiene fija al suelo. El buey chilla, y el sonido es aún peor que su lamento grave. Hana tira y tira y gira, mientras que el buey lucha por alejarse de ella. Está atrapada en un tira y afloja.

El buey muge, un gemido mortal. La trampa repiquetea contra sus pies. Sus brazos amenazan con ceder, está muy cansada. Temiendo no poder aguantar mucho más tiempo, Hana considera soltarlo, pero, de repente, rasgándose bruscamente, la piel se parte en dos.

Cae al suelo, agarrada a la pierna desprendida. El buey continúa pateando la tierra, desesperado por alejarse de ella. Hana no consigue mirar a la aterrorizada criatura. En vez de eso, observa fijamente el área de flores amarillas aplastadas que deja a medida que se aleja de ella. Como si estuviera resignado a padecer su destino en manos de Hana, el animal yace quieto, con solo el pecho hinchándose y las narinas aleteando.

Asqueada consigo misma, libera la pierna amputada de la trampa. La pierna le pesa en la mano. Intenta no pensar en lo que ha hecho. Hana se levanta rápidamente y huye lejos del pobre animal, aún agarrando la pierna en su mano. No es momento de pensar en el crimen que ha cometido. Mira hacia abajo, hacia la pata, y horrorizada se da cuenta de que su estómago vacío está refunfuñando. Un sollozo escapa de su boca. Únicamente uno. Y luego no se oye nada más que el sonido de sus pies golpeteando el suelo a medida que huye de la escena de su horrible acto.

Cuando no puede ir más lejos, Hana se arrodilla y mira la pata ensangrentada. No sabe qué hacer con ella, ni cómo comérsela. Su única suerte es que la mayoría de los gusanos se han caído. Su estómago gruñe y se siente asqueada. Cierra los ojos con fuerza. No es una pierna, se dice a sí misma. No es una pierna. Es un pez, una criatura oceánica fina y alargada que ha caído en su red. Su padre la enseñó a deshuesar y limpiar innumerables peces, y eso es esto. Un pez muerto. Las manos morenas de su padre, curtidas por el sol, aparecen en su mente. Sostienen una caballa y una navaja afilada, y ella observa cómo filetea hábilmente el pescado, con movimientos seguros y firmes.

Como si las manos de su padre fueran las suyas propias, empieza a desollar la pierna. Sus dedos desuellan el extremo roto de la pierna, vacilante al principio, luego con más fuerza, y, usando toda su voluntad, tira del cuero hacia el casco. La piel no se desprende fácilmente y tiene que liberar la carne con fuertes sacudidas. Cuando ha desollado la mitad, Hana no puede esperar más. Alza la pata hasta su boca y da un mordisco.

La carne tampoco se desgarra fácilmente y tiene que arrancarla del hueso. La sangre se desliza por su garganta. Trata de no saborearla. Trata de no recordar de dónde viene la carne. En su mente es solo un pez.

Era un buey raquítico y no tarda mucho en limpiar el hueso de carne. También sorbe la médula sanguinolenta por el extremo del hueso, y se sorprende al descubrir que no le disgusta el sabor oscuro y pesado. No había probado carne fresca y sangrante desde que su cautiverio comenzó; comían solo migajas de pescado seco si había suerte.

A veces, un soldado que iba al burdel le traía a su chica favorita una bolsa pequeña de frutas o verduras frescas. Keiko a menudo recibía estos regalos, y siempre los compartía con Hana. ¿Qué estaría haciendo Keiko ahora? Hana se imagina a la elegante *geisha* agazapada en la celda de confinamiento en solitario, en el sótano del burdel. Las celdas de la prisión no eran más altas que la mitad de un hombre, así que tenían que permanecer sentadas todo el tiempo. ¿Cuántos días y noches tendría que sufrir Keiko debido a la escapada de Hana? Y las otras chicas, ¿sufrirían también?

Cierra los ojos y aparta con un gesto de su mano manchada de sangre la imagen. No puede pensar en Keiko ni en sus otras hermanas. Para seguir adelante solo puede pensar en su casa.

Hana entierra el hueso en la tierra, como si así ocultara su ofensa, pero guarda las tiras de piel arrancadas a la carne. Frota el pelaje contra el suelo para limpiar la sangre del buey. Al principio la suciedad se mezcla con la sangre y la tierra del pelaje, pero con un raspado continuado la suciedad sanguinolenta se seca y, finalmente, se va. Usando los dientes rasga el cuero en tiras más cortas y luego las amarra en capas sucesivas alrededor de la planta de sus pies. Dando unos pasos para asegurarse de que están bien sujetas, deshace su camino hasta donde oyó por primera vez al buey y continúa su viaje, corriendo en paralelo a las vías del ferrocarril.

Hana está atenta a la gente, los camiones y los trenes, pero también busca aves acuáticas. Ahora está realmente sedienta; la sangre no ha conseguido aplacarla.

* * *

La tarde es más calurosa de lo que debería. Las nubes se han amontonado formando enormes montañas grises en el cielo. Hana camina tan despacio que sus pies se arrastran por la hierba. Las colinas han desaparecido, solo hay llano por todas partes. Hace millas que ha perdido de vista las vías del ferrocarril. Desaparecieron detrás de una de las colinas para no aparecer nunca más. Vagó sin rumbo en su búsqueda, y ahora está perdida. Ni carreteras, ni vías de ferrocarril, ni rastro de construcciones humanas. Hana está sola en lo más profundo de Manchuria, rodeada por todos lados de campos de hierba.

Un zumbido agudo en sus oídos suena como el silbido continuo de un tren solitario que no puede ver. Tampoco hay signos de vida animal.

Ni siquiera pisadas de ganado para guiarla hacia la esperanza. Una vez vio una manada de camellos salvajes, pero desaparecieron tan rápido que no estaba segura de que no fuesen un espejismo, un truco de su mente. Comía puñados de hierba cuando parecían distintas a las hierbas que conocía. Flores también, pero después de vomitar a causa de una flor particularmente picante, dejó de intentar comerse la vegetación que la rodeaba. Ahora solo camina. Nada más.

La sed la atormenta. En el burdel se despertaba cada mañana y bajaba a buscar agua. Parece un tiempo muy muy lejano cuando arrastraba su cuerpo usado fuera de su habitación hasta la cocina. Keiko siempre estaba allí antes, y ambas permanecían en silencio y bebían. Entonces llegaban las otras chicas y preparaban su exiguo desayuno.

Nunca había suficiente comida. Las otras chicas decían que su hambruna se debía a la dificultad de transportar suministros hasta el norte. Decían que incluso los soldados japoneses estaban muertos de hambre, pero ellos nunca parecían carecer de energía. Hana pensaba que llenaban sus uniformes mejor que los soldados japoneses que había en su casa. Se le ocurre que tal vez las alimentaban tan poco en el burdel para que no tuvieran energía para nada más que cumplir con sus deberes. No les quedarían fuerzas para escapar.

A las chicas se les permitía escuchar una pequeña radio durante los días de tareas. Las emisiones consistían principalmente en noticiarios que no escupían más que propaganda japonesa. A las chicas no les importaba, porque entre los informes ponían una o dos canciones. Escuchaban mientras hacían sus tareas o durante la hora de la comida.

Los noticiarios advertían de que los ejércitos extranjeros estaban por todas partes, armándose contra los japoneses, y que el emperador necesitaba tantos voluntarios como fuera posible para mantenerlos a raya. Los chinos, los mongoles, toda Europa y América; todos eran enemigos del emperador. Incluso de los soviéticos sospechaban, y su tratado provisional con Japón se diluía día a día. El miedo atenazaba la mente de las chicas, el miedo a lo salvaje que existía más allá del burdel y el miedo al enemigo que acechaba fuera.

Hana no tiene adónde huir, excepto a Corea del Sur. Pero su casa está muy lejos. Quizá si pudiera encontrar agua. Los recuerdos del hogar le nublan la visión. Agua cayendo a cubos, sacada de su pozo. Fría y deliciosa, fresca como nieve derretida. Si cierra los ojos, casi puede saborear el recuerdo.

—¡Me has empapado! —chilló su hermanita mientras dejaba caer el vaso y se alejaba rápidamente.

Hana se ríe en voz alta con el recuerdo. Era un caluroso día de verano, estaban sedientas y Hana había mojado a su hermana con el agua fría del pozo. Se concentra en el recuerdo como si pudiera verlo, como si estuviese pasando ahora mismo, aunque la boca reseca ansía algo de saliva.

—Vuelve, te prometo que no lo volveré a hacer —gritó ella.

Una cara diminuta asomó por detrás de la casa.

—¿Seguro?

El corazón de Hana palpita en su pecho mientras recuerda esos inocentes ojos marrones, tan abiertos al mundo. Siempre que los miraba, una oleada de responsabilidad la atravesaba. Evitar que esos ojos vieran la realidad de la guerra se convirtió en su deber. La

180

muerte de su tío los habría ensombrecido, sin duda, así que ella había obligado a sus padres a ocultárselo a Emiko. Hana había ayudado a su hermana a escribirle cartas a su tío y luego fingió enviarlas por correo. Una vez incluso escribió una respuesta con la letra de su tío. Cuando su madre se enteró, se disgustó mucho, pero no hizo nada más que obligar a Hana a prometer que no escribiría más cartas.

—Por favor, vuelve —volvió a pedir Hana.

Con pasos vacilantes, su hermana pequeña regresó al pozo, sujetando su taza de hojalata delante de ella. Hana alzó el cubo y lo colocó cuidadosamente en el suelo.

—Ahí tienes, sumerge la taza, es la forma más segura de hacerlo —aconsejó Hana.

Su hermana se acuclilló y metió toda la mano en el cubo, lo que hizo que se estremeciera.

—¡Está fría!

Hana se arrodilló junto a ella y sumergió ambas manos en el agua. Le refrescaba las venas calientes de las manos y las muñecas. Inclinó la cabeza hacia abajo hasta que sus labios tocaron el borde del cuenco de sus manos. El agua olía a hielo. Antes de que pudiera beber, una pequeña mano hundió la cabeza de Hana en el cubo. El agua ascendió por su nariz. Se puso en pie, con la boca goteando agua, mientras tosía y se sonaba el líquido fuera de las fosas nasales. Un reguero de risas acompañó a su hermana mientras corría a esconderse.

Hana recuerda ese sonido, como de campanillas tintineantes mecidas por la brisa. Un viento sureño se levanta y le refresca la piel. Deja de caminar, oscilando levemente contra la fuerte corriente de aire que la azota. Parece viento marino. Hana puede saborear el aire salado en los labios, que están agrietados y secos, pegados a su lengua áspera como la lija. Tal vez sea la sal de su propia sangre lo que saborea, pero, cerrando los ojos, finge haber llegado a casa.

Está de pie sobre las rocas negras que se apilan hacia lo alto en la orilla arenosa, mirando fijamente el vasto mar oscuro. Las olas son como bailarinas arremolinándose, celebrando su vuelta y estrellándose contra las rocas debajo de ella en un aplauso monumental. El viento transporta las voces y escucha a su madre llamarla por su nombre. Se vuelve. Su madre está corriendo hacia ella con los brazos extendidos. Su padre también está allí. Está gritando su nombre por encima del rugido del viento y las olas que rompen.

—Estoy aquí —les llama Hana—. ¡Estoy aquí! —grita dando un paso hacia ellos. Pero sus pies parecen estar enterrados en la arena. La han llevado tan lejos y ahora, exhaustos, pesan demasiado para poder moverse.

—Sakura —llama su padre—. ¡Sakura!

Una tercera voz cabalga sobre el viento y llega a sus oídos. Es débil, como la de un niño, y suena como si hubiera viajado desde una isla lejana detrás de ella. Hana se vuelve hacia el mar y se hace sombra sobre los ojos para evitar el sol llameante. Una jovencita en un barco de pesca blanco en medio del océano tumultuoso grita su nombre. Hana entrecierra los ojos para enfocar la cara de la chica y el corazón le da un vuelco dentro del pecho.

—¡Emiko! —grita—. ¡Hermanita, estoy en casa! —Agita la mano e intenta saltar de alegría, pero sus pies no se mueven de la arena que los ancla a tierra.

La muchacha trepa a la proa del barco, y Hana se preocupa.

—¡Hermanita, ten cuidado! —grita, temerosa de que su hermana no sepa nadar en aguas tan bravías.

La muchacha levanta la vista una vez más y grita su nombre antes de zambullirse en el mar oscuro. Por un momento, Hana se sorprende de la elegante manera de nadar de la chica, pero seguidamente se queda de piedra. La joven ha llamado a Hana. El nombre que su madre eligió y por el que su familia la conocía; no Sakura. Ese es el nombre grabado en una tabla de madera, clavado al lado de una puerta: flor de cerezo.

Hana se vuelve para mirar a su padre, pero la visión del mar se desvanece. En el horizonte no ve a sus padres corriendo hacia ella, sino un caballo negro galopando a toda velocidad. La silueta de un hombre sentado encima de la bestia, azotando sus ancas con un látigo, es inconfundible. Morimoto la ha encontrado. Es demasiado tarde para huir, pero aun así se aparta de la figura que se aproxima y trata de huir. Sus músculos no obedecen a su cabeza frenética, pero ella no se rinde.

Alza un pie tras otro hasta estar corriendo. No le queda nada para azuzarse, excepto la adrenalina, y la quemazón de sus músculos amenaza con dejar su cuerpo inútil. Las pezuñas del caballo golpean contra la tierra con un eco sordo y oscuro mientras se acerca rápidamente. Ella no es rival para tan magnífico animal, pero, incluso cuando la mano de Morimoto agarra el cuello de su vestido, sigue moviendo las piernas, corriendo por el aire. Tira de ella y la monta en el caballo como si fuera un saco de grano. Lucha salvajemente con piernas y brazos contra su raptor, pero es inútil. Morimoto detiene el caballo y luego la vapulea para hacer que lo mire, con el puño enredado en su cabello.

—Sakura —dice sin aliento—. No puedes abandonarme nunca. —Su voz es tan brusca como sus manos. La arrastra del caballo y la obliga a bajar a tierra. Ella lucha debajo de él, y él le golpea la cara una y otra vez, hasta que se queda quieta.

—¿Aún no lo entiendes? Eres mía.

El clamor de un trueno sacude los cielos. La electricidad se expande por el aire. Los nubarrones se acumulan sobre ellos. Él se coloca encima de ella, exprimiendo todo el aire de sus pulmones jadeantes con todo el cuerpo. Susurra el nombre que le han impuesto, besándole el cuello con gentileza; sus manos le alzan el vestido.

Si todavía está luchando, no puede notarlo. Sus extremidades, entumecidas por el cansancio, están desconectadas de su mente. Aparta la cara de su barbilla áspera, mirando más allá en busca del mar.

Las primeras gotas de lluvia salpican sus labios y están tan frías como el agua del pozo de su padre. Lame las gotas de lluvia con avidez, pero el alivio es efímero. Un dolor agudo y ardiente la abrasa, atravesándola con cada ansioso empujón, hundiéndola de nuevo en los atroces recuerdos de los soldados, y cuerpos, y bocas; las imágenes de las que no ha podido escapar. Las nubes liberan un chaparrón sobre su cuerpo agotado mientras yace inmóvil en la hierba.

Hana está tumbada en el fondo del océano, mirando hacia arriba, hacia la luz del sol que brilla sobre la superficie. El latido del océano inmenso es un pulso en sus oídos. La corriente acaricia su piel. El peso sobre su pecho es un ancla de un antiguo barco que ha encontrado. La abraza firmemente para hundirse con ella. Su cuerpo es tan ligero que normalmente flota de nuevo hacia la superficie, pero hoy no; hoy quiere quedarse en las profundidades hasta que el sol desaparezca en el océano. Este es su juego favorito, uno en el que siempre gana. Puede aguantar la respiración hasta que las otras chicas se rinden y nadan de vuelta a la superficie. Su última amiga ha aguantado tanto tiempo como ha podido, pero también flota hacia arriba, dejando un reguero de burbujas tras ella. Hana la observa irse. Ha ganado. Nadie puede vencerla.

Excepto él. Morimoto es el ancla que la mantiene abajo. Yace bajo él, esperando a que la castigue más duramente o la mate por su traición. Su cuerpo jadeante se hunde más profundamente en el de Hana, presionando su caja torácica contra el suelo embarrado mientras recupera el aliento.

Puede correr, piensa. Arañarle la cara y sacárselo de encima en un último intento por sobrevivir. Pero las dolorosas llagas de sus pies le ruegan que termine el viaje en este lugar pacífico bajo una montaña de carne que jadea. «No más dolor», acepta ella, y mira fijamente al cielo que se oscurece, esperando.

Él se incorpora para mirarla. Los ojos de ambos se cruzan y ella no puede retirar la mirada.

—¿Cómo pudiste dejarme esperando junto al puente como un tonto? —Su voz arde de rabia—. Arriesgué mi vida para ayudarte a escapar del burdel y ¿así es cómo me lo pagas? ¿Huyendo? —Se detiene, como si esperara una disculpa o una explicación.

Cuando ella no contesta, se ríe. El sonido es amargo y oscuro.

—¿Creías que no podría encontrarte? Conozco este territorio como la palma de mi mano. No podrías haberte escondido de mí.

La sacude, exigiendo una respuesta, pero no hay nada que pueda decir que hable más claro que su intento de escapar de él. Está echada bajo él, sin palabras, sin vida, como la presa abatida de un cazador. Se inclina sobre ella, echándole el aliento en la cara. Ahora la matará. Cierra los ojos.

Él le pone la mano alrededor del cuello; con el pulgar presionándole la garganta. Una arcada involuntaria le viene a la boca, y se revuelve en contra de su voluntad. La otra mano viene a posarse también sobre su garganta, y él comienza a apretar. Hana abre los ojos, buscando el sol en el cielo, pero está escondido tras las nubes negras.

—Te mataré —le susurra al oído—. Lo haré si alguna vez me humillas de nuevo. No la libera. En vez de eso, aprieta incluso más fuerte, hasta que no le queda aire en los pulmones.

Hana se despierta a causa del dolor. Le pica la mejilla como si un millar de agujas al rojo vivo le punzaran la piel. Su labio inferior está ardiendo. Saborea sangre.

—Despierta —le ordena, y le golpea la otra mejilla con la mano abierta. La alza sobre sus pies, pero ella no puede sostenerse y cae sobre la tierra húmeda.

—No vales para nada —murmura él en voz baja, y la levanta del suelo como si no pesara.

Un caballo bufa a lo lejos. Sus pezuñas pisotean el suelo. Hana nunca ha visto un caballo tan de cerca. Es negro, con unas manchas blancas que se extienden alrededor de sus tobillos como si fueran motas de polvo.

Morimoto silba y el caballo se acerca. Apoya a Hana contra el animal mientras hurga en una bolsa que hay detrás de la silla de montar y después saca una cantimplora. La abre y vierte agua en el pequeño tapón. Se lo acerca a los labios. Hana bebe, pero no es suficiente para saciar su sed. Querría pedirle más, pero se resiste. Morimoto sonríe, como si lo supiera, y luego vuelve a enroscar la tapa lentamente. No aparta los ojos de ella. Hana no dice nada, pero no puede dejar de relamerse los labios.

Él la agarra por la cintura y la levanta para que pueda trepar al caballo. La mente de Hana aún está embotada por el agotamiento y la sed, y le cuesta hacerlo. No puede entender por qué sus brazos no obedecen.

—Levántate —la ordena empujándola.

Se las arregla para agarrar la silla y de repente se da cuenta de lo que ocurre. Le ha atado las manos con una cuerda. La empuja de nuevo, acomodándola en la montura. Le pone una pierna sobre el cuello del caballo para que se siente a horcajadas. Le rodea con otra cuerda la cintura y la agarra entre sus manos junto con las riendas.

—Ni se te ocurra hacer que el caballo huya. —Él le muestra la cuerda que lleva alrededor de la cintura—. Te derribará rápido… y luego tendremos que andar los dos —le advierte tocándole las heridas de la planta de sus pies para recalcarlo.

Se estremece con el tacto. Él la observa fijamente; su mirada es tan intensa que Hana no puede mirar hacia otro lado. Luego se mete la mano en el bolsillo y saca un fragmento de tela. Es el hatillo que ella había guardado en su ropa interior. Ella intenta cogerlo, pero casi resbala del caballo. Se agarra a la silla de montar y recupera el equilibrio.

—Encontré esto en tu ropa —dice él mientras lo desenvuelve y revela el contenido—. ¡Qué bellas baratijas!

Hana quiere recuperarlas, pero no le dará la satisfacción de verla sufrir. Mira hacia adelante y se concentra en el horizonte.

—Debería ponerme celoso porque has guardado esto —dice, y ella empieza a preocuparse. Revisa las cosas una a una, inspeccionándolas como si buscara una señal—. ¿Eran de algún soldado en particular? ¿Tiene un nombre ese soldado?

Hana niega con la cabeza. Su tono es peligroso. Él la mira fijamente, penetrándole el cráneo con los ojos como si intentara leer la verdad que hay dentro. Vuelve a mirar los objetos y parece considerarlo un tiempo antes de sonreírle.

—Ahora que estás conmigo no necesitarás estas cosas.

Vuelca la mano y caen, una por una, al suelo. Luego las entierra con el talón de su bota. Hana se gira para ver cómo el anillo de oro, el collar, las monedas y el peine desaparecen en la tierra. Ya no le queda nada.

Morimoto parece complacido consigo mismo, como un niño que ha ganado un premio. Ella es el botín de guerra que él mismo ha reclamado. Quiere espolear al caballo en el costado con fuerza, para que se levante y le tire al suelo, junto a sus pertenencias perdidas, pero está demasiado débil, incluso para asustar a un caballo.

—Pero esto —continúa Morimoto como si fuera solo una ocurrencia tardía—, esto sí que lo guardaré como un tesoro.

Sostiene la fotografía de Hana, y el caudal de ira que la inunda la sorprende. Quiere arrancársela de las manos. No puede soportar que toque la fotografía. Fue tomada antes de que la línea de soldados la visitara, Keiko aún no le había cortado el pelo en el patio, aún no había aprendido a mantenerse inerte hasta que acababan; aún era Hana en esa fotografía. Le pertenece a ella.

Hana se obliga a no expresar la reacción que él tan desesperadamente anhela, aunque cada fibra de su cuerpo desea saltar del caballo y tirarlo al suelo. Necesita todo el control que consigue reunir para dejar el último resquicio de su antiguo yo en sus manos. Hana se vuelve lentamente y mira hacia adelante. Puede sentir su satisfacción mientras él se mete la fotografía en el bolsillo de la pechera.

Todo termina ahí, y Morimoto chasca la lengua guiando al caballo hacia adelante. Guía al caballo caminando por delante y

Hana aparta los ojos de él, negándose a mirar al hombre que no la dejará libre jamás.

La tormenta se intensifica y viajan en silencio. Hana abre la boca recibiendo la lluvia mientras los rayos caen sobre sus cabezas. No le importa que le parta uno: sería el ansiado final. Él se mantiene fiel a su plan. Se dirigen hacia el norte, hacia Mongolia, caminando penosamente bajo la lluvia como si eso fuera lo que estaban destinados a hacer.

Ráfagas grises cubren la tierra, escondiéndolos incluso de sí mismos. Hana traga agua de la lluvia que cae del cielo. Su estómago comienza a hincharse, pero no puede parar. Con la cara levantada hacia arriba, bebe hasta llenarse. Cuando su estómago está a punto de estallar deja caer la cabeza, demasiado cansada para sostenerla erguida por más tiempo. Morimoto mantiene las riendas más firmes y tira de la bestia hacia adelante.

Cruzan la estepa, y la cara y los pies de Hana se refrescan con la lluvia fría y dejan de palpitar. Piensa que quizá sería capaz de volver a correr tras un día de descanso, pero no tiene ni idea de cuánto tiempo durará el viaje hasta Mongolia. No sabe si él va a encontrarse con alguien, tal vez un cómplice, si es mongol o soviético, si son varios o solo uno. Podría incluso haber hecho un trato con los chinos.

El miedo se apodera de ella mientras los imagina uniéndose a un grupo de hombres sin patria ni rostro. ¿Qué les ha prometido? ¿Forma ella parte del trato? Hana observa fijamente su nuca. ¿La obligaría a servirles a todos? La imagen de unos bárbaros rasgando su vestido harapiento la abruma. Inclina la cabeza, pero, incluso con los ojos cerrados, lo ve llegar al final de la noche, después de que los otros hombres se han saciado.

Se dobla y vomita el contenido de su estómago lleno de agua. Sus débiles hombros tiemblan mientras expulsa el agua de la lluvia de su estómago revuelto. Antes de que se dé cuenta, su cuerpo resbala del caballo. Sus manos están atadas y no puede amortiguar la caída. Aterriza en la tierra sobre su hombro derecho. Un dolor repentino y paralizante le deja sin aire en los pulmones. El caballo se encabrita, pero Morimoto vuelve a controlarlo con rapidez. La ve acurrucada en el suelo y corre a su lado.

—¿Qué estás haciendo? —pregunta.

La pone boca arriba con cuidado. La lluvia cae sobre su cara. No puede respirar por el dolor, la humedad que la empapa y la visión de su futuro junto a él. Este la agarra por los hombros para levantarla, pero su brazo derecho se dobla y ella grita de dolor. La libera y el dolor cesa. Se estremece mientras él explora los alrededores de su hombro. Sus dedos palpan la carne y encuentran rápidamente el origen de la lesión.

—Está dislocado. Tengo que encajarlo de nuevo.

Su voz es tierna y expresa preocupación. A ella no le importa. Mira fijamente hacia delante, a la nada gris. Él afloja la cuerda alrededor de sus muñecas, que se desenrolla y cae al suelo. La incorpora hasta que queda sentada. El caballo gira la cabeza hacia ese lado como si estuviera observando la escena con su gran ojo negro. Morimoto masajea su bíceps, amasando suavemente los músculos, y luego le masajea la parte superior del hombro. Su mano se mueve segura, tiene experiencia. Ella apenas siente dolor.

—Encoge los hombros lentamente —le ordena.

Ella hace lo que le dice y siente como su brazo vuelve a su lugar, encajándose en el hombro. Usando la cuerda que inmovilizaba sus muñecas, ata un cabestrillo alrededor de su brazo para sostenerle el hombro.

—Debes tener más cuidado. Podrías haberte caído sobre el cuello y habértelo roto. ¿Qué habríamos hecho luego? —Sacude la cabeza, como si se hubiera resignado al hecho de que ella va a decepcionarlo.

—¿Habríamos? —pregunta, con la voz ronca de no haberla usado en mucho tiempo.

—Ahora somos tú y yo —responde.

Ella lo mira fijamente, estupefacta.

Él ata el nudo final y sonríe, mirándola a través de la lluvia. Parece estar esperando una expresión de agradecimiento por su parte. Hana recuerda la primera vez que declaró su intención de ayudarla. Dijo que dejaría la puerta abierta para que pudiera escapar. Ella hizo lo que pudo para no delatar su nerviosismo. Previno el latido rápido de su corazón, ralentizando el ritmo como lo haría después de nadar rápidamente de vuelta a la costa. Evitó que sus manos temblaran repitiéndose a sí misma una y otra vez: «Miente, miente, miente», hasta que su cuerpo lo creyó. Sus palabras estaban vacías, y por la mañana, sabía que se despertaría todavía prisionera en esa cárcel, y que una fila de soldados depravados estaría esperando.

—No pareces complacida por la oportunidad que te he brindado de escapar de este lugar. ¿Hay alguien más que te retiene aquí, otro soldado, tal vez? —La pregunta la inquietó. Él le cogió la barbilla y la miró fijamente a los ojos. La habitación estaba en silencio, excepto por las respiraciones, la de él calmada y tranquila, la de ella a punto de desvanecerse—. ¿Por fin tienes un favorito?

Los celos de Morimoto la enfermaban. ¿La había traído al burdel para ser violada repetidamente por los soldados y, sin embargo, de repente se enfadaba porque algunos se mostraban agradecidos con ella antes de partir hacia su muerte?

—No hay hombre en el ejército del emperador que pueda reemplazar tu lugar en mi corazón —respondió ella. En realidad no había hombre al que odiara más que a él. Siempre ocuparía un lugar en su corazón como el más vil de los hombres que visitaban su cuarto.

Hana había escapado del burdel, pero no había escapado de él. Aún espera agradecimiento por haberle vendado el brazo. Ella se vuelve, escapando de su agarre, y se recuesta de nuevo en el suelo empapado, con la cara medio sumergida en un charco. El agua fangosa sabe a oscuridad densa, como la médula del buey moribundo, como una tumba. Morimoto la levanta del lodo y vuelve la cara de Hana frente a la suya.

—Cuando lleguemos a Mongolia comenzaremos una nueva vida. Juntos. Voy a hacerte mi esposa.

Busca en sus ojos como si esperara que sonriera, pero sus planes de futuro hacen que se le revuelva el estómago. Está convencido de que ella querrá llevar esa vida. Quiere tirarle sus propias palabras a la cara, hacerle daño. La única forma de herirlo es a través de su orgullo.

—No importa lo que hagas. Nunca serás más que un soldado japonés para mí —le susurra al oído en coreano, como tantas veces él le ha susurrado a ella.

Él se retira sorprendido y ella le escupe agua de lluvia en la cara. Su mano le aprieta el hombro herido. Hana se niega a gritar. Se muerde el labio y saborea la sangre fresca. Él aprieta aún más fuerte y ella retiene la respiración, casi desmayada por el dolor. Cuando finalmente la libera, numerosos puntos brillantes bailan ante sus ojos.

—Algún día lo entenderás —dice, levantándola del suelo y obligándola a subir al caballo.

«Nunca te entenderé». Las palabras se contonean en su lengua, que se muerde para no hablar en voz alta. El caballo se mueve, avanzando hacia un futuro que no puede soportar, mientras Morimoto lo guía a pie. Hana se inclina hacia el cuello del caballo, mirando cómo pasa la tierra bajo ella. El embriagador olor del animal le llena las fosas nasales y ella pierde la conciencia a ratos, como si su vida fuera un sueño del que desea despertar.

Hana abre los ojos cuando cruzan una vía de ferrocarril. Los cascos del caballo sobre la madera suponen una ruptura con la monotonía de la tierra empapada y la despiertan del febril sopor. La lluvia se ha transformado en una llovizna ligera y el sol intenta salir deslavazado penetrando las nubes grises. Alza el rostro hacia el cielo. El caballo se para momentáneamente con su movimiento, alertando a Morimoto de que ha despertado. Este detiene al caballo, le da palmaditas en el morro y algo que saca del bolsillo de su abrigo. Camina hasta quedarse a su lado.

La baja del caballo y al principio sus piernas no aguantan su propio peso. Él la sujeta junto a sí y la familiaridad de su olor la asusta. No quiere reconocerlo de ninguna manera, pero huele a tabaco y a sudor y a hierba y a sal y a lluvia. Vuelve la cabeza y respira por la boca.

—Estamos haciendo grandes progresos —dice él.

Hana no dice nada. Quiere saber más, saber adónde se dirigen. ¿Es una ciudad o un campamento u otra base militar? ¿Y qué sucederá cuando lleguen? Sus piernas se sienten fuertes de nuevo y se sostiene sola, alejándose de él. Inhala el aire de la tarde purificando la nariz de su olor. Luego descansa la frente en el ancho cuello del caballo. Este patea el suelo con su casco delantero, pero no la aleja. Desearía poder contar con la fuerza de esta criatura siempre.

—Toma —le dice, volviéndola hacia él. Le ofrece una manzana. Ella la mira como si fuera producto de su imaginación. El rojo sanguíneo contrasta con el gris apagado que cubre la tierra—. Cógela —le ordena.

Lentamente alza el brazo bueno hacia la manzana. Cuando las yemas de sus dedos la tocan, entiende que es real de verdad y se la arrebata, devorándola, corazón incluido. Él la mira con ojos codiciosos. No le importa. No puede hacerle nada más de lo que ya le ha hecho. Se lame los dedos y los labios. Le observa fijamente mientras hunde la mano en el bolsillo de su abrigo. Como si fuera un truco de magia, aparece frente a ella otra manzana roja y brillante. Sus ojos siguen la manzana mientras él da un bocado. No puede evitar que la baba gotee de sus labios. No le importa lo suficiente como para detenerla. En vez de eso, le observa dar otro mordisco.

Se acerca a él. El indicio de una sonrisa aparece en la comisura de su boca. Hana se inclina hacia él, acercando la boca a la manzana, pero él la redirige hasta sus labios, guiándola. Ella sigue el rastro, dejando que sus labios toquen los suyos. La besa. Su lengua parece estar viva en su boca. Ella le deja hacer lo que quiere, pero sus ojos no se despegan de la manzana.

Intenta cogerla. Él se aferra a la manzana al principio. Hana se queda quieta, dejando que la bese, pero sus ojos permanecen en la fruta que sostiene firmemente en la mano, sin pestañear. Cuando finalmente se retira, le sonríe y le da la fruta. Se aparta de él, encorvando sus hombros hacia el caballo, mientras devora la manzana a medio comer. Morimoto le levanta el vestido mientras ella traga el último pedazo de fruta crujiente, y ella apoya la frente en las crines negras del caballo mientras sus manos la tocan.

Le besa el cuello y se aprieta detrás de ella, empujándola contra el cuello del caballo. Ella escucha su respiración mezclada con la suya. Oye el ligero tamborileo de la lluvia cayendo a su alrededor. Oye el viento alejando las nubes. Él la envuelve en un feroz abrazo, tan fuerte que Hana cree que quiere hundirle el cuerpo en el suyo hasta que no quede rastro de ella, hasta que sea un mero recuerdo que vive dentro de él, la última persona en este mundo en verla con vida.

El corazón le da un vuelco dentro del pecho. El abrazo amenaza con asfixiarla, pero su corazón sigue latiendo con fuerza contra sus brazos. Inhala profundamente a través de la boca. Su pecho intenta expandirse, luchando contra el dominio.

Un rayo de luz del sol rompe a través de las nubes que se alejan revelando una franja verde en la distancia. Finalmente la libera y ella respira hondamente. El aire huele diferente, soleado, cálido y fresco. El dolor pulsante de su hombro le recuerda que aún está viva, que su cuerpo está sanando. Se jura a sí misma que la de Morimoto no será la última cara humana que vea en vida.

Morimoto la sube al caballo. La sorprende trepando detrás de ella y sosteniéndola junto a su pecho para viajar los dos juntos como uno solo. Ignora su tacto constante y su cercanía, pero cuando empieza a silbar la melodía familiar que a menudo se deslizaba por su ventanuco con barrotes, no puede reprimir su asco. Se inclina lejos de él, abrazándose al cuello del caballo, agarrando su pelo entre sus puños. Su hombro protesta con el movimiento, pero no le hace caso. Le da la bienvenida al dolor, porque este hace su trabajo gritando en su cabeza, bloqueando la nauseabunda canción.

EMI

Seúl, diciembre de 2011

Emi despierta mientras el eco de la voz de una muchacha desaparece en el silencio. Se estremece y mira a su alrededor, una habitación estéril. Un monitor cardíaco pita a su lado. Se estira para tocarlo, pero nota un pequeño dispositivo pinzado en el extremo de su dedo. Está conectado a un cable que desaparece tras el borde de la cama. Se toca la frente con la otra mano y lentamente empieza a recordar la manifestación. Una multitud de gente desconocida revolotea en su mente, la conmoción al identificarla.

La estatua se cierne en su memoria. Su cara de bronce, el rostro de Hana, brilla como el oro con reflejos iridiscentes al sol. Cuando se sienta, el monitor cardíaco emite un pitido errático, y luego mira sigilosamente a su hijo, dormido en un sillón en un rincón de la habitación. Los pitidos mecánicos se enlentecen, volviendo a un ritmo regular una vez más, y ella le llama.

—¡Estás despierta! —Él tose y ella le sonríe mientras se sienta junto a ella en la cama del hospital.

—Necesito regresar —dice.

—¿Regresar? —repite él—. ¿Regresar a dónde? ¿A casa? Porque no puedes volar a casa. El doctor dice que… —comienza a decir antes de que ella pueda interrumpirlo.

195

—No, a la manifestación.

—La manifestación ha terminado, Madre. Has estado en el hospital durante dos días.

La noticia le coge por sorpresa. Su corazón se salta un latido en el monitor y su hijo lo mira, preocupado. Toca la pantalla de plástico, pero los latidos vuelven a ser regulares. Se gira hacia ella y hay incertidumbre en sus ojos. Parece un niño preguntándose lo que debe decir a continuación.

—Madre, no estás bien. El médico dice que has sufrido un ataque al corazón. Necesitas descansar aquí unos días más… Sobre todo por… tu condición cardíaca. —Le da unas palmaditas en el brazo, como si no supiera qué más hacer con las manos—. Iré a buscar a YoonHui. Ella podrá explicarlo mejor que yo. Ha ido a por un café. —Se levanta, la mira cuidadosamente como si estuviera calculando lo que decir y de nuevo le da palmaditas en el brazo—. Volveré enseguida —dice tranquilizadoramente, y se mesa con la mano el fino cabello plateado antes de dirigirse hacia la puerta.

La puerta se cierra con un susurro y Emi se queda sola. «Hana». Tiene que verla de nuevo. Hyoung ha dicho que han pasado dos días enteros. ¿Seguirá estando la estatua allí? No puede recordar si es un adorno permanente o una exposición itinerante. Seguramente permanecerá allí un día más de cualquier manera, pero sabe que tiene que darse prisa. El tiempo no era su amigo cuando se fue de su isla, y despertarse en un hospital solo refuerza ese hecho.

Cuando el médico de la aldea le informó de que tenía una enfermedad cardíaca y solo le quedaban unos meses de vida, se rio. Por supuesto que moriría con el corazón roto. Luego la amargura que había en su interior se transformó en desesperación. Necesitaba buscar a su hermana, solo una vez más, aunque nunca creyó de verdad que la encontraría. Pero ahora ha pasado; Hana está ahí fuera, esperando que Emi vaya a verla.

Emi destapa sus piernas. Están desnudas. Lleva puesta una bata de hospital sin nada debajo. Se quita el aparato del dedo, pero entonces las constantes del monitor se paran y suena una alarma. Alcanzándolo, aprieta unos cuantos botones, desesperada por callar la aguda señal. Finalmente gira un controlador y el sonido desaparece.

Con cuidado, se escabulle de la cama y otea la habitación en busca de su ropa. La encuentra en el baño, cuidadosamente doblada al lado del lavabo. Ha sido su hija quien la ha colocado. Se viste tan rápido como le permite su achacoso cuerpo, pero no consigue encontrar su bolso. Busca en el armario, en los cajones, incluso debajo de la cama del hospital, pero no está por ninguna parte. No puede irse sin su bolso.

En el pasillo, el personal médico pasa apresuradamente delante de Emi mientras esta arrastra los pies hasta el puesto de vigilancia de enfermería. Lane está en la sala de espera, mirando fijamente el cielo gris por la ventana. Está nevando de nuevo. Emi camina hacia ella.

—Madre, estás despierta. ¿Qué haces aquí fuera? —Lane parece alarmada.

—¿Dónde está mi bolso? —pregunta Emi, poniendo cuidado en parecer calmada y entera, como si nada hubiera pasado.

—¿Tu bolso? —repite Lane, como si no entendiera el significado de la palabra.

—Necesito mi bolso para poder volver —explica Emi.

—Espera un momento, no estás bien, Madre. Siéntate aquí. —Lane guía a Emi hasta una silla—. Yo tengo tu bolso. Está aquí —dice Lane, y escarba debajo de un montón de abrigos en la silla de al lado. Coge el bolso de Emi del fondo y se lo entrega.

El alivio y la tranquilidad inundan a Emi al agarrarlo contra su pecho. Mira a Lane y se pregunta cómo explicarse para que ella lo entienda. Una enfermera pasa por allí y Emi se sienta un poco más derecha, como si sentarse erguida fuera un signo de salud. Cuando la enfermera está fuera de su alcance, se inclina hacia Lane.

—Necesito volver a ver la estatua. Mis hijos no lo entenderían, pero quizá tú sí.

Lane parece escéptica, pero se inclina para escuchar a Emi.

—No me queda mucho tiempo —confiesa Emi—. Hace ya mucho que sé que mi corazón está enfermo.

Mira a Lane queriendo transmitirle la importancia de su confesión, y esta tarda unos segundos en entender. Cuando lo hace, su mano vuela hasta su boca. Emi asiente con la cabeza.

—¿Desde cuándo lo sabes? —pregunta Lane. Toca el antebrazo de Emi.

—Eso no importa. Lo que importa es que este es mi último viaje a Seúl —confiesa Emi—. Mi última oportunidad de encontrarla.

—¡Sí que importa! —Lane prácticamente grita. Mira más allá de Emi, buscando a YoonHui—. Tienes que decírselo a tus hijos. ¿Cuánto tiempo te queda? —Lane sigue hablando y preguntándole cosas, hasta que de repente se para a mirarle la cara a Emi—. No puedes morir. No todavía. Tu hija te necesita.

—Mi hija es una mujer adulta. Tiene éxito y está segura —responde Emi, y luego toca el hombro de Lane—. Y te tiene a ti.

Lane parece no saber responder. Emi continúa.

—Necesito terminar lo que he venido a hacer.

—¿Y qué es eso exactamente? —pregunta Lane cogiendo la mano de Emi entre las suyas.

—Necesito ver a mi hermana de nuevo.

Lane permanece en silencio. Gira la cabeza y mira por la ventana. La luz grisácea proyecta una sombra tenue sobre su pálida piel.

—YoonHui nunca lo entenderá —dice Lane finalmente.

—Lo sé, por eso tengo que irme antes de que pueda impedírmelo.

—No —dice Lane, soltando la mano de Emi—. Nunca entenderá por qué no le contaste lo de tu hermana. —Lane la mira acusadoramente—. Durante los últimos tres años has ido a la manifestación de los Miércoles, y nos has mentido a YoonHui y a mí… Deberías habernos dicho que estábamos buscando a tu hermana.

Emi baja la mirada hacia el suelo de linóleo. No tiene tiempo para discutir con Lane ni con su hija y su hijo. Teme quedarse atrapada en el hospital. Si enferma gravemente en este lugar, nunca podrá escapar de él.

—He mantenido en secreto a mi hermana durante mucho tiempo. No sabía cómo decirle a YoonHui la verdad. No sabía cómo decirle la verdad a nadie.

—Podrías habernos contado cualquier cosa sobre tu familia y tu pasado, y sé que YoonHui lo habría entendido. Especialmente algo así. Podríamos haberte ayudado a buscarla.

Emi hace una pausa. Se queda mirando fijamente sus manos, todavía agarrando con fuerza el bolso.

—No estoy segura de que tengas razón —dice Emi con honestidad.

—Tengo razón. La conozco.

El pelo canoso de Lane está sujeto en una coleta descuidada. Algunos mechones sueltos sobresalen, enmarcándole la cara como si fueran las escasas crines de un león. Emi mira fijamente a esta mujer franca que parece saber más sobre su hija de lo que Emi sabrá nunca. Tal vez no pudo decirles a sus hijos lo que le pasó a su tía porque Emi quería creer que no era verdad. No quería creer que su silencio ese día en la playa tuvo como consecuencia la esclavitud sexual de su hermana. Al principio, su culpa la mantuvo callada. Pero, después de tantos años de secreto, se hizo imposible revelar la verdad. Los hombros de Emi se hunden y un dolor sordo palpita en su pecho.

—No tengo tiempo para explicar las cosas, ahora no —dice Emi—. Pero prometo que lo haré. Dile que le explicaré todo cuando vuelva.

—Díselo tú misma —dice Lane dirigiéndose hacia la enfermería.

YoonHui está gritando frenéticamente a la enfermera de detrás del mostrador que su madre ha desaparecido. Emi mira la escena como si estuviera en la pantalla de la televisión. El tono de la voz de su hija se eleva cada vez más a cada declaración histérica. Entonces la voz áspera de su hijo aparece también y Emi sabe que no puede irse ahora. Tendrá que convencer a sus hijos, como si fuera una niña que pide permiso.

HANA

Mongolia, verano de 1943

La inusual tormenta desaparece y el cielo azul llena el horizonte como un lago en calma sobre sus cabezas. Hana retiene su respiración y finge que se hunde hacia el fondo del mar. El golpeteo de las pezuñas del caballo en la tierra resuena como un latido en sus oídos. Con los ojos cerrados y conteniendo la respiración, podría estar en otro lugar. Han viajado durante dos noches o más, el caballo aminora la marcha, pero nunca se detiene. Morimoto alterna el cabalgar y la caminata para que el caballo descanse. Se detuvieron en un río para beber, pero eso fue hace más de un día. El dolor en su hombro es intenso, bloquea el paso del tiempo.

El sol de la tarde ya se está hundiendo hacia el sueño. Hana está dolorida debido a la silla de montar, y la cara hinchada y los pies ensangrentados aumentan su sufrimiento; aunque la incomodidad cesa cuando se sumerge en su cabeza. Allí está libre de dolor. Su cuerpo se desliza por el océano. Sus piernas baten con fuerza contra la corriente, la fuerza en la que una vez confió para ayudar a alimentar a su familia. Está a muchas millas de distancia bajo el mar azul cuando el caballo resopla y ella abre los ojos. En el horizonte ve una vivienda y percibe movimiento.

Hana mantiene sus ojos en la construcción a medida que se acercan y, poco a poco, va creciendo de tamaño. Comenzando como un pequeño rectángulo en la distancia, paulatinamente toma una nueva forma, redondeada, con un techo tenso y abovedado. Morimoto le dice que están en Mongolia. Un grupo de hombres los saluda mientras se acercan. Hay cuatro, vestidos con coloridos abrigos. Un perro lobo ladra y corre en pequeños círculos. Hana tarda un tiempo en darse cuenta de que el animal está atado a una estaca en el suelo. La gran bestia gruñe cuando el caballo pasa a su lado. Uno de los hombres patea la hierba gritándole algo en mongol y el perro se acuesta, con la lengua cayéndole por un lado de la boca abierta. Los hombres saludan a su raptor como si fueran viejos amigos. Ninguno la mira. Un chico, tal vez de su misma edad, coge las riendas del caballo y espera a que Morimoto la ayude a bajar. El chico guía al caballo a un redil que encierra unos cuantos ponis y una vaca.

De pie en el suelo, siente ahora sus ojos sobre ella, juzgando a la chica derrotada, vestida de harapos, con la cara golpeada, el brazo en cabestrillo. La mano de Morimoto descansa sobre su cintura mientras habla a los nómadas en su idioma. Asienten comprensivos, y ella se imagina que la está vendiendo, o peor aún, que les está permitiendo el uso temporal de su cuerpo mientras permanezcan en el campamento. Al mirar hacia abajo, al cuero manchado de sangre atado a sus pies, se siente humillada y débil.

Cuando él termina de hablar, la lleva a la tienda abovedada, que más tarde descubre que se llama *ger*. La puerta cerrada con cortinas se abre mientras se acercan. Una mujer los saluda cuando Hana entra. Morimoto no la sigue dentro, pero le hace un movimiento de cabeza a la mujer y deja que la pesada cortina se cierre sin decir una palabra a Hana. De repente se siente abandonada y el sentimiento es como una bofetada.

Una vez dentro, lo único que ve al principio es a la mujer mongola. La cara rubicunda de esta está llena de arrugas, más provocadas por el sol que por el tiempo. No es mayor que la madre de

Hana. Toca el brazo herido de Hana y la suavidad de la piel de la mujer la sorprende. No hay callos en sus dedos, los bordes de sus palmas no están rugosos, e imagina que esta mujer es suave también por dentro. Deja que la conduzca al interior del *ger*, la sienta en una almohada de seda sobre el suelo, que la desvista y la lave con una toalla de mano. Empezando por la cara, siguiendo con el resto del cuerpo y acabando por los pies, lava a Hana y luego la viste con un abrigo de color púrpura intenso con bordados de seda, mangas que cuelgan más allá de sus manos y un dobladillo que cae muy por debajo de las rodillas.

Hana no piensa en nada más que en lo que le está pasando en ese momento, en las manos de la mujer en su piel, en el peine de hueso deslizándose por su pelo. Los únicos sonidos son la respiración de la mujer, el viento que corre fuera del *ger* y el fuego chisporroteando en la estufa de hierro que hay en el centro de la tienda circular. La semioscuridad y la tranquilidad son como estar en un útero cálido y reconfortante, y Hana cierra los ojos, sintiéndose segura por primera vez desde su captura. Se pregunta si estas eran las intenciones de Morimoto, esta sensación de seguridad, pero pensar en él amenaza con quebrar su serenidad. Lo aleja de su mente, concentrándose en lo que está ocurriendo en el momento. Lentamente, le da la bienvenida a la quietud.

La mujer dice algo sacando a Hana de su estado de reposo. No entiende ni una palabra de la lengua extranjera de la mujer. Ella usa un abrigo similar en estilo y color al que tiene puesto Hana. Debe de haberle prestado su propia ropa. Tocando el exquisito abrigo, Hana inclina la cabeza hacia ella con agradecimiento. La mujer sonríe. Sus dientes son blancos y rectos, excepto su canino izquierdo, que ha crecido torcido. Hana piensa que la imperfección la hace hermosa.

La mujer la deja y se encarga del fuego. La madera ardiendo envía el humo hacia arriba a través de una tubería de metal, y este escapa a través de un gran agujero en el techo del *ger*. La mujer se señala la boca con una mano y dice algo en su idioma. Hana asiente con la cabeza. La mujer abre un gran baúl de cuero junto a un pequeño altar en la parte trasera. Dentro hay paquetes de alimentos, envueltos y atados con cuero, tejido de algodón o en canastas de paja. Le ofrece a Hana una de las canastas y abre la tapa.

Dentro hay carne seca de algún tipo, y Hana vuelve a inclinar la cabeza en agradecimiento. Cae sobre las tiras de carne, hambrienta, y la sal chisporrotea en su lengua. Su boca se llena de saliva. Observa cómo la mujer corta unos pedazos de una gran hogaza de pan ácimo y los coloca en la cesta de Hana. Luego, la mujer asiente con la cabeza y se levanta. Se calza unas botas de ante y desaparece a través de la gruesa cortina hecha de pesada lana y piel de animal.

Agarrando un trozo de pan, Hana sigue los pasos de la mujer hasta la puerta y se detiene junto a la cortina. Se come el pan y luego coloca la mano en el umbral que la separa de los hombres. Oye el ladrido del perro, la risa de un hombre y el viento. El caballo bufa a lo lejos y ella se hace una idea de dónde están todos en el exterior. La urgencia por abrir la cortina y deslizarse ella también fuera envía pulsos eléctricos hasta las puntas de sus dedos.

Pasan unos momentos y nadie entra en el *ger*. Hana sigue en pie al lado de la puerta, luchando contra su curiosidad, hasta que finalmente se da la vuelta, vuelve sobre sus pasos y se sienta de nuevo en la almohada de seda para continuar comiendo la carne desecada. Cuando la pequeña canasta de alimentos está vacía, la mujer regresa, levantando la puerta lo suficiente como para que Hana pueda echar un vistazo afuera. El caballo negro que los trajo aquí queda enmarcado en la abertura triangular. Morimoto se sienta en la silla de montar. Ella percibe un bulto atado detrás de él. La deja atrás. Sus ojos se encuentran durante un momento fugaz, antes de que la tela caiga y ella vuelva a estar a solas con la mujer dentro del cálido círculo de luz y sombra.

Un cosquilleo suave danza sobre su piel, enviándole rayos de calor hasta las orejas. Debe de haberla vendido. Hana no sabe si debería tener miedo o sentirse aliviada. Al menos la mujer es amable. Sus manos suaves y cuidadosas le dan a Hana la esperanza de que tal vez estos mongoles la dejen en libertad una vez que entiendan que ha sido secuestrada de su casa.

La mujer le trae a Hana un tazón de agua. El líquido frío corre por su garganta, llena su estómago expandiendo su contenido salado, hasta que se siente llena por primera vez en muchos meses. El sonido de las pezuñas de un caballo galopando la calma. Imagina a Morimoto desapareciendo a través de la llanura para nunca volver.

Le pesan los ojos y, aunque el hombro lesionado todavía le palpita, Hana quiere acostarse, dormir y no volver a despertar. Como si leyera sus pensamientos, la mujer le trae una piel y le indica con movimientos que se tumbe sobre ella. El pelo sedoso le parece un lujo después de tantas noches cautiva en su celda vacía del burdel, y de tres o más noches a horcajadas sobre un caballo. La acaricia con las manos hundiéndose en la suavidad. La mujer la cubre con una manta tejida a mano y Hana apenas puede mantener los ojos abiertos. Tarareando al lado de ella, la mujer se entretiene tejiendo. El crujido constante de su abrigo provocado por sus movimientos acuna a Hana hasta que se duerme.

Sueña que flota en una piscina de agua cálida cerca de la orilla, formada por un afloramiento de roca negra. El agua es poco profunda y retiene el calor del sol de la tarde, que fluye por sus extremidades. Puede sentir el calor en sus mejillas y escuchar las aves marinas gritar sobre ella. Un león marino ladra en algún lugar cercano, y Hana cree que debería abrir los ojos y encontrar a su madre. El impulso que siente es fuerte, pero, por más que lo intenta, sus ojos están pegados y ella flota en la oscuridad bajo un sol radiante.

Hana despierta en medio de la noche. La respiración pesada de los mongoles llena el aire caliente. Sus ojos se ajustan a la tenue luz de las brasas que aún brillan en el hogar. Incluso en las suaves noches de otoño mantienen el fuego vivo, aunque apenas con un indicio de actividad. Poco a poco, levanta la cabeza y vislumbra a tres personas durmiendo al lado.

La mujer está acostada junto a ella. Un túmulo oscuro a la izquierda de esta está demasiado sumido en las sombras como para que Hana le vea la cara, pero su tamaño es el de un varón. Más allá de ese montículo hay otro más pequeño, no mucho más grande que el de la mujer. Debe de ser el chico que recogió el caballo cuando llegaron. Sin rastro de los otros dos hombres mongoles, Hana se conforma con tumbarse de nuevo y se acomoda más profundamente entre las mantas.

Incapaz de dormirse, escucha los sonidos que la rodean. El rumor profundo del hombre al final de cada sonora respiración, la exhalación callada de la mujer, que se detiene en un leve suspiro, y el movimiento constante del niño, como si estuviera sufriendo una pesadilla. Los vientos del exterior están en calma, e incluso el perro parece haberse dormido, pero los ponis patean con las pezuñas de vez en cuando, y los golpes en la tierra le recuerdan su viaje hasta este lugar. ¿Adónde ha ido Morimoto —se pregunta— y qué le ocurrirá a ella cuando salga el sol?

«Hana, ven a casa»… La voz de su hermana suena cercana, como si estuviera parada justo afuera. Hana se sienta y escucha de nuevo, pero nada se eleva por encima de los ronquidos, la respiración y el crujido intermitente del fuego. Sin estar segura de si la voz era real o de dónde provenía, se toma su tiempo para decidir si debe salir a investigar. Hana está a punto de recostarse de nuevo, pero entonces un búho grita muy por encima del *ger*, y ella se arrastra hasta la puerta y se escabulle fuera.

Las estrellas iluminan el cielo nocturno por encima del *ger*, y fuera hay más claridad que dentro. Miles de cabezas de alfiler blancas iluminan el éter negro, y cae sobre sus rodillas. Después de los momentos de paz que la mujer mongola le ha concedido, y del sueño reparador del que ha despertado, la belleza de la noche sobrecoge a Hana y solo puede mirar, deslumbrada, el cielo salpicado de estrellas.

El perro interrumpe su ensueño gruñendo en algún lugar cercano. Ella vuelve la cabeza en la dirección de la que viene el grave rumor. Un bulto pequeño no demasiado lejos cambia de forma a medida que el mestizo se levanta. Su cuerpo se recorta contra el brillante telón de fondo de la luz de las estrellas en la llanura plana. Gruñe otra vez, apenas audible, una advertencia. Hana echa un último vistazo al cielo iluminado por las estrellas y se vuelve al interior del *ger*. Se arrastra hasta la piel peluda y se cubre con la suave manta. La mujer se agita a su lado, el hombre ya no ronca y el chico permanece quieto. Están despiertos, pero no dicen nada. Después de una larga pausa, la tensión que colma el *ger* se disipa, las ascuas crepitan intermitentemente y todos se cubren de un resplandor rojo. Hana no puede olvidar las estrellas brillantes en el cielo nocturno. Si mira por encima de ella, a través del agujero de la chimenea en el centro del techo del *ger*, puede vislumbrar uno, quizá dos ojos blancos observándola fijamente.

La mujer mongola despierta a Hana con un ligero apretón en la mano. Se incorpora inmediatamente, con el corazón acelerado. La mujer sonríe y toca con suavidad la mejilla de Hana, tranquilizándola. Le da un par de botas de ante y le hace gestos para que se las ponga. Luego le indica que la siga a través de la puerta.

Afuera el sol apenas se ha elevado sobre el horizonte llano. El intenso color púrpura del cielo está vacío de estrellas. El perro gruñe cuando sale, pero la mujer lo acalla con un gesto de la mano. Este se recuesta, y su cola golpea rápidamente la tierra. Aun atado a la estaca del suelo, el perro se queda tan cerca del *ger* como la cuerda se lo permite. La mujer abraza a Hana con un amplio movimiento y luego toma la mano de Hana con la suya y se la acerca al perro expectante. Alarmada por las intenciones de la mujer, Hana se retira instintivamente, pero ella la mira a los ojos y sacude la cabeza, en su cara hay una sonrisa amplia. Hana cede.

A medida que se acercan al mestizo, la mujer le habla en voz baja. El perro le responde en su propio idioma y es como si estuvieran hablando, la mujer con palabras y el perro con lloriqueos melancólicos y ladridos amagados. Cuando están a poca distancia, profiere un grave gruñido, la misma advertencia que lanzó a Hana anoche. Ella vacila, pero la mujer insiste y pone lentamente su mano cerca de la nariz del perro. Hana observa al perro, casi esperando que le muerda la mano y se la arranque del brazo.

El sedoso pelaje gris del perro está erizado como el pelo de un gato enojado. Huele su mano y estornuda tres veces, como si fuera alérgico a su fragancia extranjera. La mujer le dice algo. Deja escapar un lamento lúgubre y prolongado. Hana se pregunta si el mestizo está realmente emparentado con el lobo. Sus ojos amarillos la retan, pero agacha el hocico e inclina la cabeza.

La mujer suelta la mano de Hana y le pide que repita sus gestos y acaricie al perro. Mientras la mujer pasa sus dedos a través de su grueso pelaje, le habla suavemente y con curiosidad al mestizo. Hana se inclina muy lentamente, preparando su mano para tocar la parte superior de la cabeza del perro. Tal vez, si roza solo con las puntas de los dedos la piel de su frente y este decide morderla, pueda retirar la mano lo suficientemente rápido, antes de que sus dientes atrapen sus dedos.

Parece que pasan siglos antes de que las yemas de sus dedos entren en contacto con la piel del mestizo. Se detiene, dando a la criatura un momento para decidir si le gusta o no, pero cuando este no hace nada, lo acaricia con un movimiento continuo desde la cabeza al cuello. Después de una segunda y audaz caricia, su lengua cae por el lateral de sus mandíbulas plagadas de dientes y rueda sobre la espalda, revelando el vientre suave. La mujer hace gestos a Hana para que continúe acariciándolo, y así lo hace, disfrutando del pelaje suave y del sencillo placer extendiéndose por sus propios brazos. Sin darse cuenta, ella también empieza a hablarle suavemente al perro.

—Eres un animal magnífico —le dice rascándole el estómago con delicadeza—. Por favor, recuerda el momento en el que tú y yo nos hicimos amigos.

Se quedan con el perro unos minutos más, pero cuando lame la mano de Hana, la mujer le pide que se levante. La presentación ha sido un éxito y es hora de seguir adelante. Hana sigue a la mujer detrás del *ger*. Se detiene repentinamente, asombrada por la vista que se alza ante ella. Mucho más allá de las interminables llanuras, las montañas azules se elevan hacia el cielo matutino. La majestuosa escena la deja sin aliento. La mujer la empuja hacia un pequeño redil. Hana aún se pregunta maravillada cómo no vio las montañas el día anterior.

Dentro del redil, una vaca de pelo largo y ubres turgentes levanta la cabeza cuando entran por la puerta. Cuatro ponis de talla corta, robusta, y colores variados les dan la bienvenida con ojos tranquilos pero despiertos. Detrás del redil hay un segundo *ger* más pequeño, con tres camellos de doble joroba atados a una estaca cerca de la jamba. Hana imagina que los otros dos hombres deben estar dormidos dentro. Quizá no sean parientes de sangre, piensa ella mientras coge el cubo que la mujer le ofrece. Con sus cubos de metal, entran en el redil y arrinconan a la vaca.

Esta les muge, pero parece consentir que la ordeñen. Hana intenta no pensar en la pierna que le robó al buey herido después de su fuga. Se concentra en la mujer mientras esta se arrodilla y ordeña. Hana mira, tomando nota mentalmente. Cuando el cubo está casi lleno, ella se levanta y le indica a Hana que lo intente.

Ella se arrodilla obediente tal y como lo ha hecho la mujer, coloca el cubo debajo de las ubres y agarra dos pezones. Su hombro se queja, pero empuja a un lado el dolor. Nada ocurre tras los dos primeros apretones y la mujer la ayuda con la técnica, apretando suavemente algo más arriba el pezón y tirando suavemente hacia abajo hasta que sale un chorro de leche. Después de algunos intentos exitosos, la mujer coge su cubo y sale del corral en dirección al *ger*, dejando a Hana sola con la tarea.

Al principio lucha con los pezones y empieza a preguntarse si la leche se ha secado, pero, después de probar con otras dos tetas, la leche vuelve a fluir y el cubo se llena lenta pero inexorablemente. Antes de intentar levantar el pesado cubo, Hana se limpia el sudor de la frente. El hombro lesionado palpita, quejándose del movimiento. Lo masajea mientras observa el brillante paisaje. Las praderas ondulantes de color verde llaman su atención. Las sombras pesadas se deslizan perezosamente a través de la llanura cuando las nubes repletas se deslizan por encima. Podría ser el océano, y Hana se imagina que es el mar del Sur.

Una ráfaga de viento sopla y le pone un mechón de pelo sobre los ojos. Mientras se lo recoge detrás de la oreja oye un movimiento a su derecha. La vaca se aleja y ella se da la vuelta, con el corazón acelerado, esperando encontrar al mestizo preparado para saltar sobre ella y tirarse a su cuello. En vez de eso, es el chico quien se reclina contra el redil, con la barbilla apoyada sobre los brazos cruzados, sonriéndole.

Hana lo reconoce como el chico que se llevó el caballo el día anterior, el mismo chico que dormía en el *ger* al otro lado de la mujer. Se vuelve rápidamente y se levanta, izando el cubo con un rápido movimiento. Necesita las dos manos, pero se las arregla para no tropezar al salir del corral y se dirige hacia el *ger*. El hombro le duele a causa del trabajo, pero ella no deja que se le note.

Antes de que se dé cuenta, el chico está a su lado tratando de quitarle el cubo de las manos. Ella deja de caminar y aparta el asa lejos de su alcance. La leche se derrama por el borde metálico y salpica el suelo. Intenta alcanzar el cubo una vez más, pero ella da un paso atrás, manteniéndolo fuera de su alcance. Él le sonríe desconcertado y luego se coloca las manos a la espalda. Lo rodea cuidadosamente y continúa su camino hacia el *ger*.

Como un perro curioso, el chico la sigue. Se queda lo suficientemente lejos para no alarmarla. Ella mira por encima de su hombro solo una vez, para asegurarse de que no la acecha, y, cuando llega al *ger*, se agacha bajo la cortina sin mirarlo. Él no entra en el *ger* de inmediato, pero cuando Hana se las arregla para verter la leche en un cubo al lado de la puerta, como le indicó la mujer por medio de gestos, él se desliza al interior y se sienta junto a la colchoneta enrollada que le sirve de cama. Cuando la mujer le descubre observándolas le reprende, y el chico sale del *ger* rápidamente, aunque no sin antes hacer contacto visual con Hana. Su peculiar comportamiento suscita la sospecha en Hana. Todavía no ha visto a los otros hombres, pero este, aunque aún es joven, parece estar intentando reclamarla.

Durante el resto del día se asegura de permanecer cerca de la mujer, siguiéndola como una niña obediente. Las tareas domésticas son bastante simples: recoger agua del arroyo que hay más allá de la primera loma al este del campamento; alimentar a los ponis, vacas y camellos; batir la leche fresca para transformarla en mantequilla, queso y bebida fermentada; poner a punto y reparar el calzado y algunas partes del *ger*. El día da paso rápidamente a la noche. La oscuridad que se aproxima la perturba.

Los hombres están reunidos en el interior del *ger* principal. Acaban de terminar su comida; los platos se lavan y los hombres comienzan a cantar alrededor de la estufa, disfrutando de la leche fermentada. Sus risas bailotean a través del aire tranquilo y su ánimo festivo llena a Hana de pavor instintivamente.

Merodea en el exterior del *ger*, escondida en la oscuridad de la noche, y acaricia al poni amarrado a la estaca que hay cerca de la puerta, como si estuviera allí preparado para un viaje inminente. Aunque ya adulto, es del tamaño de un caballo joven, y le recuerda la raza que veía a lo lejos en su isla natal. El caballo de Jeju es apreciado entre los isleños, y ella siente una afinidad con esta criatura que le recuerda a su hogar. Ha guardado unos pedazos de pera de la comida y los sostiene en su palma. El suave hocico del poni empuja su mano antes de que sus labios cojan el primer trozo. El sonido de sus dientes reduciendo la carne de la fruta a pulpa le recuerda al sonido de las campanillas de madera resonando en la puerta de su casa. Una oleada de añoranza la inunda.

Mientras recorre con sus manos la suave piel, estas se topan con la peculiar montura de madera. A diferencia del caballo negro de los soldados, esta raza mongola es lo suficientemente pequeña para que ella monte sin demasiada dificultad. Un salto y estaría encima. Su mano encuentra el cuerno de la silla. Se aferra firmemente a ella, notando la madera envejecida en la palma de la mano. Podría escaparse cabalgando en la noche. Sería difícil que la siguieran en la oscuridad. Podría hacerlo.

El perro aúlla a sus espaldas y ella se vuelve. Alguien se inclina y le da palmaditas en la cabeza. La sombra revela una silueta esbelta. El chico. Girándose de nuevo hacia el poni, deja caer las manos a los lados. ¿Ha visto lo que quería hacer? Sus pasos se acercan, aplastando la escasa hierba debajo de sus botas de cuero. Siente su presencia tras ella y se da la vuelta.

Ella vuelve la mirada hacia la puerta del *ger*, escuchando a los hombres que están dentro. La cortina está parcialmente abierta, sujeta con una cuerda para dejar entrar el aire fresco de la noche. Sus canciones guturales llegan hasta ella. La apertura triangular de la puerta ilumina tenuemente la cara del chico. Esta vez no sonríe. En vez de eso, parece aprensivo, nervioso incluso. Entonces le indica que entre en el *ger*. Contemplando la entrada, desearía haberse escapado a lomos del poni. Los pies le pesan mientras se dirige hacia el *ger*. Ella se siente como si vadeara a través de arena mojada. Después de lo que parece una eternidad, se agacha bajo la cortina y entra al círculo de luz y calidez que forma el amplio dosel.

En el interior del *ger*, las almohadas de seda están dispuestas en un semicírculo alrededor de la estufa. Hay una almohada vacía al lado de la mujer en el extremo opuesto a la puerta. Esta le pide a Hana que se siente en ella. Hana pasa de puntillas alrededor de los hombres sentados, que siguen cantando pese a la interrupción. La mujer observa al joven mientras entra tras Hana. Él se deja caer sobre la almohada más cercana a la puerta, y la estufa lo esconde parcialmente desde donde se sienta Hana. El azul intenso de su abrigo brilla a la luz del fuego cuando se une a la canción de los hombres, dando palmas y balanceándose de un lado a otro, revelando intermitentemente su cara alegre.

Sin unirse, Hana mira y escucha las canciones extranjeras de sus nuevos captores. Los hombres se embriagan más con cada taza que rellenan de bebida fermentada. Palmean las rodillas de los demás, ríen y sonríen ampliamente a la mujer, que rellena sus tazas cuando están vacías. Cuando la luz moribunda de la estufa amenaza con apagarse, Hana se prepara para el ataque inevitable, algo que ha aprendido que ocurre cuando hay hombres borrachos disfrutando ociosos. Sus manos descansan rígidas delante de ella, con las palmas hacia abajo posadas en su regazo; no se balancea con ellos durante sus canciones. Ninguna sonrisa aparece en sus labios. Sus ojos permanecen alerta, preparándose para el momento en que su ropa nueva sea arrancada de su cuerpo y el hedor de estos hombres extranjeros deje una huella permanente en su mente. Este era el objetivo, después de todo, la verdadera razón por la que Morimoto la trajo aquí.

El poni permanece atado afuera. Los hombres están borrachos. Podría levantarse y pasar silenciosamente por delante de ellos, saliendo como si necesitara aliviarse. Una vez fuera, podría llevarse cautelosamente al poni, montarlo y cabalgar hacia la oscuridad antes de que se dieran cuenta de lo que ocurre. Podría, piensa, pero entonces el chico llama su atención y ella se da cuenta de que él no está borracho. Y de que la observa muy atentamente. Él escucharía los cascos del poni. Él la detendría.

Los últimos destellos de la luz anaranjada del fuego se desvanecen transformándose en un brillo rojizo. Con las caras en penumbra, el silencio desciende sobre el grupo como una niebla espesa. El canto se detiene repentinamente y una mano toca su brazo. Es inútil protegerse. «Ya está sucediendo», piensa, pero la mano la levanta y la aleja de los hombres, que han empezado a moverse. Es la mano de la mujer, y lleva a Hana al mismo lugar donde durmió la pasada noche. La mujer coloca la gruesa piel en el suelo y Hana se tiende sobre ella, esperando. Para su sorpresa, los hombres salen del *ger*. Sus voces flotan hasta el interior y ella escucha atentamente, preguntándose cuál de los hombres vendrá a por ella primero y cómo lo decidirán.

El poni resopla. Sus pezuñas resuenan contra el polvo a medida que se aleja. Sus pisadas se aceleran hasta alcanzar el galope, que luego empieza a desvanecerse. Un hombre vuelve a entrar en el *ger*. Sus pasos amortiguados pasan de largo por el lugar donde Hana yace y encuentran el camino hasta la mujer. Su abrigo de seda, rígido y acolchado, se arruga cuando se arrodilla. Se desviste y se acuesta junto a la mujer. Un tenue murmullo se escapa de los labios de la mujer y luego Hana no escucha más.

Los sonidos familiares del hombre y la mujer le recuerdan a sus padres. Recuerda la tranquilidad con la que hacían el amor en su casa mientras ella dormitaba al lado de su hermana. Antes de su captura, era un misterio lo que sucedía entre ellos bajo las sábanas. Ahora se aísla de lo que asume que es deseo mutuo y consentido, y posiblemente amor, entre el hombre y la mujer. Sus padres se amaban así. Al igual que ella, el chico está callado, pero Hana sabe que todavía no se ha dormido. El hombre y la mujer pronto quedan en silencio y luego los ronquidos llenan el espacio oscuro del *ger*. Hana cierra los ojos. El sueño no llega. No puede dejar de preguntarse si Morimoto realmente la ha dejado allí para siempre o si pretende volver.

EMI

Seúl, diciembre de 2011

Emi está sentada en el borde de la cama en su pequeña habitación de hospital. Rodeada por su familia, les cuenta a sus hijos la historia del secuestro de su tía cuando era una muchacha. Les cuenta cómo su tía salió del mar, escondiéndola a ella, su madre, bajo un saliente rocoso del acantilado. La historia se desliza por su lengua como una exhalación, sin pausas para pensar, y, cuando termina, solo ella rompe el silencio cada vez que se limpia los ojos llorosos.

Su hijo habla primero:

—Todos estos años hemos creído que eras hija única.

—Lo sé, lo siento.

Él no se detiene:

—¿Y ahora nos dices que tienes una hermana que piensas que podría estar viva? ¿Y que has estado yendo a esas manifestaciones esperando encontrarla? Quiero decir, ¿qué se supone que debemos pensar?

—Cálmate —dice Lane con voz suave—. Recuerda que tu madre no se encuentra bien.

—¿Por qué no nos has contado nada de esto antes?

Sus palabras están llenas de desdén. Su ira inunda la habitación. Emi había olvidado el temperamento de su hijo. El enfado es la emoción que expresa con mayor prontitud, después le siguen la reflexión y la comprensión. Espera a que se calme antes de responder. Un silencio rígido llena la pequeña habitación del hospital. Su hija solloza un par de veces y se suena la nariz en un pañuelo. El brazo de Lane no se aparta de los hombros de YoonHui. Emi por fin contesta a su hijo.

—No podía soportar cargaros con mi vergüenza.

—¿Vergüenza? —Su hija de repente encuentra su voz—. Madre, tú no tienes nada de lo que avergonzarte. —Toma la mano de su madre y la sostiene.

Su hijo no dice nada, aunque es incapaz de disimular su rabia. Los lóbulos de sus orejas resplandecen con un color rojo oscuro.

—No podéis entenderlo, lo sé —dice Emi en voz baja.

—Madre —susurra YoonHui—. Queremos hacerlo. Ayúdanos a entender.

Emi es incapaz de mirarlos. Observa las diminutas flores amarillas que salpican la sábana blanca. Las toca con las yemas de los dedos, cada pequeña flor idéntica a la anterior. Le recuerdan al crisantemo amarillo y aleja las manos de ellas. Las flores se desdibujan en una masa de motas contra un fondo blanco y se limpia las lágrimas. Necesita toda su voluntad para hablar.

—Sí que es una vergüenza para mí —dice Emi, cada palabra más dolorosa que la anterior. Le duele el corazón.

—No, es su vergüenza… es de los japoneses —dice su hija en un tono agudo que Emi no reconoce—. Ellos son los que deberían avergonzarse por lo que hicieron, no tú.

Emi se limpia los ojos con el dorso de una mano temblorosa. Mira hacia el techo y aprieta los ojos antes de confesar el secreto más doloroso, profundo y oscuro que hay en su corazón. Un secreto que nunca se ha confesado a sí misma, ni siquiera silenciosamente en sus pensamientos.

—Ese día me agaché debajo de la roca y dejé que se la llevaran en mi lugar. Ella se sacrificó para salvarme… Y yo se lo permití.

Por eso no podía contároslo… ni a nadie. Porque estaba avergonzada de mi cobardía.

Emi entierra la cabeza entre las manos y encoge los hombros, como si fuera a doblarse y desaparecer. El miedo que le recorrió ese día se extiende por su cuerpo de nuevo, como si estuviera allí mismo, encogiéndose bajo el acantilado. Hana se enfrentó al soldado y sus palabras llegaron a oídos de Emi. Su hermana mintió al soldado japonés, y luego dos más se acercaron y se la llevaron a rastras. Emi podía oír sus voces desvanecerse a medida que se alejaban de la orilla y volvían al camino. Sabía que no la verían si se levantaba y miraba por encima de las rocas para observarlos, pero tenía demasiado miedo. Permaneció acostada debajo de la roca hasta que su madre apareció a su lado.

—¿Estás herida, Emi?, ¿qué te ha pasado? —La alarma en su voz no consiguió sacar a Emi de su terrible trance—. ¿Emi? —La voz de su madre cada vez sonaba más preocupada.

Emi comenzó a llorar de repente. Grandes sollozos se escapaban de su pecho. La preocupación de su madre se convirtió en miedo.

—Emi, ¿dónde está Hana?

—Se la han llevado —respondió finalmente Emi entre hipidos y sollozos.

—¿Quién se la ha llevado?

—Los soldados.

Emi recuerda el horror en la cara de su madre con minucioso detalle. Sus ojos se convirtieron en dos pozos de tinta negra que parecían verterse en los ojos de Emi. Sus labios se hundieron en una mueca infantil, temblando, y luego explotó en un llanto afligido que ni siquiera el viento pudo ocultar. Fue entonces cuando la joven Emi se llenó de vergüenza, vergüenza por haberse quedado escondida en la arena, cubierta de algas, mientras la primogénita de su madre, su orgullo y su compañera en el mar, desaparecía a manos de los soldados japoneses mientras ella no hacía nada por evitarlo.

—Tu hermana te salvó —dice YoonHui con delicadeza, levantando la cabeza de Emi entre sus manos. Acaricia la mejilla de su madre—. Y le estoy agradecida por eso. Madre, le estoy agradecida a tu hermana… a mi tía. Ella eligió salvarte cuando se fue con ellos. Ella era la hermana mayor, y tú eras solo una niña. Cumplió con su deber hacia ti y merece ser recordada por ello, sí. Pero tú no tienes culpa. Ella no querría eso para su hermana pequeña.

Emi no puede aceptar el rápido perdón de su hija. Recuerda haberse despertado el día después de que Hana fuera secuestrada. Se levantó despacio, frotó sus ojos queriendo sacudirse el sueño de ellos y se volvió para despertar a su hermana. Al principio las mantas vacías la confundieron, pero enseguida recordó.

—¡Hana! ¿Dónde está Hana? —gritó una y otra vez, hasta que su madre entró corriendo a la habitación y la rodeó con sus brazos, acunándola de un lado a otro, tranquilizándola en silencio.

Permanecieron abrazadas, balanceando de un lado a otro su dolor compartido. Cuando miró a la cara a su madre vio lágrimas silenciosas resbalando por sus suaves mejillas.

—No llores, Madre. Padre la encontrará. Sé que lo hará. —Se puso en pie y caminó por la casa silenciosa, sin ver realmente nada. Se dirigió al exterior y se sentó en la escalera de madera, esperando que su padre trajera de vuelta a su hermana.

Pasó una eternidad hasta que cayó la noche, pero su padre no volvía. Su madre se sentó con ella en la escalera y miraron en silencio al horizonte oscurecido. Emi debió de haberse quedado dormida y, cuando despertó, a la mañana siguiente, se encontró sola entre sus mantas y de nuevo gritó preguntando por Hana. Su madre corrió a su lado y la sostuvo hasta que calló. Luego se sentaron en la escalera, observando cómo el sol describía un arco por el cielo como un testigo silencioso, mientras esperaban un día más a que su padre volviera.

Pasadas un par de semanas, Emi se despertó sabiendo ya que Hana no estaría a su lado. Se cubrió la cabeza con la manta y trató de volver a dormir. Su madre fue a buscarla entrada la mañana y le acarició la espalda con suavidad, urgiéndola a levantarse.

—No hasta que Padre traiga a Hana a casa —protestó bajo la manta.

—Pasaremos hambre si no buceo hoy —contestó su madre de manera pragmática, retirando la mano de la espalda de Emi.

Emi enseguida extrañó la mano tranquilizadora de su madre, pero luchó contra sus deseos de volverse hacia ella.

—No comeré hasta que Padre vuelva a casa con Hana.

Su madre no respondió inmediatamente. El silencio inquietó a Emi, pero se mantuvo firme y se negó a darse la vuelta.

—Tengo que volver al mar. Debo hacer mi trabajo para alimentarnos. No podemos abusar de la caridad de nuestros amigos para siempre.

—No tengo hambre —mintió Emi, mientras su estómago rugía debido a los calambres mañaneros del apetito.

—Bueno, yo sí tengo hambre. Vamos, hija, debemos ir a trabajar —dijo empujando suavemente la espalda de Emi.

—Ve tú, yo me quedo esperando a Padre.

El silencio que siguió estaba cargado de algo que Emi no podía comprender. ¿Había enfurecido a su madre o la había entristecido? No podía saberlo. Esta vez se giró y miró la cara de su madre. Su expresión era indiscernible. Emi temía haberse metido en problemas.

—No puedo dejarte aquí. No es seguro —contestó su madre en voz tan baja que Emi no estaba segura de haberla oído bien.

—¿No es seguro? —repitió Emi.

—Los soldados podrían volver.

Imágenes de hombres sin rostro con uniformes militares japoneses pasaron por su mente y se incorporó rápidamente.

—¿Por qué volverán, Madre?

—Para llevarse al resto de nuestras jóvenes. A por ti y a por todas las que dejaron atrás. —Su madre tocó la mejilla de Emi con tanta ternura que finalmente lo entendió. Su madre tenía miedo de perderla a ella también.

—Nunca me atraparán, Madre. Sé que no soy buena nadadora, pero prometo que lo conseguiré. Como Hana. Y estaré contigo en el mar. Puedo hacerlo. —Se levantó y se elevó sobre su madre, que estaba arrodillada. Irguió la cabeza hacia lo alto y enderezó la espalda de tal manera que pareció crecer una pulgada.

—Lo sé, hija. Lo sé. —La sonrisa de su madre no era la misma que Emi conocía; era una mala imitación que nunca se reflejaba en sus ojos.

Fueron juntas al mar ese día y el resto de los días que le siguieron.

Cuando su padre finalmente volvió a casa un mes después, lo hizo solo. Supo por la delgadez de su cara que había viajado lejos buscando a Hana. No le preguntó por qué se había rendido. No se atrevió a hacerle más daño cuando ya tenía el corazón roto.

Emi se lleva la mano al corazón recordando el día en que se convirtió en una *haenyeo*. Fue el miedo de su madre lo que le dio fuerza. Si hubiera tenido esa fuerza antes de que se llevaran a Hana…

—No debes tener vergüenza de su elección ni de tu supervivencia. —YoonHui habla de nuevo alejando a Emi de sus recuerdos—. Y no es ninguna vergüenza que tu hermana se viera obligada a servir como «mujer de solaz». Has pasado por mucho. Te mereces ser feliz. Déjalo atrás para que por fin puedas ser feliz con lo que te queda en esta vida.

«Vergüenza» es una palabra de peso en la mente de Emi. Le duelen los oídos al escucharla. La vergüenza que siente está totalmente arraigada y no tiene nada que ver con la prostitución forzada de su hermana. Es más profunda que eso y se ha vuelto una parte de ella que sabe que nunca desaparecerá. Su vergüenza es su *han*. Vergüenza por sobrevivir a dos guerras mientras los que la rodeaban sufrieron y murieron, vergüenza por no hablar nunca en pro de la justicia y vergüenza por continuar viviendo cuando jamás entendió el sentido de su vida.

A veces siente que ha venido al mundo únicamente a sufrir. Hoy en día la gente parece satisfacerse buscando la felicidad en la vida. Eso es algo que su generación nunca se imaginó, que la felicidad es un derecho humano básico; algo que ahora parece una posibilidad. Lo ve en su hija y en la vida que lleva con Lane. Incluso su hijo es feliz a su manera, aunque a menudo se comporta como su padre, un policía acostumbrado a realizar tareas como si fueran órdenes de un superior. Pero encaja con él, y Emi está satisfecha. Es más de lo que esperaba, hasta ahora. La imagen de la chica de bronce la persigue. Debe verla una vez más.

HANA

Todas las mañanas de la semana empiezan exactamente igual: Hana sigue a la mujer durante el día y se duerme en el *ger* por la noche preguntándose cuánto tiempo durará esta rutina. Pero un día la mujer despierta a Hana tocándola y salen del *ger* mientras los otros aún duermen. Esta vez le da a Hana los dos cubos de metal. La mujer señala hacia el redil con la cabeza antes de dirigirse en la otra dirección. Hana se queda sola.

Lleva un cubo en cada mano, pero su hombro lesionado casi no sufre por el peso extra. El sol apenas asoma sobre el horizonte del terreno llano. La mujer resplandece en la distancia. Hana otea más allá del *ger*, protegiendo sus ojos contra el sol, pero solo ve campos de hierba interminables que se extienden hacia las lejanas montañas. El chaleco de pelo morado de la mujer (Hana ha aprendido que se llama *del*) parece negro desde tan lejos.

Lentamente, se da la vuelta y se dirige hacia el redil. Ha aprendido algunas palabras mongolas. Perro es *nokhoi*. Caballo es *mori*. Y hambre es *olon*. Repite las palabras desconocidas en su cabeza para poder recordarlas cuando las necesite.

El perro le ladra al pasar. «*Nokhoi*», piensa ella, y coloca en el suelo uno de los cubos para tenderle la mano en señal de saludo. El

221

perro la lame feliz y ella se arrodilla para frotarle el estómago. No está atado y podría vagar libremente, pero no lo hace. Rascarle la tripa al perro la llena de un calor peculiar que no ha sentido en mucho tiempo. Cuando se da cuenta de que está sonriendo, Hana se detiene abruptamente, coge el asa del cubo y se retira. El perro rueda sobre sus pies y trota en la dirección que tomó la otra mujer.

La vaca está oliendo el aire a su llegada. Los ponis la saludan tocándole los brazos con su hocico suave.

—Aún no tengo nada para ti —dice acariciando el cuello del más pequeño.

Los aparta y se arrodilla junto a la vaca. Oye unas pisadas que se acercan y no le hace falta volver la cabeza para saber que es el chico. Él ha mantenido cierta distancia mientras su madre estaba cerca, pero ahora que ha dejado a Hana a solas se ha envalentonado. El chico tiene un caminar liviano, a diferencia de los hombres mongoles, que se mueven como soldados. La saluda. Ella lo ignora concentrándose en su tarea, como si ordeñar la vaca fuera el trabajo más importante del mundo. Pero los oídos de Hana siguen sus movimientos. Pasa un rato junto a ella, apoyando la barbilla en los brazos mientras se inclina sobre el redil mirando hacia dentro.

—Altan —dice.

Ella lo mira en ese momento y él se toca el pecho.

—Altan —dice otra vez, tocándose el pecho con la mano abierta. Luego se mueve hacia ella y la expresión de su cara se convierte en una interrogación. El chico espera, pero Hana no quiere hablar. Él lo intenta de nuevo, repitiendo los mismos movimientos, pero ella permanece callada.

Cuando empieza por tercera vez, a Hana se le escapa una risita y se cubre la boca. La risa se derrama como si una presa se hubiera desbordado y pronto se está agarrando el estómago, incapaz de detenerse. Hacía mucho que no reía. Es como si no pudiera controlarse. Las lágrimas brotan de sus ojos. Ve borrosa la cara del chico y no sabe si estará molesto. El chico trepa por la valla y salta por encima, dirigiéndose hacia ella. La risa de Hana se desvanece en cuanto el chico se acerca. Se pone en pie para recibirlo, secándose los ojos con el dorso de la mano.

Uno frente al otro tienen casi la misma altura. Él solo es un poco más alto a la altura de los hombros, y su cabeza se inclina hacia abajo cuando la mira fijamente a los ojos. Ella sabe que todavía debe de tener moretones en la cara, el cuello y las manos por los golpes de Morimoto, pero no deja que su aspecto la debilite. Hana se prepara para cualquier cosa porque no sabe lo que el chico pretende, así que aprieta la mandíbula y forma puños con las manos. No está segura de si debería defenderse. Este chico no es tan fuerte como un hombre adulto, pero sería un oponente formidable para ella. Hana le dirige su mirada más desafiante, esperando que, al plantarle cara, él aprenda a dejarla en paz.

Él levanta la mano y ella se sobresalta. El chico se lleva la mano al pecho.

—Altan.

El chico le sonríe con una sonrisa genuina y amplia que le llega hasta los ojos. Le toca el pecho como se ha tocado a sí mismo y levanta las cejas. Es una pregunta que nadie le ha hecho desde su captura. Ya no está segura de cómo se llama. ¿Debería usar el nombre que le dieron en el burdel o decirle su verdadero nombre? Mientras decide el nombre que debe darle, se da cuenta de que las puntas de los dedos de él aún reposan sobre su pecho. Ella le aparta la mano con delicadeza y él deja caer el brazo.

—Hana —dice ella por fin.

Él repite su nombre unas cuantas veces y ella se ríe de su pronunciación.

—Ha-na —dice ella deliberadamente, corrigiéndolo.

Repite su nombre de nuevo y luego se señala a sí mismo sin decir nada. Ella sonríe.

—Altan —dice.

Él parece satisfecho al escucharla pronunciarlo correctamente. Los ponis golpean las pezuñas contra el suelo y Hana se da cuenta de que hay más gente. El hombre joven del otro *ger* está mirando desde su puerta. Tiene una sonrisa en la cara. Hana se sonroja, pero el chico saluda al hombre, que devuelve el saludo con la cabeza y se retira detrás del *ger* para hacer sus necesidades. El sonido de su chorro de orina contra la tierra seca la avergüenza. Hana vuelve a ordeñar la vaca y su silencio le indica a Altan que su conversación ha terminado. En un acto de responsabilidad, la deja sola en el redil. Hana lo ve correr detrás de la mujer. «*Ekh*», se corrige. Madre.

«Las palabras son poder», le dijo una vez su padre después de recitar uno de sus poemas políticos. «Cuantas más palabras conozcas, más poderosa serás. Por eso los japoneses proscriben nuestra lengua materna. Están limitando nuestro poder quitándonos nuestras palabras». Mientras trabaja, Hana repite en su cabeza las palabras mongolas, concentrándose en cada una de ellas, aumentando su poder.

En cuanto los dos cubos están llenos, intenta levantarlos para volver al *ger*, uno en cada mano, pero son demasiado pesados. Levanta un cubo con ambas manos y lo lleva de vuelta. Tiene cuidado de no despertar al hombre que aún duerme junto a la estufa. Sus ronquidos le alivian los nervios. Cuando duerme, se siente segura a su alrededor. Se apresura en volver al redil para recuperar el segundo cubo, pero el joven del otro *ger* ha entrado dentro y está con los ponis.

Hana vacila antes de entrar, viéndole alisar con las manos el pelaje del primer poni, comprobando que no tenga enredos ni espinas. Extrae un par de ellas de su grueso pelaje, luego levanta cada casco, uno por uno, para comprobar la salud del pie, antes de dar un par de vueltas a su alrededor, mirándolo de arriba abajo, y luego pasa al siguiente poni. Hana permanece junto a la puerta del redil, esperando a que termine. Pasa al tercer poni antes de dedicarle un mínimo gesto.

Luego la gruñe, pero ella no reacciona. Señala el cubo junto a la vaca. La estoica criatura aún permanece obediente al lado del cubo, como si la instara a regresar. El sol ya ha ascendido y ella se da cuenta de que el hombre no es mucho mayor que algunos de los soldados más jóvenes del burdel. Quizá sea el hermano mayor de Altan. Es mucho más alto que ella, al menos una cabeza. Sus hombros son anchos, sus piernas robustas y gruesas como troncos de árboles. No tendría ninguna posibilidad contra él.

Al ver que ella no entra en el corral, se ríe y le murmura algo al poni. Tira suavemente de su cola y el animal comienza a trotar hacia la salida. Los otros dos ponis le siguen y pronto están galopando más allá del *ger*, hacia los campos. Hana observa sorprendida la libertad de los ponis. El cuarto poni se queda atrás, mirando a Hana como si tuviera curiosidad.

El hombre le dice algo. Hana da un respingo, asustada por la repentina interacción. Él se ríe de ella mientras se acerca caminando. Hana se mantiene erguida, fingiendo indiferencia. Él se detiene ante ella. Están frente a frente, en silencio. Él la mira a los ojos y ella le devuelve la mirada fijamente, otra vez desafiante. Él sonríe y sus dientes están teñidos de amarillo por el tabaco. Su piel bronceada brilla a causa del esforzado trabajo. Él habla de nuevo dándose palmaditas en el pecho.

—Ganbaatar.

Él sonríe y Hana se da cuenta de que se está burlando de ella porque ha presenciado su intercambio con Altan. Hana estrecha los ojos pero no dice nada. Se levanta una ráfaga de viento que remueve el pasto seco de los campos hacia el aire. Ella se aparta de él y corre hacia el cubo para protegerlo de la suciedad. Él se ríe otra vez y saca al último poni del corral. Él también se dirige hacia las montañas, en la misma dirección que Altan y la mujer.

Cuando Hana regresa al *ger* con el segundo cubo, el silencio la asusta. El hombre mongol está sentado junto a la estufa, medio desnudo, comiendo su desayuno de queso y carne salada. Tan pronto como puede, vacía la leche en la cisterna y se gira para irse.

—Espera —dice.

Hana se detiene. Ha hablado en japonés. Se vuelve hacia él. El hombre se incorpora y se pone su camiseta de algodón. Sigue

225

masticando la carne seca. Su estómago gruñe. Cuando está vestido del todo y su *del* está bien sujeto al hombro, se sienta de nuevo.

—Ven conmigo —dice señalando el cojín que hay a su lado.

Hana sopesa la situación. Puede huir ahora e intentar encontrar el lugar adonde la mujer y el resto del campamento han ido, pero él seguiría aquí cuando ella regresara. O puede enfrentarse a él ahora y acabar con esto. Aprieta los dedos formando puños y se clava las uñas en las palmas.

Hana baja la mirada y sigue el camino invisible que lleva hasta el cojín.

—No has dicho ni una palabra desde que llegaste —dice él mientras Hana se sienta. No la mira a ella, sino que sigue masticando la carne, inspeccionándola después de cada bocado como si fuera novedosa e interesante. Le ofrece una tira, que ella rechaza.

—No sabía que hablabas japonés —responde ella manteniendo los ojos en el suelo, frente a sus rodillas.

—Ah, hablas muy bien, con mucha suavidad. Para las chicas es bueno tener una voz suave.

Hana se pone rígida. Los cumplidos conducen a situaciones desagradables, pero trata de no mostrar su consternación.

—No estoy seguro de por qué estás aquí —dice, y finalmente la mira.

Sus ojos están rodeados de delicadas arrugas que le dan un aspecto amable. Su piel gruesa y bronceada revela su edad, y ella se pregunta si quizá es el abuelo de Altan en lugar de su padre. Como ella no dice nada, él continúa.

—Sé la razón que me dio el cabo Morimoto, pero no sé si te trajo aquí por eso. —Hana lo mira. Él la está mirando fijamente, como si fuera un animal peculiar que nunca antes había visto y estuviera tratando de distinguir lo que come o de dónde proviene su especie. Hana piensa que no es tan temible como creía en un principio y permite que sus hombros se relajen.

—¿Qué razón te dio? —aventura ella, evitando cuidadosamente el contacto visual.

—Dice que eres huérfana. Que te rescató del ejército de Kwantung en Manchuria. Te va a devolver a tu tío, que vive en el oeste. ¿Por qué está tu tío en el oeste de Mongolia? Me gustaría tener una respuesta a esa pregunta.

Morimoto le dijo que es huérfana, no que era una prostituta. Nota que su cuerpo se purifica con el alivio. Estos son hombres buenos. Nunca violarían a una huérfana. Tal vez por eso Morimoto les contó eso. Nunca pretendió que estos hombres la lastimaran. Quiso dejarla en este lugar seguro hasta poder regresar. Hana se cubre la cara con las manos para que no pueda leer sus emociones.

—Ah, todavía es un tema doloroso —dice el hombre, confundiendo el gesto con tristeza—. Podemos volver a hablar en otro momento. —Se pone de pie—. Ven —dice dirigiéndose hacia la puerta.

Ella lo sigue y él la guía en la dirección de los demás. A Hana todavía le duelen las plantas de los pies y teme que algunas de las heridas se hayan vuelto a abrir. Aun así, no quiere exponer sus debilidades, así que acelera para no quedarse muy atrás. Le da vueltas constantemente a la idea de que Morimoto intentará volver a por ella. «Por supuesto que regresará», piensa, y su respiración empieza a ser mucho más dificultosa de lo que era unas pocas horas antes.

Parecen haber viajado por lo menos una milla cuando la hierba larga se convierte en matorral corto. Las montañas se ciernen sobre ellos, bloqueando la luz del cielo. La pequeña cuesta carga sus pantorrillas, pero Hana se fuerza a seguir adelante teniendo cuidado de no acercarse demasiado al hombre. Puede que no la lleve al mismo lugar adonde fue la familia, sino que la esté conduciendo a un desierto aislado. Aunque es más viejo que los otros, de alguna manera parece el más poderoso.

Al llegar a la cima de la pequeña colina, aminora el ritmo y se queda de pie con las manos apoyadas en las caderas. Parada junto a él, justo fuera del alcance de su brazo, Hana observa el valle que hay bajo ellos. Hasta donde alcanza su vista, que es la base de la montaña más cercana, el valle está inundado de verdes tallos adornados con grandes vainas redondas. Unas flores de color rojo sangre salpican la escena, aunque la mayoría de los bulbos han perdido sus pétalos. También están allí Altan y la mujer, junto con Ganbaatar y el otro joven, caminando despacio arriba y abajo, deteniéndose en cada vaina.

—¿Qué estás cosechando? —pregunta ella.

—¿No reconoces un campo de amapolas?

Hana niega con la cabeza. Él escudriña su cara y ella se ruboriza.

—¿Nunca has visto una amapola? ¿Sabes para qué las cosechamos? —Se vuelve hacia ella. Ella da un paso hacia el campo, acercándose a Altan—. Opio —dice, y sonríe—. Ven, mi hijo pequeño te enseñará todo lo que necesitas saber.

El hombre baja por la pequeña colina antes de que pueda contestarle. Hana permanece clavada al suelo, viéndolo marchar. La madre de Altan mira hacia arriba y saluda, y Hana sabe que está sonriendo, aunque su cara está demasiado lejos para apreciarlo. Altan entonces mira en su dirección y también la saluda. La llama por su nombre, Hana, y de repente ella se siente como ella misma de nuevo. No como la chica que estaba atrapada en el burdel. Aquí se siente simplemente Hana, porque esta gente no es como los soldados. Sigue al padre de Altan hasta el campo de amapolas y saluda a Altan con una sonrisa.

Puede que estén cosechando opio, la plaga de China, pero eso no significa nada para Hana. Piensa en Hinata y su té, y le alegra que lo tuviera para ayudarla a soportar el burdel. En el campo, Altan le muestra cómo hacen una incisión en los bulbos de amapola con un cuchillo para que la savia se filtre. Muchos de los bulbos del campo ya han sido cortados y Ganbaatar recoge la savia en pequeños trozos de tela. El trabajo de Altan y Hana es cortar los bulbos que aún no han sido cosechados. Trabajan en filas paralelas para que Altan pueda revisar su técnica, aunque no hay mucho que hacer. De vez en cuando se acerca a ella y corrige el ángulo de su cuchillo. Cuando llega el atardecer han cubierto casi tres cuartas partes del campo. Altan comparte su comida de la tarde con ella, pero al final del día aún está muerta de hambre.

El padre de Altan lo llama y él le contesta algo gritando. Los padres de Altan se dirigen al campamento. Los ponis aparecen de la nada y siguen a la pareja como perros dóciles. Se huelen los cuellos y las colas unos a otros mientras trotan obedientemente hacia su redil. Hana mira fijamente al cielo débilmente iluminado. Sobre el campo se desliza la sombra negra de un pájaro de inmensa envergadura. Podría ser uno de los halcones de los que habló Morimoto. Ganbaatar se les acerca y le da a Altan un frasco. Este desenrosca la tapa y lo aprieta contra sus labios con urgencia. Después ríe tímidamente y se lo ofrece a Hana.

—¿Agua? —pregunta ella.

Él se encoge de hombros. Hana coge el frasco y olfatea la boca. Un agudo hedor a leche fermentada le golpea en la nariz y se echa atrás devolviéndoselo. Él se ríe y toma un trago largo. Se lo vuelve a ofrecer con una sonrisa. Dice algo que ella no entiende, acercándole el frasco. Ganbaatar ríe y niega con la cabeza. La curiosidad se apodera de ella y vuelve a coger el frasco. Lo levanta hasta sus labios y toma un sorbo.

La bebida fermentada hace toser a Hana, tiene un sabor fuerte y calienta la garganta. Altan se ríe y la invita a beber más. Hana toma otro trago más grande y luego le devuelve el frasco. Compartirlo parece haberle alegrado el día, y toma otro sorbo largo antes de guardar el frasco en el bolsillo interior de su *del*.

El pájaro los sobrevuela de nuevo y Hana mira al cielo. Ganbaatar emite un silbido agudo y extiende su brazo. Hana observa con sorpresa como el inmenso pájaro los sobrevuela dos veces en círculos y luego aterriza en el antebrazo del hombre. Es un águila real. Altan le sonríe y acaricia las plumas del cuello del águila. Es una criatura magnífica encaramada en el antebrazo de Ganbaatar. Altan le dice algo a Hana y ella lo mira. Altan se dirige hacia el águila, pero ella vacila. Quiere que acaricie al águila, igual que la mujer quería que se hiciera amiga del perro.

Hana se acerca, temiendo que al águila pueda no gustarle y decida arrancarle los ojos con sus enormes garras. Tiene unas plumas de color marrón rojizo que brillan con la luz crepuscular. Hana quiere tocar al pájaro, sentir la suavidad de sus plumas. Levanta su mano, acercándola lentamente al animal.

Cuando el pájaro se lanza hacia su dedo, Hana retira la mano a toda prisa mientras Ganbaatar y Altan aúllan de risa. Ella da un paso atrás, mira fijamente a los muchachos sin poder creerse que algo así les haga gracia.

—¡Podría haberme arrancado el dedo con el pico! —les grita enfadada porque aún se ríen.

Altan deja de reírse inmediatamente cuando ve su ira y empuja el brazo de Ganbaatar en vano. El joven continúa riéndose mientras acaricia el cuello del pájaro.

Hana intenta marcharse, pero Altan la detiene. La agarra de la muñeca y no la suelta. Hana empieza a tirar, pero él sonríe antes de golpear de nuevo el brazo a Ganbaatar. Le dice algo al chico mayor que hace que la risa se detenga. Ganbaatar parece avergonzado y no puede mirar a Hana a los ojos. En vez de eso, coloca una capucha en la cabeza del águila. Una vez cubiertos los ojos del animal, Altan vuelve a invitar a Hana a acariciar al ave.

Al principio ella prefiere no hacerlo. Piensa que sería mejor irse en ese momento, negarse a caer en otro truco, pero hay algo en la expresión de Altan que la hace cambiar de idea. Hana vuelve a extender la mano para acariciar al águila. Observa el pico del ave y se prepara para recibir otro nuevo ataque, pero esta vez sus dedos pasan sobre las suaves plumas de la garganta del águila sin producir ninguna reacción.

Se le escapa una risa de sorpresa y no le importa expresar su regocijo en presencia de ellos. Bajo las suaves plumas, el águila esconde poderosos músculos, y Hana está asombrada por su magnificencia. Ganbaatar sonríe al final y él también acaricia al pájaro.

Hana le sonríe y, por primera vez, no le importa lo que él esté pensando porque este momento lo es todo en sí mismo, maravillada ante una criatura superior a ellos mismos.

Los tres suben la pequeña colina hacia el campamento. Recorren la mayor parte del camino en silencio. Los pájaros gorjean mientras sobrevuelan sus cabezas de vuelta a sus nidos. Una brisa fresca recorre la hierba alta que les hace cosquillas en las puntas de los dedos. Hana no puede dejar de pensar en la proximidad de Altan. El chico mantiene la distancia justa entre ellos para hacerla sentirse cómoda en vez de dominada o amenazada. Es como aquel chico de su aldea que visitaba el puesto de su madre en el mercado. Educado, curioso, pero lo suficientemente inteligente como para saber dónde están los límites.

Aunque no pueden comunicarse, Hana siente instintivamente que han dado los primeros pasos en el camino hacia la amistad. Mira todo cuanto hay a su alrededor para no mirarlo a él, pero siente cada uno de sus movimientos a su lado, como si una pequeña parte de él hubiera penetrado su armadura.

Al acercarse al campamento, el perro ladra y corre en círculos alrededor de sus piernas. Salta de alegría porque siente que se acerca la hora de la cena. Le chupa la mano a Hana y luego corre hacia Altan, saltando, acercándole el hocico a la oreja. Altan aparta al perro riéndose. Ganbaatar se despide de Hana y se dirige a su *ger*.

Altan lo sigue y coloca la canasta dentro, luego sale y corre detrás del perro. Hana se descubre sonriéndoles. Se detiene junto al corral y acaricia al más pequeño de los ponis, viendo al chico jugar con su perro mientras la noche continúa cayendo.

La noche es muy parecida a las demás, excepto que esta vez Altan se sienta junto a ella donde solía sentarse su madre. Hana finge que no se da cuenta, pero él se lo pone difícil, cantando y sonriéndole, empujando suavemente su hombro y animándola a unirse a ellos. Los demás actúan como si no notaran su exuberancia, y lo extraño de estas personas y de este lugar extranjero se disipa dejando a Hana un conocido sentimiento familiar y de unión. Pero se niega a cantar, sonreír o reír en su presencia. Sería demasiado para ella, pero sí se deja llevar por la música, solo un poco, lo suficiente para que Altan sonría más ampliamente y los hombres canten más fuerte y los ojos de la madre brillen más al reflejar la luz del fuego.

Ganbaatar se levanta para salir cuando empieza a apagarse la última de las brasas. El padre de Altan lo acompaña a la salida, seguido de otro joven que permanece en el campamento. Hana aún no sabe su nombre. El cantar de los hombres continúa más allá del *ger*. Altan se dirige a un cofre cerca de la pared más alejada y coge algo de dentro. Vuelve al lado de Hana y se lo ofrece. Es un pequeño bolso de cuero. Dudando aceptarlo, Hana mira a la madre para pedirle aprobación, pero ella se ha dado la vuelta y está ocupándose de las tareas de limpieza. Altan golpea la mano de Hana con el bolso otra vez y, temerosa de ofenderlo, lo acepta. Con cuidado, desata la correa de cuero y abre la solapa. Mira dentro y toca algo suave como la seda. Ansioso por que ella vea su regalo, Altan lo saca y revela una faja hecha finamente a mano.

Incluso en la penumbra, los patrones coloridos resultan brillantes. Azules, rojos y naranjas radiantes. La banda brilla con los colores. Él señala su cintura. Ella se queda quieta, dudando. Él lo intenta de nuevo, pero luego sonríe, negando con la cabeza. Suavemente, envuelve la cintura de Hana con la faja, sujetándola con un nudo doble. El corazón de Hana palpita por la cercanía del chico. Altan se inclina hacia atrás, para ver cómo le sienta la prenda, y luego asiente con la cabeza como si estuviera contento.

El chico se marcha bruscamente y sigue a los hombres afuera. Hana se ruboriza cuando su madre reconoce la banda. La mujer asiente con la cabeza y sonríe a Hana. Juntas colocan los mantos de piel para que todos puedan dormir. Cuando piensa que la madre no la está mirando, Hana acaricia la suave seda, inspecciona esos remolinos de color que son una delicia para sus ojos. Los colores oscuros resultan hermosos al contrastar con las flores rojas y amarillas, las hojas verdes y las enredaderas negras. Está bordada a mano y se pregunta si la madre de Altan trabajó arduamente en esta obra de arte para el chico, y en qué estará pensando ahora que la faja adorna la cintura de Hana.

Esa noche los sueños de Hana son cálidos y musicales. Puede escuchar a su padre tocando la cítara, la risa de su madre que resuena a través de la pequeña choza, y ella está bailando con su hermanita, con los pies descalzos, de puntillas, dando vueltas en círculos. Todo parece real, el calor del fuego, la canción de su padre y sus dedos arrancando notas de las tensas cuerdas de la cítara; incluso puede oler el mar salado que se adentra a través de las ventanas abiertas. Ha vuelto a casa, como si nunca se hubiera ido y no le hubiera pasado nada desagradable. Baila cogiendo las pequeñas manos de su hermana, lanza la cabeza hacia atrás y canta una canción que se sabe de memoria desde que era niña. Su madre aplaude y Hana quiere que el baile dure para siempre.

Un perro ladra. Ese sonido familiar dispara algo en su memoria. El perro ladra de nuevo, tres estallidos sonoros. Hana deja de bailar. Sus brazos caen flojos a los lados de su cuerpo, pero nadie repara en ello. La alegría continúa sin ella. Su hermana la rodea como una hoja atrapada en una tempestad. La risa brota de la boca de su madre, dulce y llena de alegría. Está soñando. No quiere dejarlos, pero se está despertando. «Por favor, no te detengas», le dice a su padre cuando deja de tocar. Sus ojos se encuentran con los de su padre, y están llenos de tristeza. Ya puede escuchar los pájaros de la madrugada fuera del *ger*, llamando a despertar a los habitantes de las estepas. Se quita de un tirón la manta de piel y se despierta de repente.

EMI

Seúl, diciembre de 2011

Todos los rostros en la pequeña habitación del hospital están fijos en Emi. Es demasiada atención, y Emi solo desea que la lleven a la estatua.

—Tengo sed —dice Emi, y Lane se ofrece a traerle un poco de agua.

—Madre, ¿por qué no te acuestas y descansas? —pregunta YoonHui. Intenta convencer a Emi para que se recueste.

—No, no tengo tiempo para descansar. Necesito ver la estatua.

—No tiene que ser hoy. Descansa, date una oportunidad de recuperarte, y luego te llevaremos a la estatua, dentro de unas semanas.

—¿Unas semanas? —exclama Emi más alto de lo que pretendía—. No tengo unas semanas. ¿No lo entiendes? —Se sacude las mantas de encima amenazando con salir de la cama.

—Espera —dice su hijo corriendo a su lado y evitando que escape—. No vas a ninguna parte. Te encadenaré a esta cama si tengo que hacerlo.

Emi se queda helada. Ha hablado exactamente igual que su padre en ese momento. Le mira a la cara, dolida por la repentina similitud.

—Eres como tu padre —susurra antes de poder evitarlo.

Él parece desconcertado. Frunce el ceño y el enfado atraviesa su rostro.

—¿Por qué lo odiabas tanto? —espeta.

Demasiadas heridas plagan el alma de Emi. Y ahora se da cuenta de que también ha herido a sus hijos, por más que tratara de evitarlo. El último viaje a Seúl en busca de su hermana perdida ha roto la puerta hacia el pasado en pedazos.

—Hay muchas razones por las que tu padre y yo no nos llevábamos bien. Demasiadas para contarlas. Pero quedan entre él y yo.

—Está muerto —dice su hijo en voz baja—. Se fue hace casi cinco años. ¿No puedes perdonar a un hombre muerto?

La pequeña sala se llena de inquietud. Lane entra durante esta declaración y no sabe si acercarle a Emi el vaso de agua o quedarse junto a la puerta. Emi le pide que se acerque. Lane le da a Emi el vaso y todos la observan mientras bebe.

Emi no se detiene hasta haber tragado la última gota. Cuando deja el vaso en la mesilla, su hijo le coge la mano.

—Solo dímelo. ¿Qué hizo que es tan imperdonable? Necesito saber la verdad. Merezco saberlo, ambos merecemos saberlo.

Busca con la mirada a YoonHui. Está junto a él, y parecen niños de nuevo. Los años se han borrado de sus rostros y Emi solo puede ver a los dos amores de su vida. Son la razón por la que sobrevivió un matrimonio carente de amor. Ellos evitaron que mirara hacia atrás. Sabe que les debe una explicación, pero está aterrorizada de tener que revelar la verdad.

—Nunca os dije cómo murió vuestra abuela —dice.

—Madre —comienza su hijo, pero YoonHui lo acalla.

—Continúa, Madre, cuéntanos cómo murió —dice su hija, agarrándole a Emi la mano.

—Fue justo antes de que comenzara la guerra de Corea. Tu padre y yo acabábamos de casarnos, pero él no confiaba en vuestra abuela. A menudo la acusaba de ser una roja.

—¿Roja? ¿Te refieres a comunista? —interviene Lane.

—Sí, simpatizante de Corea del Norte. Una rebelde.

—Pero Padre era solo un pescador, ¿no? —interrumpe su hijo. Parece como si toda su infancia estuviera desmoronándose, o a punto de cobrar sentido.

—Fue policía primero —responde Emi—. Y un pescador no muy bueno después.

La hija de Emi sabe mucho sobre la historia de la guerra de Corea. Es su especialidad como profesora de literatura coreana. Se queda callada, pero Emi sabe que debe estar repasando los hechos de la guerra en su mente.

—¿Cómo murió nuestra abuela? —pregunta su hijo, impaciente como siempre.

—Los rebeldes comunistas solían venir a las aldeas de noche, escondidos por el humo que aún se alzaba de las cenizas de las casas que los policías habían quemado. Estaban reclutando miembros, supervivientes cuyas casas acababan de ser destruidas. También iban de puerta en puerta en busca de provisiones. Como policía, a tu padre se le encargó la tarea de encontrar a los rebeldes y también de castigar a cualquiera que los ayudara. Nunca confió en vuestra abuela; no importaba lo que yo dijera para convencerlo de lo contrario, siempre creyó que vuestra abuela los estaba ayudando. La llamaba rebelde y roja, en ocasiones a la cara.

—¿Lo era? —interrumpe su hijo.

Emi se detiene, cambiando de posición en la incómoda cama del hospital. Ahora que se ha permitido a sí misma pensar en aquel tiempo, siente los recuerdos muy cercanos. El dolor también está presente. Imágenes del aeropuerto nadan bajo la cama del hospital, como si ella estuviera en el avión y el lustroso suelo del hospital estuviera a miles de kilómetros debajo de ella. La pista de aterrizaje parece un campo recién roturado, con montículos de tierra negra salpicando el paisaje.

—No lo sé. Buceaba muchas horas en el mar. Tu padre no dejaba que vuestra abuela se sumergiera conmigo. No confiaba en ella. Así que trabajaba sola, y por la noche dormía como una roca, exhausta. Yo era muy joven. Muchas cosas no tenían sentido para mí. Aún más cosas escapaban a mi comprensión. Un día regresé a casa y ella se había ido. Tu padre no quería decirme dónde estaba. Busqué por todo el pueblo cualquier indicio de ella. Nadie me dijo nada. Tenían demasiado miedo de tu padre. —Emi se toca la frente, recordando los rostros mientras los adelantaba por el camino.

—Recuerdo eso —dice su hija de repente—. Todo el mundo solía mirarlo de esa manera. No lo entendía de niña… Pero ahora que lo dices, lo entiendo. Todos le tenían miedo.

La mirada en la cara de su hija le duele. Tantos secretos, tantas mentiras, todas escondidas en un corazón tan pequeño. Desearía que su corazón hubiera sido más grande, como el de su amiga JinHee; su risa por encima de las olas hace que la alegría cobre vida.

—Él la entregó, ¿verdad? —pregunta YoonHui.

Su voz es certera, como si lo hubiera sabido todo el tiempo; pero es imposible. Ella ni siquiera había nacido aún.

—Nunca lo admitió. Nunca. Ni siquiera en su lecho de muerte —contesta Emi, mirándose fijamente las manos. Alza la vista y se encuentra con los ojos de su hija—. Pero yo sabía, en el fondo, que era cosa suya. Siempre lo he sabido. El matrimonio con tu padre no era un matrimonio por amor. Estoy segura de que lo notasteis. Nos casamos obligados, a causa de la guerra. Era policía. Trabajó para el gobierno después de eso. —Emi espera que sus hijos no pregunten por el día en que la obligaron a casarse con su padre; teme hacerles demasiado daño. Sus manos tiemblan levemente y no puede calmarlas. Su hijo las toma entre las suyas. La calidez le da valor—. Tenía catorce años, me había casado recientemente con vuestro padre, y otra guerra estaba a punto de estallar. Vuestra abuela desapareció solo unos meses después de comenzar esa nueva vida. Yo estaba consternada. Sola en una casa con ese extraño que me petrificaba. La necesitaba. Estaba desesperada por encontrarla. Pasaron meses, luego años sin rastro de ella. Era como si simplemente hubiera desaparecido.

Emi se detiene, recordando el esfuerzo que le costó no volverse loca. Los japoneses se llevaron a su hermana. Luego los coreanos se llevaron a su padre. Después alguien se había llevado a su madre. Emi estaba totalmente sola de repente.

—Estaba embarazada de ti cuando por fin supe que había sido ejecutada —dice, mirando a Hyoung—. Habían pasado más de dos años sin saber nada de su paradero, y un día una amiga vino a decirme que habían matado a todos los presos políticos. Me apresuré hacia la comisaría, desesperada por averiguar si ella era una de las muertas. No me lo dijeron, así que exigí ver la lista de prisioneros. Al gobierno le encantaba su burocracia. Lo documentaban todo. Tu padre me siguió a la comisaría. No quería dejar que me enseñaran la lista. Le amenacé, le dije que me suicidaría y mataría a su hijo nonato si no les ordenaba que me enseñaran la lista. Fue la primera vez que revelé que estaba embarazada.

Mientras pronuncia estas palabras no puede mirar a su hijo por más tiempo. Su culpa se magnifica. Es como si estuviera siendo juzgada por fallar en sus obligaciones maternales. Si hubiera estado delante de un jurado, no habría logrado asegurarse el voto de simpatía.

Su marido la miraba como si ella lo hubiera apuñalado en las entrañas.

—¿Estás embarazada? —preguntó incrédulo.

La oficina se había quedado en silencio y algunos de los oficiales de policía abandonaron la habitación. Emi no podía mirarlo a los ojos. Clavó la vista en el escritorio y se dio cuenta de que era el escritorio sobre el que había firmado el contrato de matrimonio con HyunMo.

—Lo estoy.

—¿Desde cuándo lo sabes?

La miraba con ternura, como si estuviera enamorado de ella, pero Emi no creía que pudiera amarla cuando solo se había casado con ella para heredar la tierra de su familia. La cogió del brazo, pero ella se alejó. Por la noche hacía valer sus privilegios matrimoniales, pero durante el día no podía tocarla contra su voluntad. Ese fue el trato que habían adoptado para que ella dejara de luchar contra él y ambos pudieran soportar la convivencia en su forzosa vida juntos.

—Hace solo unos meses. Necesito a mi madre. No puedo hacer esto sin ella.

Los ojos de Emi suplicaron, incapaz de expresar con palabras cuánto necesitaba a su madre. Tenía dieciséis años y miedo de dar a luz, pero sobre todo tenía miedo de criar a un niño sintiéndose presa en una vida que ya no era la suya.

—¿Y estás amenazando a nuestro hijo?

Parecía sentirse traicionado, pero a Emi no le importaba. Él la había traicionado primero. Él le había robado su tierra, su inocencia, y ahora se interponía en el camino hacia la verdad. Emi levantó la barbilla y le miró fijamente.

—Sí.

Los hombros de HyunMo se hundieron, pero no dijo nada más. Abrió la puerta y llamó a un policía.

—Déjale ver la lista.

—Pero, señor —balbuceó el policía. Sus ojos iban nerviosamente de Emi a HyunMo.

—Hazlo.

Emi vio a HyunMo salir de la habitación como un hombre roto. Fue la única vez que lo vio así. Después de aquello se encerró en sí mismo, de manera que fue imposible que ella le hiciera más daño. Se convirtió en un padre que tomaba decisiones sin su consentimiento, como enviar a su hija a la escuela. De vez en cuando intentaba alcanzarla, tratando de tocarla física o emocionalmente, pero ella siempre se blindaba contra él. Ella nunca lo perdonó por su papel en la desaparición y muerte de su madre. Emi indaga en las caras de sus hijos al terminar la historia.

—Se fue de la comisaría después de darme permiso para ver la lista, sabiendo todo el tiempo que estaba en ella porque él la había puesto allí. Ni siquiera tenía que mirarla para saberlo. Pero lo hice de todos modos; mis ojos examinaron cientos de nombres hasta que di con el suyo. Había estado presa durante todo ese tiempo. Y un día, la ejecutaron.

Después de leer el nombre de su madre en la lista, caminó hacia la orilla del mar, decidida a lanzarse desde el acantilado más alto. Estaba sola en el mundo y embarazada de su enemigo. Sin embargo, mientras estaba allí, de pie contra la fuerte brisa de octubre, no pudo hacerlo. Se dio cuenta de que amaba al bebé que crecía en su interior.

—Me salvaste la vida —dice mirando a su hijo—. Si no hubiera estado embarazada, no sé cómo habría sobrevivido. Tenía que mirar por ti. Tú, que serías parte de mí y de mi madre y mi padre, e incluso de mi hermana. Su sangre corre por tus venas. Lo creía entonces y lo veo ahora. Los enterré en mi corazón ese día. Tuve que hacerlo. Por ti y por mí. Luego volví a casa con tu padre, y nunca le hablé de esto a nadie... hasta ahora.

—Madre —dice su hijo en voz baja. Tiene los ojos enrojecidos. En todos estos años de adulto, Emi nunca ha visto a su hijo mirarla con tanta ternura—. Yo... Nunca supe.

—Por supuesto que no. Era tu padre, y lo correcto era que lo amaras. Nunca podría haberte privado de eso.

—Pero mató a tu madre... A nuestra abuela. —Sus palabras se desvanecen en el silencio posterior.

Emi sabe lo que debe de estar pensando. Sus dos hijos están recorriendo su infancia en sus mentes, dándole sentido a todos los momentos en los que ella no respondió a los avances afectivos de su padre, o a las veces en que no se reía de sus mejores chistes, ni dormía a su lado. A menudo la encontraban sentada en el porche delantero, tarde, por la noche, incapaz de dormir, pero nunca se atrevió a decirles por qué. Era su forma de protegerlos, aislándolos de los terrores del mundo. Nunca quiso que sus hijos conocieran el sufrimiento como ella lo había conocido. Mantenerlos en la oscuridad fue lo más desinteresado que hizo jamás. Y lo hizo por amor.

—Sí, sus acciones mataron a vuestra abuela, pero era un títere del gobierno. Hizo lo que se le ordenó. Eran tiempos de guerra. La gente cometía actos atroces contra los otros. Y muchas muchas personas murieron. Pero eso es la guerra. Se mata gente. Todos los que sobreviven han sido agraviados, de un modo u otro.

La guerra de Corea fue un baño de sangre. Emi recuerda cómo sus vecinos se volvieron unos contra otros, incluso años antes de que comenzara oficialmente, en 1950; acusándose mutuamente de espionaje antes de que el otro tuviera la oportunidad de hacer la misma acusación. Muchas de las viejas compañeras de buceo de su madre se perdieron. Todos los que tenían hijos los perdieron, todos los que tenían hijas las perdieron, o ganaron nuevos hijos en los que nunca podrían confiar. Toda la isla lloraba a causa de un dolor colectivo.

El dolor de Emi fue enterrado bajo el aeropuerto internacional de Jeju. En aquel tiempo era un aeródromo militar, abandonado por el Ejército del Aire japonés después de la Segunda Guerra Mundial. Emi se enteró después de que más de setecientos disidentes políticos fueron retenidos allí, incluida su madre. Los prisioneros fueron ejecutados por un pelotón de fusilamiento y sus cuerpos enterrados en una enorme fosa común, unos encima de otros.

Nadie mencionaba lo que había debajo de las nuevas pistas de aterrizaje cuando el aeródromo se amplió para convertirse en el actual aeropuerto internacional, pero los que habían vivido las masacres nunca lo olvidaron. Por eso Emi no puede volar. La idea de que su avión podría estar rodando sobre la tumba anónima de su madre hacía que el estómago se le encogiera y la boca se le secara.

A los dieciséis años de edad, Emi se encontró huérfana, sin una familia que amar, pero había esperanza creciendo dentro de ella. Su hijo nació el año en que la guerra de Corea comenzó oficialmente, 1950, y luego su hija cuando finalmente terminó tres años después. HyunMo y Emi vivieron juntos durante la guerra y muchos años después, sin desnudar el alma del otro nunca. Solo en su lecho de muerte él reveló sus verdaderos sentimientos.

Estaba muriendo de cáncer. Sus pulmones e hígado estaban plagados de tumores. Solía fumar en pipa todo el día, incluso mientras esperaba que los peces quedaran atrapados en sus redes. Al final no pesaba más de cuarenta kilos, y apenas podía levantar la cabeza para mirar fijamente a sus hijos y a su único nieto.

—Gracias por nuestros hijos —se las arregló para decir entre respiraciones entrecortadas.

Emi había estado limpiándole la frente con un paño fresco. Se detuvo a mitad y le miró a los ojos, algo que no había hecho desde que su hija se había negado a convertirse en *haenyeo*. Una catarata lechosa amenazaba con cubrir la totalidad de su pupila derecha, y el blanco de sus ojos estaba teñido de amarillo y atravesado por pequeños vasos sanguíneos de color rojo iracundo. Parecía mucho más viejo de lo que era. Emi se preguntaba cuánto más difícil había sido su vida, comparada con la suya.

—Siempre te amé —susurró HyunMo. Intentó tocarla, pero ella se apartó instintivamente. Parpadeó lentamente, con la determinación que ella conocía—. A mi manera, te amé —dijo, y dejó caer la mano sobre su pecho hundido.

Emi bajó la mirada hacia él y se preguntó cuándo se había convertido en un anciano.

—No me odies tanto después de que muera —dijo, cogiéndola desprevenida. Se rio de su expresión de sorpresa, pero su risa se tornó rápidamente en un ataque de tos húmeda.

Emi le sujetó suavemente con sus manos el pecho para evitar que temblara con demasiada virulencia. Cuando la tos se calmó, él colocó sus palmas sobre las manos de ella y le agarró levemente las muñecas.

—Quema incienso para mis antepasados si alguna vez crees que puedes perdonarme. —Sus ojos rojos la buscaban, como si quisiera que insuflara algo de vida en su deteriorado cuerpo.

Mirarle a los ojos era como escudriñar los recuerdos de un extraño. Cuando finalmente encontró la voz, esta sonó áspera y llena de amargura.

—¿Perdonarte por qué? ¿Por lo de mi madre?

Él le soltó las muñecas y deslizó las manos hacia los laterales. Parpadeó lentamente, y los segundos que pasaron entre el cierre de sus párpados y la apertura parecieron alargarse durante días. Una tos profunda sacudió sus congestionados pulmones. Escupió una sangre negra que más bien parecía aceite de motor. Emi le limpió la boca con presteza.

—Perdóname... por mucho más de lo que puedo decir... Por todo.

Esas fueron las últimas palabras que le dijo. Se aferró al delgado hilo de la vida dos semanas más, su cuerpo enfermizo torturándolo de maneras que ella no le desearía ni a su peor enemigo. Cuando finalmente murió fue un alivio, pero Emi se sorprendió al descubrir que ella también sentía un espasmo de tristeza mientras lo enterraban. Pudieron haber sido las lágrimas cayendo de los ojos de sus hijos, ya adultos, lo que la entristeció, pero no estaba segura.

Incluso ahora, pensando en su desgraciada muerte, no está segura de cómo se sintió cuando por fin se fue. Mirando tan intensamente hacia atrás, siente el distanciamiento una vez más, la ausencia de pasión por su marido. Hizo lo que tenía que hacer en su momento porque su ira amenazaba con llevársela. En vez de eso, se tragó sus emociones para poder continuar existiendo.

Su hermana le dijo una vez que era como una mariposa bailarina, llena de vida y de risa, y libre como los pájaros del cielo. Emi vuelve al momento en que esa niña pequeña desapareció, dando paso a esta sombra de mujer. Contempla los momentos dolorosos de su infancia y sabe que la gota que colmó el vaso fue el momento aquel en la comisaría, cuando vio el nombre de su madre en la lista. Ambas murieron ese día.

—¿Quemarás incienso por tu abuela? —pregunta de repente Emi a su hija.

—¿Qué? —responde YoonHui, con una expresión llena de preocupación y dolor.

—Yo… Yo nunca quemé incienso por nuestros antepasados…
—La voz de Emi se desvanece. Ve la cara muerta de su madre y se pregunta si alguna vez encontró la paz en la otra vida.

—No te preocupes por esas cosas, Madre —dice Hyoung, con un deje de ira escondido en su voz—. Concéntrate en ponerte bien. —Él trata de esbozar una sonrisa, pero Emi puede ver la batalla que se está desencadenando en su mente.

La tarea de revelar la verdad sobre su pasado es demasiado pesada. La fuerza del sueño eterno pesa sobre los párpados de Emi, pidiéndoles que se cierren para siempre. Se toca la frente, apretando las puntas de los dedos contra su piel hasta que el dolor la devuelve al mundo de los vivos. Le queda poco tiempo, pero su fuerza de voluntad sigue siendo fuerte. No esperará hasta que sus hijos estén en paz con el crimen de su padre o con su propio secreto. Hay algo que necesita hacer.

—Quiero ir a la estatua. Tengo que volver a verla —dice de repente.

—No puedes salir del hospital, estás enferma, es mucha presión para tu corazón —dice YoonHui, pareciéndose más a una madre que a una niña obediente—. Podemos ir dentro de unos días, cuando te hayas recuperado.

—No, debo ir hoy. Ahora. Necesito verla ahora.

—Madre, no puedes. ¡No estás bien! —YoonHui grita, Lane intenta calmarla y Hyoung permanece callado, mirándose fijamente los pies.

—Yo te llevaré—. La voz de su hijo es un susurro, y sin embargo se oye a través del agudo chillido de su hermana.

—No puedes hacerlo —grita YoonHui—. Necesita quedarse en el hospital para que puedan tratar su enfermedad. No puede ir, todavía no.

Está al borde de un ataque. Lane coloca su brazo alrededor de los hombros de YoonHui. Conforta a la hija de Emi como haría una madre con un niño herido, pero la herida no está en su rodilla, sino en su corazón.

Nadie dice nada más. Su hijo sale de la habitación para pedir una silla de ruedas, y YoonHui se queda callada cuando se da cuenta de que no tiene más que decir. Llega al lado de Emi y le besa la mejilla. Busca su mano y ambas son madre e hija de nuevo, sentadas en su pueblo costero. Una ráfaga de olas choca contra las rocas mientras esperan juntas en paz.

—Debí haberte seguido al mar. Era mi deber. Te he fallado. —La voz de YoonHui está llena de culpa. Las lágrimas resbalan desde su barbilla. Lane las limpia con su mano. La ternura entre ellas toca a Emi en lo más profundo de su corazón. Ella nunca ha experimentado una intimidad así en toda su larga vida. La relación de su hija la reconcilia de alguna manera con las luchas de su propia vida. Piensa que quizá haya merecido la pena, si su hija ha encontrado alguien en el mundo con quien compartir su vida, alguien elegido por ella misma y que también la ama.

—Seguiste a tu corazón. Eso es todo lo que siempre he deseado para mis dos hijos. Estoy orgullosa de vosotros… De las elecciones que habéis hecho en vuestras vidas. Soy feliz de que sean vuestras propias elecciones. No podría estar más satisfecha como madre. Tenéis lo que yo nunca soñé.

Hyoung llega con la silla de ruedas, es hora de irse. Empuja la silla de ruedas y la saca de la habitación, llegando hasta el ascensor. YoonHui y Lane los siguen sin replicar, pero ella no las ve. Solo puede mirar hacia delante, a esa cara que la llama de vuelta.

Emi se concentra en la cara dorada, tan parecida a la de su hermana. Se deja llevar por la posibilidad de que su hermana esté viva todavía, de que el parecido debe tener una justificación. Emi siente en sus huesos que su hermana está conectada con la estatua de alguna manera, pero debe contemplarla de nuevo para estar segura.

HANA

Mongolia, otoño de 1943

El gruñido grave del perro despierta al resto del *ger*. El hombre mongol (*aav ni*, «padre», otra palabra que ha aprendido Hana) enciende una lámpara de aceite. Su esposa parece nerviosa. Hana finge dormir, observando a través de los ojos entrecerrados. El perro ladra advirtiéndolos. El padre, que se ha vestido a toda prisa, empuja con el pie a Altan para despertarlo. Juntos se calzan las botas y salen afuera con la lámpara en la mano. Un hombre saluda en voz alta justo antes de que la puerta se cierre dejando el habitáculo a oscuras. Una ráfaga de aire matutino se cuela en el *ger* y Hana siente un escalofrío. Se sube la manta hasta la nariz.

El canto chillón de un pájaro perfora la quietud del *ger*. Se escucha el trote de un caballo aproximándose. Con cuidado de no despertar a la madre de Altan, Hana se desliza hasta la puerta y escucha. El padre de Altan llama al jinete que se acerca, el cual responde saludando. Hana reconoce la voz.

Su corazón parece detenerse a mitad de un latido dejándole la cabeza sin sangre. No puede respirar. Aterrorizada, jadea como un pez fuera del mar. Morimoto ha vuelto.

A su corazón le cuesta mucho rato descomprimirse. Hana está de rodillas, de cara al suelo alfombrado, desesperada por no poder respirar. Ha perdido todo sentido del oído o del tacto. Es como si se hubiera perdido en el vacío. Entonces, tan repentinamente como comenzó, el pánico se disipa. Muy lentamente sus pulmones se llenan de oxígeno y puede respirar de nuevo. Cuando deja de temblar, acerca el oído a la cortina.

Los hombres conversan en mongol. El perro corre incansablemente en círculos. Hana empuja el borde de la cortina de la entrada lo bastante como para mirar a través del hueco. La luz de la lámpara de aceite brilla ante el *ger*. Mira a la madre de Altan, que sigue durmiendo.

Afuera, los dos hombres están de pie frente al *ger*. Morimoto da un trago de un frasco y su garganta blanca refleja la luz de la lámpara. Se limpia la boca con el dorso de la mano y ofrece el frasco al padre de Altan, que bebe de él antes de guardarlo de nuevo en su bolsillo del pecho. Morimoto despliega un trozo de papel y lo sostiene para que el padre de Altan pueda verlo. Hana no puede distinguir lo que hay en él. ¿Un mapa, planes militares? Podría ser cualquier cosa.

Con la lámpara de aceite en alto, el padre de Altan se inclina sobre el papel, estudiándolo. Morimoto señala algunos lugares y habla en voz baja, como si quisiera mantener la conversación en secreto. Cuando Altan vuelve de llevar al caballo de Morimoto al redil de los ponis, este dobla rápidamente el papel y se lo mete en el bolsillo del pantalón. El padre de Altan se yergue y hace un gesto hacia el *ger*. Altan asiente con la cabeza y se dirige a la puerta.

Hana vuelve a toda prisa al lugar donde duerme y se cubre con la manta justo antes de que él entre. Altan gruñe en voz baja y cae sobre su yacija. Bosteza, recoloca su manta unas cuantas veces y luego se adormece. Ya respira con pesadez cuando su padre vuelve a entrar en el *ger*. Hana espera que Morimoto entre también, pero no aparece. El padre de Altan apaga la lámpara de aceite y se tumba junto a su esposa. Pronto él también está roncando.

Yaciendo en la oscuridad, Hana se prepara para una repentina aparición de Morimoto. No hay lugar donde esconderse, así que remete concienzudamente los bordes de la manta debajo de su cuerpo, como envolviendo un cadáver, para protegerse de manos invasoras. Él está ahí fuera, y está segura de que no la dejará en paz ni siquiera una noche. Los minutos se convierten en horas y él no viene. Los párpados le pesan y, aunque intenta mantenerlos abiertos, se le cierran constantemente.

Los pájaros del amanecer cantan sobre el cielo del *ger* y vuelan muy arriba en el cielo brillante de sus sueños. Los ronquidos del padre de Altan parecen más fuertes que de costumbre, como si estuviera acostado a su lado. Hana se aleja cada vez más del *ger*, envuelta en las suaves manos del sueño, pero las manos ya no son tan suaves. Tiran de ella, arrancándola de los brazos del sueño. Se revuelve en sueños tratando de quitarse esas manos de encima y, de repente, unos dedos agresivos le separan las piernas. Abre los ojos y Morimoto se encuentra a su lado.

—¿Han abusado de ti? —susurra, y su barba de tres días le araña la mejilla.

La impresión de ver a Morimoto la deja muda. Se aparta, pero él la agarra.

—¿Te han puesto las manos encima? —pregunta con la voz ronca.

De algún modo, Hana consigue negar con la cabeza.

—¿Seguro? —pregunta él tocándola todavía.

En medio de este ataque repentino, Hana siente que la ira trepa por su garganta. Él, que la ha violado más allá de su imaginación, acusa a los únicos hombres amables que ha conocido desde su secuestro. Su cuerpo se tensa y por fin recupera su voz.

—No me han violado. Son hombres nobles, no como los soldados… no como tú.

Morimoto para de explorarla agresivamente con sus dedos. Retira la mano. Incluso a oscuras, Hana sabe que le ha hecho palpitar de ira. Cierra su *del* apresuradamente y se ata la faja de seda con un nudo doble. Sin decir una palabra, Morimoto se levanta y sale del *ger*. Hana no puede quedarse dormida. En vez de eso, escucha los sonidos de la familia durmiendo a su lado e imagina cómo habría sido todo si él nunca hubiera regresado.

Por la mañana, el padre de Altan es el primero en levantarse. Despierta a Altan y se van juntos. Hana los mira mientras se marchan y ve que Altan se gira para mirarla. Rápidamente cierra los ojos y entonces él desaparece. La madre de Altan sigue durmiendo. Hana no sabe lo que ha planeado Morimoto, si piensa llevársela hoy o si se quedará unos días más. Al cerrar los ojos, la cara de él aparece en su mente como un espíritu malvado, amenazante y mortal. Se incorpora bruscamente y aparta la imagen. Decide realizar sus tareas como si nada hubiera cambiado.

Después de encender el fuego de la estufa, guarda en los baúles su ropa de cama junto con la de Altan y la de su padre. La madre de Altan despierta lentamente y se sienta. Sonríe a Hana. Este saludo cálido que recibe con tanta sencillez significa demasiado para Hana. Siente el impulso de romper a llorar delante de ella, pero es fuerte y se lo traga. En lugar de eso, Hana se inclina frente a la mujer realizando el *sebae*, una reverencia ritual coreana, honrándola por su amabilidad. La mujer deja escapar un sonido de sorpresa. Hana se inclina tres veces y, cuando se pone de pie, la madre de Altan asiente con la cabeza en señal de agradecimiento. Entonces Hana se gira para salir del *ger* y comienza sus quehaceres matutinos, como si Morimoto no hubiera regresado para llevársela.

Llena los cubos de metal con la leche de la vaca. Lleva ambos cubos a la vez y vierte la leche fresca en la cisterna. Regresa al corral para alimentar a los ponis con rodajas de manzana. Todo esto lo hace bajo la atenta mirada de Morimoto, el padre de Altan, Altan, Ganbaatar, el hombre sin nombre y la madre de Altan. Incluso el perro parece seguirla cada vez que se mueve. Es como si todo el mundo supiera que su tiempo aquí está a punto de terminar.

Altan no va a verla al redil como ha hecho los últimos días. En vez de eso, mantiene la distancia. Ata haces de leña con cuerda mientras Ganbaatar juega con su águila. Hana ve que Altan la mira a veces, pero deja de hacerlo en cuanto ella le devuelve la mirada. Morimoto se sienta en un taburete, donde desmonta y limpia su pistola. Limpia metódicamente todas las piezas y las va colocando en filas rectas sobre un trapo pequeño.

Ganbaatar libera al águila, que sale volando hacia el cielo con un graznido. Todo el mundo la mira planear en las alturas. Morimoto rompe el silencio de asombro.

—Magnífica criatura, ¿verdad? —dice en japonés. Hana sabe que le habla a ella; la vigila, espera a que ella lo reconozca, pero no aparta los ojos del águila—. La crió desde que era un aguilucho —prosigue, como si su silencio no le molestara—. Y ahora se ha convertido en sus ojos, en su flecha, y caza para él en el crudo invierno para que no mueran de hambre.

Sobrevolándolos en círculos concéntricos crecientes, podría irse lejos y no regresar nunca, pero no lo hace. Parece como si una cuerda invisible de un radio cada vez mayor la encadenara a Ganbaatar.

—Duerme con él en su tienda, la alimenta de la mano a la boca, la acuna para darle cariño; es un miembro de la familia, más preciado que una esposa o un hijo.

Entonces Hana mira a Morimoto. La idea de que un animal puede ser más valioso que una esposa o un hijo la sorprende. Se pregunta si está diciendo la verdad o tratando de hacer parecer a los mongoles unos bárbaros atrasados. Luego recuerda cómo se relacionan con los ponis, la forma en que los animales los siguen como los patitos siguen a su madre, el cuidado y el suave tacto que Ganbaatar les muestra cada mañana. Tal vez lo que dice sea cierto.

Ganbaatar llama al águila, que lanza un grito penetrante antes de caer obedientemente sobre su brazo. Él le acaricia el pecho y la lleva a su *ger*.

Los otros saludan con la cabeza a Morimoto y se dirigen al campo de amapolas; Hana rápidamente se dispone a seguirlos para que no la dejen sola con él. Rodea el *ger*, pero Morimoto se pone delante de ella, bloqueando el camino.

—¿Dónde vas? —Huele a grasa y metal.

—Tengo tareas que hacer en el campo —dice, y se aleja unos pasos de él. Mira por detrás de su hombro a la nuca de Altan, deseando que el chico se detenga y la espere.

—Tus tareas han llegado a su fin —dice Morimoto, y la dirige hacia la puerta del *ger*.

Hana conoce sus intenciones, sabe que él solo ha pensado en ella todo el tiempo que ha estado viajando hacia aquí. Si hace lo que él quiere, será rápido. Él se satisfará y entonces ella podrá bajar al campo como si nada hubiera pasado.

Se sorprende agarrándose al marco de la puerta. Su mano lo aprieta, sus uñas se clavan en la madera. Él levanta la cortina y trata de empujarla adentro. La mano de ella se aferra al marco de la puerta y se resiste. Él la mira desde arriba.

—¿No me has echado de menos?

Sonríe y parece sincero. Es como si fuera un hombre diferente, alguien que ha olvidado lo horrible que ha sido con ella. Hana no puede comprender su expresión.

—¿Y bien? —pregunta él, esperando una respuesta. Hana se humedece los labios pensando en la mejor manera de contestar. Nada le viene a la mente. Lo mira fijamente, enmudecida. Una nube parece cruzar la cara de Morimoto. Su expresión se oscurece. La agarra del brazo y la mete en el *ger* detrás de él.

Morimoto la empuja al suelo y desata la banda de seda que Altan le dio. Ella yace debajo de él, con la actitud inanimada que se ha convertido en su refugio. ¿Rendirse a él sin luchar la convierte en prostituta? Él le besa el cuello. Si ella no lucha, ¿le está dando permiso?

Los instintos de Hana le dicen que se quede quieta para que no le haga daño o la mate. Sus manos fuertes podrían retorcerle el cuello sin apenas esfuerzo, y entonces no volvería a ver a su madre. La cara de Altan aparece en su mente. No volvería a ver a Altan. La tristeza que siente la sorprende.

Morimoto la besa en la boca, pero ella no le devuelve el beso.

—Pensé que estarías más ansiosa por verme —dice.

Hana cierra los ojos para apartarlo de su vista. Está cansada de sus delirios.

—Te traje algo —le susurra al oído—. Te lo daré después.

Reafirma su posesión sobre su cuerpo, presta atención a cada centímetro de ella con el mismo detalle con el que desmontó y limpió su pistola. Hana mantiene los ojos cerrados todo el tiempo. Esta vez alcanza un nuevo récord, contiene la respiración durante ciento sesenta y tres segundos, y casi se desmaya.

Él fuma en pipa mientras ella se viste, luego se fija en la faja que Hana se ata alrededor de la cintura. Hana hace un solo nudo para no llamar demasiado la atención, pero Morimoto se da cuenta de todos modos.

—¿De dónde has sacado eso?

—¿Esto? La mujer mongola me la dio porque no tenía ropa. Quemó los harapos con que me trajiste. —Se da la vuelta rápidamente y se pone las botas una por una.

Él muerde el extremo de la pipa, pero no el cebo.

—No, el abrigo no. El cinturón bonito. ¿Qué es, seda? —pregunta, y le pide a Hana que se acerque.

Ella vacila antes de obedecer. Morimoto levanta una ceja cuestionando la pausa. Ella mira hacia el suelo y se acerca a él. Se arrodilla delante de él. Morimoto frota la tela de seda entre el pulgar y el índice como si estuviera calculando su valor. Deja la pipa sobre su rodilla y comienza a desatar la faja. Hana mantiene el *del* sujeto con ambas manos, temerosa de que quiera desvestirla por segunda vez. En lugar de eso, Morimoto sostiene la faja ante él, repasando el delicado diseño en toda su extensión.

—Es un ornamento de honor —dice, sin apartar la vista del complejo bordado—. ¿Quién te lo dio?

—¿De verdad importa tanto?

—Sí. Es un regalo. Y valioso.

—Tal vez son más generosos de lo que pensabas.

Morimoto baja la faja e inspecciona la expresión de Hana. Su mirada de halcón la inquieta. Hana se gira.

—Las mujeres no usan fajas. Para facilitar el acceso —dice finalmente con una sonrisa—. Así que quien te dio esto lo hizo con un propósito.

—La mujer mongola usa una.

—Ah, pero la suya es más bien un cinturón para colgar sus herramientas de trabajo. Esta, bueno, esta es más, digamos... ¿decorativa?

Sus ojos la acusan de mentir, pero no dice nada explícitamente. El silencio entre ellos la perturba. Morimoto se ríe y le lanza la faja a la cara. La faja se desliza al suelo. Y ahí se queda. Él levanta la pipa hacia sus labios, aspira una bocanada y echa un chorro de humo hacia la cara de Hana. Sus ojos lloran. Tose.

—Así que alguien te ha reclamado, ¿verdad? ¿Cuál, el joven amigo de Ganbaatar? ¿El niño pequeño? ¿Quién te quiere para él?

Temiendo por Altan, empieza a pensar rápido. Tal vez si puede hacer que se enfade, Morimoto dirigirá su odio hacia ella en vez de hacia él.

—Ninguno aquí es como tú. Tú eres el único que me reclama como una propiedad aunque sabes que haría cualquier cosa para escapar de tu alcance.

Él se incorpora en el asiento y parece que vaya a golpearla. Ella se tensa, preparada para el golpe. Pero parece que Morimoto cambia su táctica y sonríe como una serpiente que se prepara para golpear.

—Podemos seguir discutiendo todo el día si quieres. O puedes parar y decirme quién te dio esto.

Ella no lo mira, dirige la vista a los colores brillantes, amarillos y azules, que adornan la faja. Ya empieza a dolerle el corazón, una gran herida de nostalgia.

—Nos vamos por la mañana —dice él, intentando que reaccione. Como Hana no contesta, añade—: Supongo que quien sea dispone de una última noche para soñar con un futuro a tu lado que nunca se cumplirá.

La verdad que hay tras sus palabras la aplasta. Hana no puede evitar hundirse internamente. Exteriormente aguanta con los hombros erguidos, con rigidez, negándose a mostrar cuánto daño le ha hecho.

—¿Por qué tengo que ir contigo?

Si está sorprendido por su pregunta repentina, no permite que se le note. Da una calada a la pipa y mueve una mano despectivamente.

—Te necesito. Solo tú puedes quitarme mi pena.

¿Su pena? Ya la obligó en el burdel, durante muchas noches de insomnio, a escuchar sus quejas, cuando todo lo que ella quería era descansar de la tortura diaria. Morimoto aparecía en su habitación como un fantasma, la despertaba de su sueño y exigía que le sirviera también a él. Después de eso tenía que permanecer despierta para escuchar sus palabras. Quiere escupirle en la cara, pero Morimoto le acaricia la mejilla. Le va a contar su historia y, una vez más, va a tener que escucharle.

—Los americanos mataron a mi familia —dice, y su expresión parece indicar que su mente vaga muy lejos—. Mi esposa, mi hijo pequeño. Antes de que estallara la guerra los envié a vivir con mi hermano, a California, para que estuvieran a salvo.

Su actitud cambia. Parece sumiso.

—¿Cómo murieron? —pregunta Hana sin poder evitarlo. Nunca antes había mencionado a su familia.

Morimoto respira hondo y exhala tan despacio que Hana se pregunta si se ha enfadado con ella, pero finalmente continúa.

—Japón bombardeó América. ¿Sabías eso? Hundimos sus acorazados en la base naval de Hawái. Fue un ataque preventivo para mantenerlos fuera de la guerra, pero no funcionó. Los hizo enfadar, vaya, así que se unieron a la guerra. Declararon a todos los japoneses residentes en América traidores y espías. Los reunieron en campos de concentración, obligándolos a abandonar sus hogares y pertenencias para vivir en la miseria. Mi hijo murió de hambre, y luego, mi esposa, afligida por el dolor y sintiéndose abandonada por mí porque me encontraba luchando en la guerra del emperador, se ahorcó.

Hana digiere sus palabras tratando de imaginar el dolor que debió de sentir al enterarse de sus muertes. Morimoto envió a su familia a América para mantenerlos seguros, pero en vez de eso sufrieron y murieron. Hana mira su rostro a la tenue luz del *ger*, pero, por mucho que lo intenta, todavía no puede ver en él a un hombre digno de piedad. No queda humanidad en él. Su humanidad murió con su familia.

—Cuando te vi en el mar supe que los dioses te habían enviado a mí. Estoy seguro de que estás hecha para mí y que un día me darás otro hijo.

Morimoto nunca la dejará escapar. El futuro que tiene planeado la pone enferma. Podría dejar que la llevara con él y, cuando menos lo sospechara, tratar de escapar. Reproduce imágenes de ese futuro en su mente, pero al final se ve a sí misma tratando de huir con un bebé en sus brazos. Su bebé. Preferiría morir antes que dar a luz a su hijo. Pero otro pensamiento entra en su mente. Preferiría matarlo, o morir intentándolo.

Morimoto baja la pipa y saca una bolsita del bolsillo de su abrigo. Mientras observa cómo abre la bolsa, Hana alberga cierta esperanza de que contenga su fotografía. Es un pensamiento sin sentido, pero la hace parecer ávida de curiosidad por lo que le ha traído.

—Son para ti —dice sacando dos pulseras de oro, como un orgulloso pretendiente.

Decepcionada, Hana mira fijamente las baratijas. Morimoto agarra su brazo y desliza las pulseras por su delgada muñeca. Cascabelean al chocar entre sí y es un sonido que le recuerda a las cadenas de una prisión.

—¿Te gustan? —pregunta.

Hana sabe cómo complacerle, y que lo satisfará simplemente asintiendo con la cabeza. Consigue hacerlo empleando todo su esfuerzo.

En el campo de amapolas, Hana se mantiene alejada de Altan y de los demás. Su miedo, en parte, es que si se acerca demasiado puedan oler el sexo en ella, o que puedan sentirlo. ¿Se convertirían también en animales si supieran lo que realmente es ella para Morimoto? El cuchillo, que el día anterior le parecía liviano, ahora le resulta pesado y difícil de manejar cuando corta los bulbos. Morimoto está ocupado hablando con el padre de Altan, pero a veces mira en dirección a ella.

Altan pasa a su lado. Su sombra cae sobre la cara de Hana, pero ella hace como que no lo ve. Se aleja de él avanzando en dirección opuesta. Ahora que ha empezado a caminar, es como si no pudiera parar. Sus pies tienen vida propia y pronto está fuera del campo de amapolas, alejándose de ellos y dirigiéndose hacia las montañas. La vasta masa rocosa parece atraerla, y es incapaz de ignorar su llamada. Morimoto la sigue, pero ella no se detiene.

Morimoto va montado en un poni y pronto la alcanza. Ella trata de rodearlo, pero él vuelve a cortarle el paso. Es un juego de gato y ratón, pero ella se niega a ser el ratón. No corre. Camina pacientemente alrededor del poni una y otra vez. Morimoto se cansa del juego y se baja del animal, que sale trotando hacia su gente, hacia el campo de amapolas. Morimoto la agarra por el codo y la arrastra hacia atrás. Ella lucha contra él. Él la abraza contra sí. Ella es como un pez, se retuerce en vano contra la garra cruel del pescador. Porque si el pescador está más hambriento que el pez, este no tiene ninguna posibilidad, y Morimoto está tan hambriento que ella no puede escapar.

—No me hagas atarte de manos y pies delante de ellos. Lo haré si tengo que hacerlo, pero no quiero. —Respira contra su oído, algo alterado.

—No me importa. Déjales ver lo que soy para ti. Nada más que un animal.

—No un animal. Mi esposa. ¿Aún no lo entiendes? —Intenta besarla, pero ella lo aparta.

—Tenías una esposa. Murió. Tuvo suerte.

Él la abofetea y ella cae al suelo. Le sale sangre por la nariz, y le entra en la boca. Se lame el labio. El sabor le recuerda que se ha vuelto fuerte de nuevo.

—Nunca seré tu esposa —dice, y se quita los brazaletes. Se los tira a la cara.

—Mira a tu alrededor —replica extendiendo los brazos—. No tienes elección.

Morimoto se carcajea levantando la cara hacia el cielo. Luego niega con la cabeza como si ella fuera la lamentable. Recoge los brazaletes del suelo antes de tenderle una mano para ayudarla a ponerse de pie. Ella le escupe. Se pone en pie y se yergue hasta adquirir toda su altura. Morimoto, sin apartar los ojos de ella, chupa la saliva de su mano. Luego se vuelve hacia el campo de amapolas.

Hana no lo sigue inmediatamente. Lo observa durante mucho tiempo pensando en lo que va a suceder. Se la llevará por la mañana y comenzarán juntos su vida como marido y mujer. Será como vivir en una jaula. Altan se queda parado entre los tallos de amapola y Hana no puede ver su expresión mientras Morimoto pasa a su lado en dirección al campamento. Altan no se mueve hasta que Hana vuelve por fin al campo. La mira con expresión interrogativa, pero ella no responde. Altan es demasiado joven, demasiado inocente como para entender lo que está pasando. No ha vivido tantas cosas como ella en estos últimos meses. Hana mantiene la cabeza agachada mientras corta los bulbos de amapola, uno por uno.

Esa noche no hay canciones. El padre de Altan y Morimoto repasan unos planos mientras que Altan, tirado en una esquina, reposa con gesto de enfado. La mente de Hana recorre los recuerdos de los últimos días. Caen como hojas en un charco, arremolinándose, flotando en círculos y dibujando una espiral interminable. Ella es el vórtice, tirando de ellos hacia dentro, negándose a dejarlos ir. Si no volviera a ver nunca más su casa, podría ser feliz en este lugar, y ese pensamiento la asusta. Abandonaría a su madre, a su padre e incluso a su hermana para no volver a ver nunca más a Morimoto ni a ningún otro soldado como él.

Cuando todos se echan a dormir, Hana se sorprende al descubrir que han invitado a Morimoto a unirse a ellos en el *ger* de la familia. Duerme cerca de Altan, al otro lado de la estufa. Su presencia la sofoca. Ha invadido la serenidad que sentía entre esta gente. Trata de recordar el primer momento en que sintió paz, pero su mente se queda en blanco, como si los recuerdos la hubieran abandonado. Entrando en un estado de pánico, abre los ojos y observa el *ger* oscuro cuando un pensamiento singular florece en su mente: «Sé donde la madre de Altan guarda los cuchillos del campo».

Hana sabe perfectamente el que quiere. El de Altan, corto, con mango de hueso, que tiene la hoja más afilada. Se lo prestó la primera mañana de trabajo en el campo de amapolas. Se deslizaba a través de la carne de los bulbos sin resistencia, con un corte limpio, rápido y preciso. Era pequeño, fácil de manejar. Podría acercarse a Morimoto escondiendo el cuchillo en sus largas mangas, arrodillarse junto a él sin que sospechara el motivo hasta que fuera demasiado tarde. Sería tan simple como cortar un molusco del arrecife. Una rebanada limpia, profunda y controlada, y sería libre.

Hana se imagina sujetando la hoja contra su garganta. Se recrea visualizando el recorrido de la cuchilla de izquierda a derecha, imaginando la presión justa para cortar la carne. Repite la imagen una y otra vez hasta que su mano se mueve por el aire en golpes rápidos y seguros, practicando.

Se apoya contra la suave manta que tiene debajo y se levanta de rodillas. Se detiene, esperando que los cuerpos dormidos perciban su movimiento. Los dos hombres están roncando y, entre las pausas, Hana puede distinguir la respiración constante de la madre de Altan. Altan está acurrucado contra la pared, inmóvil. Levantándose, observa la habitación. Los sonidos de los cuerpos dormidos la tranquilizan. Su propia respiración es tranquila y profunda, lo que tranquiliza el temblor nervioso de su corazón. Camina de puntillas alrededor de la madre de Altan y esquiva cuidadosamente los cuerpos dormidos.

Los cuchillos están guardados en una caja de madera al lado de la despensa. Sabe que las bisagras chirrían cuando se abre, así que escupe sobre ellas, esperando que su saliva lubrique el metal. La tapa se levanta con apenas un susurro. En su interior, la pequeña hoja con el mango de color blanco hueso brilla como si supiera que ha sido elegida para esta tarea mortal. Hana lo saca de la caja y una corriente eléctrica parece fluir desde el hueso liso hasta su mano, viajando por su brazo y su pecho, apuntalando su determinación con una nueva sensación de poder.

Cierra la caja, agarra el cuchillo e imita lo que intenta hacer. Le resulta cómodo cogerlo, el movimiento de rebanar es un movimiento natural. Tiene que rodear la cabeza del padre de Altan para llegar a Morimoto. Cuidadosamente, pisa alrededor de la yacija de piel del hombre, moviéndose muy lentamente para que la brisa que generan sus pasos no haga rozar el pelo de la manta contra la mejilla del padre de Altan. Paso a paso lo deja atrás, con los ojos atentos a cualquier movimiento dentro del *ger*. Las respiraciones disfrazan sus pasos. Ya cerca de Morimoto, se obliga a permanecer en calma. Un paso, dos pasos. Tres más y por fin está allí, cerniéndose sobre él. Escucha los ritmos de su sueño, la sensación de familiaridad la enfurece. Agarra el cuchillo aún más fuerte. Ya puede ver su mano deslizándose por su cuello, grácil y poderosa a la vez, y su determinación se solidifica.

Respira hondo antes de arrodillarse a su lado. Ha estado junto a él en demasiadas ocasiones. Sabe cuándo está soñando, cuándo puede apartarse de su lado para limpiarse o hacer sus necesidades. Observa su cara, iluminada solo por unas brasas rojas que se van apagando en la estufa. Sus párpados tiemblan. El odio se hincha dentro de ella con cada movimiento. Ha llegado el momento.

El cuchillo asume vida propia y se cierne sobre la garganta expuesta. Las manos le cosquillean como si se le hubieran dormido. «Un corte. Eso es todo lo que se necesita. Hazlo ahora». La voz de su padre la sorprende. Es un eco de su infancia. La primera vez que destripó un pez. Estaba mojado, pegajoso y se le caía todo el rato de la mano, intentando alejarse hacia el agua. Esto será igual. Y como el buey moribundo. Terrible pero necesario. Para poder vivir, para librarse de él.

Hana presiona ligeramente la hoja contra el cuello de Morimoto. Aguantando la respiración, calcula la cantidad de presión necesaria para cortar su tráquea y evitar que grite. Exhala completamente, tensa su estómago y su brazo antes de comenzar el recorrido de izquierda a derecha, tal como ha ensayado en su mente. Pero, sin previo aviso, sus brazos se elevan en el aire. Su cuerpo se sacude hacia atrás. Una fuerza repentina la desorienta y cae al suelo. Tarda un momento en darse cuenta de que ha aterrizado sobre alguien. Luchan por el cuchillo. Sus manos son poderosas y seguras. Se gira para ver su cara. Es Altan.

El chico aprieta un punto de presión en su muñeca. Se le cae el cuchillo. Él lo coge antes de que ella se recupere y se lo guarda en su cinturón. Ambos están sin aliento. Ella quiere gritarle, pero no puede arriesgarse a despertar a los demás. Altan no dice nada, pero su expresión es suficiente. Está sorprendido, o quizá se siente asqueado.

Ella le devuelve la mirada, aunque en su mente quiere explicárselo. Pero él nunca lo entendería. No tienen palabras comunes que puedan viajar del uno al otro. Altan se levanta y sale rápidamente del *ger*.

Ella no lo sigue. Hay otros cuchillos en la caja. Podría coger otro y terminar el trabajo, pero la cara de Altan la detiene. Nunca la perdonaría. Se vuelve hacia Morimoto, el hombre que la ha convertido en una asesina en potencia. Si ella sigue adelante con su plan, no sería una persona mejor que él y que los otros hombres que la torturaron. Ese pensamiento es difícil de digerir. ¿Vale la pena ser mejor que ellos?

Mirando fijamente a Morimoto, rechina los dientes de frustración, ira y odio. Cierra los puños, saboreando el dolor de las uñas hendiendo su carne. Tiene una relación íntima con el dolor. La aleja de su neblina de odio. La cara de Altan se eleva en su mente como una luna nefasta. La expresión de su cara mancha la memoria de Hana. La inocencia en sus ojos parecía perdida. ¿En qué se ha convertido ella?

Morimoto sigue durmiendo. Se visualiza a sí misma rajándole la garganta por última vez antes de volver a su manta y acostarse. Su cuerpo se inclina contra el suave acolchado como si hubiera caminado miles de kilómetros. Podría dormir un día entero y no se recuperaría del esfuerzo que supone acostarse sabiendo que Morimoto se la llevará por la mañana.

Nunca volverá a ver a Altan, y la última imagen que tendrá de él será el horror en su cara cuando la miró a los ojos. Imagina lo que él ha visto, su merodeo a través de la oscuridad preparándose para asesinar a un hombre dormido. Debe de pensar que ella es la más inferior de las criaturas. Debe despreciarla. Hana cierra los ojos y espera no verlo por la mañana, espera que se sienta tan disgustado que se aleje del *ger* hasta que ella se haya ido. Cierra aún más los ojos y trata de convencerse de que no le importa.

Más tarde, todavía de noche, despiertan a Hana. Ella teme que sea Morimoto. Golpea duramente la mano que le sujeta el brazo, pero una joven voz la manda callar entre susurros. Altan se lleva un dedo a los labios y la insta a seguirlo. Está vestido y lleva una cartera de cuero colgando del hombro. Ella se incorpora sentándose. Sin mirarla, le entrega las botas de gamuza que su madre le ha regalado. Se las pone y él la saca del *ger*.

Afuera, Ganbaatar está de pie junto a la puerta y Hana se siente desconcertada. Él se lleva un dedo a los labios, tal como hizo Altan, y Hana se detiene, intentando entender lo que están tramando. Altan todavía la lleva de la mano, alejándola del *ger*. Ganbaatar los sigue, y a medida que se dirigen hacia el *ger* más pequeño, situado detrás del corral, Hana se da cuenta de que puede que no esté segura con ellos.

Se aparta de Altan, pero Ganbaatar va detrás de ella, la coge de ambos hombros y la empuja hacia delante. Ella se resiste, pero él no le hace daño. En vez de eso, le susurra algo suavemente al oído. Ella no lo entiende, pero sabe que no quiere esperar más para saber lo que pretenden. Le da un cabezazo. El golpe le nubla la vista. Él la suelta y ella se gira para salir corriendo, pero Altan agarra la faja de seda que lleva atada a la cintura. Ella trata de quitársela, pero él sigue agarrando, sacudiendo la cabeza lentamente. Su expresión no es de enfado, sino de preocupación. Sigue mirando hacia el *ger*.

—Hana —dice tratando de calmarla, antes de soltar la faja.

Hana deja de luchar y se dispone a escuchar qué quieren de ella. El chico señala el *ger* pequeño. Hay dos ponis atados al poste, ambos animales ensillados, como si estuvieran preparados para un viaje. Altan levanta el bolso, lo abre para que Hana pueda ver lo que hay dentro. Está lleno de raciones de alimentos, botellas de agua y otros artículos de viaje. Poco a poco, Hana va entendiendo sus intenciones. Quiere ayudarla a escapar.

Frotándose el golpe en la cara, Ganbaatar sonríe y le señala la cabeza. Ella le sonríe y también se frota la cabeza, reconociendo que le duele. Los tres caminan en silencio hacia los ponis. Ganbaatar la ayuda a subir al blanco con patas negras. Altan saca el cuchillo de su cinturón y se lo da a Hana. Le dice algo a Ganbaatar, que asiente con la cabeza y le da unas palmaditas en el hombro, luego desata los ponis del poste. Altan salta sobre el mismo poni, detrás de Hana, sorprendiéndola. Ella lo mira por encima del hombro, pero él se limita a azuzar al poni y ambos salen cabalgando. El poni de repuesto los sigue diligentemente, como si también conociera el camino.

Cuando sobrepasan el campo de amapolas, Altan espolea al poni para que galope. Pronto va a la máxima velocidad, surcando la oscuridad como si hubiera recorrido la ruta una y otra vez. Altan lo espolea en los costados cuando pierde velocidad por los cambios del terreno. Su ansiedad es contagiosa y pronto Hana está instando al poni a acelerar mediante pura voluntad. Viajan por una pendiente rocosa; sospecha que deben de estar subiendo por la base de la montaña que hay detrás de su campamento.

Las estrellas brillan sobre ellos. Hana escucha por si oye algún galope acercándose, y la imagen de Morimoto persiguiéndolos hace que el suspense sea aún más difícil de soportar. A veces cree que oye a su caballo negro galopar detrás de ellos, pero solo es cosa de su imaginación.

Cuando el sol decide salir a bañar la tierra, sus ojos finalmente ven el camino que seguía el poni. Un estrecho sendero de cabras serpentea por el paso de montaña. Solo han recorrido un cuarto del camino, por lo que no puede ver mucho más allá de los árboles inmediatos y las rocas que los rodean. La necesidad de saber si están siendo perseguidos le produce un nudo en el estómago.

Los brazos de Altan la rodean mientras toma las riendas, dándole un poco de consuelo. No sabe dónde piensa llevársela o cuánto tiempo permanecerá con él, pero se alegra de que haya venido. La expresión de repugnancia en su cara cuando impidió que matara a Morimoto sigue impresa en su mente. Quiere desaparecer por la vergüenza y la culpa. Su único consuelo es que Altan no sabe lo que ha vivido por culpa de Morimoto. Tampoco tiene ni idea de lo que el futuro le depara. Tal vez si hubiera podido contarle estas cosas, él habría dejado que el cuchillo atravesara la garganta de Morimoto y no tendrían que huir. Todos estos pensamientos desfilan por su mente una y otra vez mientras el sol sale y se agotan las energías del poni, hasta que finalmente se detienen.

Altan la ayuda a desmontar antes de quitar la silla y colocarla en el poni de reserva. Le da al poni exhausto un poco de agua de una de las bolsas antes de montar a Hana en el poni fresco y subirse detrás de ella. Continúan su veloz huida, siempre hacia arriba, a través del escarpado paso de montaña, ignorando el dolor que produce cabalgar a tanta velocidad durante tanto tiempo. Parte de la ansiedad que sufre Hana es considerar la pequeña posibilidad de que se escapen realmente, de que Morimoto haya dormido toda la noche y de que solo ahora se despierte para descubrir que ella se ha ido, la posibilidad de que con la ayuda de Altan pueda ser verdaderamente libre. El pensamiento es demasiado maravilloso para creerlo, por lo que templa sus emociones, ahogando la esperanza, y se concentra solo en el sol naciente, en los pasos seguros del poni y en los brazos de Altan rodeándola mientras guía al animal a través del amanecer brumoso.

El estrecho sendero se eleva y luego la nariz del poni los conduce al otro lado del paso de montaña. Es más fácil bajar que subir, y el poni va casi al galope. Esquiva obstáculos a lo largo del camino con agilidad, y todo lo que Hana puede hacer es agarrarse. Altan parece notar que Hana está teniendo dificultades y apoya su pecho contra su espalda. Se mueven como uno solo por la montaña; las praderas ondulantes se extienden bajo ellos como un océano verde. Podría vivir en esta tierra; en el momento exacto en que lo piensa, oye caer una roca detrás de ellos.

Al principio cree que debe ser el otro poni que va detrás, pero cuando mira por encima del hombro para asegurarse, se queda sin respiración. Es como si le hubieran apretado los pulmones con una abrazadera. El caballo negro de Morimoto viene al galope por el sendero, detrás de ellos. El latigazo de la fusta resuena a través del aire espeso. Altan también lo oye y espolea al poni a toda velocidad. El pequeño y robusto caballo obedece y pronto llegan a la pradera.

Van demasiado rápido como para que Hana pueda mirar hacia atrás, pero la cercanía del caballo negro es fácilmente detectable por el sonido de la fusta contra la carne. Se está acercando. El poni está sobrecargado con dos jinetes. Es demasiado lento para superar al caballo de Morimoto en un esprint completo a través de la llanura.

Altan mira rápidamente por encima del hombro y grita lo que debe ser una maldición. Espolea al poni una y otra vez, urgiéndolo a ir más rápido, pero el animal no puede darle lo que quiere. Sin previo aviso, Altan es derribado del poni. Hana mira detrás de ella y lo ve rodar por el suelo. Morimoto lo ha cazado con un lazo como a un caballo. Morimoto detiene su caballo junto a Altan. El poni sigue galopando a toda velocidad y Hana toma las riendas. Lo hace seguir adelante, desesperada por alejarse, pero no puede evitar mirar hacia atrás una vez más. Morimoto está en el suelo golpeando a Altan con los puños. Es seguro que matará al chico.

Hana no puede dejarlo atrás. Grita con rabia, tristeza y arrepentimiento. El sonido resuena a través de la estepa y el poni se detiene de repente. Lo hace girar de golpe, regresando por donde vino, de vuelta a Altan y al cautiverio, o quizá a su muerte.

Morimoto está encima de Altan, descargando poderosos golpes con sus brazos contra la figura que yace inmóvil debajo de él. El poni galopa hacia ellos, pero Hana teme que no llegará a detener la paliza antes de que sea demasiado tarde. Los sonidos del puño de Morimoto contra la cara de Altan llegan hasta ella incluso por encima de las pisadas del poni. Al acercarse, recuerda el cuchillo que tiene metido en la faja. Pasa la mano por encima para comprobar que todavía está allí antes de que el poni frene de golpe, y descabalga con las piernas temblorosas.

A su llegada, Morimoto se separa de encima de Altan y lo obliga a arrodillarse. Con los puños manchados de la sangre del chico, Morimoto se gira para mirar a Hana. Tiene una mano apoyada en la empuñadura de la espada que cuelga de su cinturón. Ella toca el cuchillo metido en su faja. El resbaladizo mango de hueso la tranquiliza mientras se prepara para sacrificarse.

La cara de Altan se hincha ante los ojos de Hana; ya tiene el ojo derecho cerrado. El chico grita a Morimoto palabras que suenan como balazos, pero no tienen efecto. La atención de Morimoto se centra únicamente en Hana, que se está acercando a ellos. Los ojos de Morimoto centellean, negros y brillantes, reflejando el sol del mediodía. Ella recuerda el día en que la robó, de pie sobre las rocas negras bajo las que se escondía su hermana. También ese día fue a su encuentro voluntariamente. Parece que su destino es rendirse ante él.

Por un momento se imagina a sí misma volviéndose hacia el poni, saltando sobre el animal y huyendo envuelta en una nube de polvo. Entretiene sus sentidos imaginando la posibilidad. Incluso mientras disfruta de la imagen sabe que nunca sucederá algo así. Su vida sería inútil si dejara que Altan muriera. El chico todavía está gritando palabras que suenan a maldiciones, amenazas infantiles contra el poder de un soldado fuerte. La mano de Morimoto se apoya ligeramente sobre la empuñadura de su espada. Cuando Hana está a unos pasos, Altan se pone en pie y le pide a Morimoto que desenvaine su espada.

—Alto —dice Hana con voz suave pero firme.

Altan extiende una mano, como si la advirtiera. Ella agita la cabeza lentamente.

—No le hagas daño —dice.

—¿Por qué no?

La expresión de Morimoto es tan oscura como sus ojos. Ella entiende que quiere asesinar a Altan. Bastaría un movimiento rápido para que la cabeza de Altan se separase de su cuello, y nunca vería otro cielo azul mongol o sonreiría con esa inocencia que hace que el sol parezca más brillante todavía.

—Porque he venido. Estoy aquí.

—Quizá os mate a los dos.

La sonrisa que se extiende por su cara le recuerda a la máscara del villano en un baile folclórico de *talchum*. Morimoto es un dios malvado que ha regresado para castigarla por los pecados de otra vida.

—Mátame si debes, pero él es solo un niño. No tiene la culpa.

Morimoto parece sopesar la decisión, pero no le quita los ojos de encima. Hana comienza a temer por sus vidas; se acerca a Altan y le toca la cara magullada.

—Lo siento mucho —dice, sabiendo que él no puede entenderla.

Altan la empuja alejándola de Morimoto, hacia el poni. Ella se resiste, clava los pies en la tierra. Las lágrimas del chico se mezclan con la sangre que gotea de su boca. Intenta con todas sus fuerzas volver a subirla al poni, gritándole todo el tiempo, pero ella es inamovible. Él se resbala y cae sobre la hierba seca. Agarra una de sus piernas y la empuja hacia el poni. Su lucha es una pantomima en un escenario vacío, y su único espectador está sonriendo con un placer perverso. Es una tragedia en tiempo real y Hana debe soportarla por el bien de Altan. Ahora el chico está arrodillado, con la frente apoyada en el muslo. Está murmurando entre sollozos palabras que solo Morimoto puede descifrar. Ella mira fijamente a su captor, audaz e inmóvil, y cuando este mira hacia otro lado se permite acercarse a Altan.

Hana se inclina hacia él y levanta suavemente su cara para encontrarse con la suya. Acaricia su mejilla y se inclina hacia abajo, besándole la frente con ternura. Coge sus manos y lo ayuda a ponerse de pie. Altan suplica, pero Hana niega con la cabeza. Necesita toda su entereza para forzarse a sonreírle.

—Estaré bien —dice en voz baja—. Vete a casa, Altan.

El chico le dice algo agarrándole las manos. Mira por encima de su hombro y le grita algo a Morimoto. Ella le vuelve la cara y lo mira a los ojos.

—Vete a casa, Altan —repite, esta vez con más fuerza.

Le urge a montar en el poni. Él se resiste al principio, pero ella insiste, empujándolo hacia el animal, hasta que el chico no tiene más opción que agarrar la silla y montarse. La mira desde arriba.

—Adiós, Altan —dice, y le hace una reverencia.

—Hana —contesta él con la voz quebrada.

Ella niega con la cabeza. Señala hacia el camino por donde vinieron, cruzando la montaña, de vuelta a la seguridad de su familia. El chico mira fijamente a Morimoto y, por un momento, Hana teme que vaya a cargar contra él. Hana se coloca delante del poni para que, llegado el caso, tuviera que rodearla para hacerlo. Parece que el chico se lo piensa mejor y la mira por última vez. Luego da la vuelta al poni y lo espolea fuerte. El poni se lanza al galope y cruza la pradera a toda velocidad, dejándola atrás.

Hana lo observa como si su vida dependiera de ello. Sus ojos se cansan viéndolo desaparecer a la sombra de la montaña. Incluso después de que se haya ido, Hana busca una partícula del chico en la distancia, contra la gran montaña de roca. Cuando ya no puede discernir entre él y la montaña, aprieta el cuchillo en su faja.

Las pisadas de Morimoto crujen sobre la hierba quebradiza mientras se acerca a ella, pero Hana no se gira hacia él. La imagen de Altan al galope todavía arde en su mente. Deja caer los hombros y su anterior postura desafiante se descompone. Mira fijamente al suelo, esperando a que Morimoto se acerque. Él se para detrás de ella. Hana agarra el cuchillo y se gira para mirarlo.

—Me has deshonrado huyendo con ese chico. ¡Y ahora lo has estropeado todo! No puedo volver a confiar en ti. ¿Te das cuenta?

Su rostro está lleno de furia. Le agarra la muñeca, pero ella es demasiado rápida. Desenvaina el cuchillo y lo levanta en el aire para llevarlo directamente a su corazón. Morimoto la agarra el brazo. Hana lucha con todas sus fuerzas, empujando la hoja hacia su pecho. Mientras lucha contra ella, la cara de Morimoto es de incredulidad y sorpresa, pero rápidamente recupera la compostura y le tuerce la muñeca. Hana deja caer el cuchillo en la hierba antes de que le parta el brazo en dos. Morimoto empieza a decir algo, pero Hana no se detiene; le da un rodillazo en la entrepierna para escabullirse de su presa.

Él se queda sin aliento y ella sale corriendo. Hana sabe que no puede superar en velocidad a su caballo, que es inútil intentarlo, pero sus piernas no parecen preocuparse por la realidad de las cosas. Se da la vuelta y empieza a correr. Sigue los pasos de Altan, regresa hacia la montaña, aunque su mente racional sabe que no lo logrará.

Morimoto no la persigue a caballo. Corre tras ella, y Hana no es rival para su velocidad y fuerza física. Sus dedos la agarran del pelo y tiran de ella hacia atrás haciéndola caer al suelo. Cae como un saco de piedras, expulsando todo el aire de sus pulmones. Aturdida, grita cuando Morimoto la arrastra por el pelo hasta el caballo. Se agarra con las manos a su muñeca, pero eso no alivia el dolor en su cuero cabelludo. Sus pies patean el suelo, luchando por mantener el ritmo. Morimoto se detiene repentinamente y la libera. Hana cae al suelo, la cara entre las manos. Él le da una patada en la tripa.

—Debería matarte.

Hana se hace una bola en el suelo y él la patea de nuevo, esta vez en las espinillas. Le agarra los antebrazos y se los quita de la cara. Ella le lanza patadas, pero él la tiene dominada. Se sienta sobre su pelvis y empuja sus brazos contra el suelo, uno a cada lado de la cara. Hana se resiste como un animal rabioso atrapado en una trampa.

—¡Basta! —grita él, y la levanta por los brazos antes de golpearlos de nuevo contra la tierra, haciendo chocar su cabeza contra el suelo. Hana ve una explosión de estrellas. El cielo parece caer sobre ella en forma de remolino. La presión del peso de Morimoto sobre ella hace que se ahogue. No tiene fuerzas para seguir respirando.

—¿Por qué sigues huyendo de mí? ¿Después de todo lo que te he dicho, después de los planes que he hecho para los dos?

Morimoto deja caer la cabeza junto a la de ella, y su barba le raspa la sien. Tumbados uno junto al otro, podrían parecer amantes haciendo un pícnic en un parque. El caballo y el poni de repuesto, que mordisquean juntos la hierba cercana, son pintorescos. Podría estar en casa. La comodidad del *ger* atrae sus sentidos. El viento recorre su cabello. El aire huele a tierra caliente. Había una cierta bondad en este sitio que le hacía recordar su hogar. Cierra los ojos y recuerda la cara sonriente de su hermana.

—Tenía una vida tranquila. Me la quitaste. Nunca lo olvidaré —dice.

El cuerpo de él se endurece. Hana siente la tensión a lo largo del cuerpo del soldado, presionado contra el suyo. Lo mira, preparándose para otro ataque. No puede leerle la cara. Su expresión está vacía.

—Ya no me importa —dice Morimoto.

Se levanta del suelo y se arrodilla a su lado. Hana también se incorpora, temerosa de lo que pueda hacer a continuación. Él mira fijamente a través de la estepa, cubriendo sus ojos como si se centrara en algo distante, y de repente se pone de pie. Cuando Morimoto la mira, parece asustado. Mira intermitentemente a Hana y al horizonte, como si estuviera tomando una decisión, y silba a su caballo, que trota hacia él. Cuando Morimoto monta el animal, Hana se pregunta si ha decidido pisotearla hasta la muerte.

Sería un final apropiado, morir en este lugar después de un breve encuentro con la bondad. Hana permanece inmóvil; el viento acaricia su cuerpo. El pelo enredado le roza la cara. El caballo bufa encima de ella y luego galopa. Mira con incredulidad cómo Morimoto cabalga hacia la montaña. El sonido de las pezuñas del caballo se debilita y desaparece en el viento.

La ha dejado atrás. El suelo parece desaparecer bajo ella al darse cuenta de que es libre. Nota los latidos de su corazón en la parte de atrás de la cabeza, donde la golpeó contra el suelo. Respira profundamente y se arrodilla en la suave hierba. Morimoto se ha ido. No puede creer que realmente se haya ido. Que ha abandonado su delirio y finalmente la ha dejado. Ella es libre. Este pensamiento, incluso después de todo lo que acaba de soportar, la hace sonreír, y eso le sienta bien a su rostro.

El segundo poni todavía está cerca, comiendo hierba. Los ponis mongoles saben el camino a casa. La llevará de vuelta al *ger*, a la familia y a Altan. La cara del chico llena su mente. No puede oír los camiones que cruzan la estepa hacia ella.

Se pone en pie y monta rápidamente en el poni, azuzándolo suavemente con los pies, pero el animal no se mueve, sino que gira la cabeza para mirar hacia detrás, y ella sigue su mirada. Un convoy de tropas se dirige hacia ellos, y de repente lo entiende. Morimoto no la ha dejado ir. No la ha liberado. A menos de un kilómetro hay tres camiones pesados, un tanque y un escuadrón de soldados montados. Detrás del tanque hay una bandera, rojo sangre, con una estrella amarilla y una hoz en una esquina. Una patrulla soviética. Morimoto ha huido como un cobarde dejándola sola ante un destino desconocido.

Hana grita en la oreja del poni, patea frenéticamente sus costados hasta que arranca a trotar, lentamente al principio y finalmente al galope. Hana mira por encima del hombro. Cuatro jinetes abandonan el pulcro convoy y comienzan a perseguirla. Sus caballos son grandes y rápidos. La atraparán. Delante de ella, muy lejos hacia el horizonte, ve una pequeña mancha oscura contra el cielo de color claro. Morimoto está apurando todas las fuerzas de su caballo.

El poni de Hana se ralentiza, pero ella no deja que se detenga. Lo espolea, le grita en la oreja y también contra el cuello, suplicándole que siga corriendo, que no se rinda. Las pezuñas de los caballos golpeando la tierra como un trueno se precipitan hacia ella y pronto sobrepasan a su pequeño poni. Pasan volando a su lado sin detenerla. Siguen a toda velocidad, corriendo por el pastizal como si ella fuera invisible, pero solo son tres los soldados que pasan a su lado.

El cuarto jinete aparece junto a ella; un brillo de sudor cubre el pelaje de su caballo, que tiene el morro cubierto de espuma blanca. El soldado soviético coge las riendas de su poni y reduce su galope a un trote ligero. Las dos criaturas suspiran recobrando el aliento, mientras Hana mira hacia la cara del extraño soldado. Tiene grandes ojos marrones, pelo rubio y nariz aguileña. Él no habla con ella, pero señala la pistola que lleva guardada en el cinturón. Hace un gesto de disparar y sonríe. Luego dirige a su poni de vuelta hacia el convoy.

Hana mira por encima del hombro al horizonte. Las tres manchas oscuras se acercan a la cuarta. No escapará. Sus caballos son demasiado rápidos. Morimoto también será un prisionero. No hay nada más que puedan hacerle a ella, aparte de matarla, y ese pensamiento le importa poco en este momento. En vez de eso, piensa en Morimoto. Todo lo que le hagan será nuevo para él. El dolor, la tortura, la humillación... Morimoto lo tendrá que soportar por primera vez. El pensamiento le sabe dulce en la boca, como un albaricoque maduro, pelado, templado por el sol.

El soldado soviético conduce a Hana hasta el último camión del convoy. En él hay prisioneros, prácticamente apilados unos encima de otros. La mayoría de ellos son chinos, con sus abrigos acolchados y sus cuellos altos, pero Hana ve a un par de chicas coreanas sentadas una al lado de la otra, cogidas de la mano. No la miran cuando se acerca al portón trasero, pero sabe que la han visto. Dos soldados soviéticos armados se sientan atrás con los prisioneros. Con cuidado de no pisar a nadie, se abre paso para sentarse lo más lejos posible de los dos soldados.

Una de las chicas coreanas se mueve, dejando espacio a su lado, y Hana se aprieta entre ellas. Ninguna de las chicas habla. Con la cabeza inclinada, no apartan la vista de sus rodillas. Hana mira a lo lejos. Los tres jinetes regresan. A medida que se acercan, busca la cara de Morimoto hasta que lo ve montado detrás de uno de los soviéticos. No escapó.

Su corazón la golpea dentro del pecho. Morimoto tiene las manos atadas detrás de la espalda. Su labio está hinchado. La sangre empapa la pernera izquierda de sus pantalones. No la mira cuando pasan al lado del camión. Va erguido, mirando fijamente al hombro del alto soviético que tiene delante, como si nada hubiera pasado, como si no estuviera en peligro y no tuviera miedo. Su postura erguida y su pierna sangrante lo delatan. Sabe que está aterrorizado por lo que va a pasar irremediablemente. Lo interrogarán, lo torturarán, y después de que les haya dicho todo lo que sabe o sea capaz de inventar, es posible que lo maten. La satisfacción aumenta en el interior de Hana.

Los jinetes siguen avanzando por la línea del convoy y ella pierde de vista a Morimoto. Mirando al horizonte, de repente se pregunta qué le habrá pasado a su magnífico caballo. Seguro que no han dejado atrás a un animal tan fuerte y poderoso. Quiere ver sus músculos tensarse mientras galopa libremente a través de la pradera, de vuelta a Altan y a una vida feliz lejos de estos hombres. Se aferra a esta imagen, pero la cálida satisfacción que sintió por la captura de Morimoto se disipa lentamente hasta que se queda temblando en un camión lleno de prisioneros silenciosos.

Un lobo aúlla a lo lejos. Su quejido solitario resuena en las colinas más allá de la estepa. El convoy ha estado avanzando hacia esas colinas todo el día. Detrás de ellas se elevan las montañas azules que le traen recuerdos de su hogar y del monte Halla. Las nubes anaranjadas reflejan la puesta de sol mientras el cielo se desvanece en la noche. Ella mira los últimos rayos de luz como si tallara en su mente la belleza de los brillantes remolinos. Los horrores habitan en la oscuridad. Su madre le advirtió que nunca se sumergiera después de la puesta de sol. Era entonces cuando las criaturas de las profundidades negras se despertaban y cazaban.

—Por la noche aparecen los horrores de las profundidades para buscar la luz —le dijo a Hana una noche mientras nadaban hacia la orilla.

Era el día que más tiempo habían pasado en el agua y el sol empezaba a ponerse. Pero Hana no quería dejar de bucear. Solo había encontrado dos conchas.

—JinSook encontró cuatro ayer. No puedo volver con dos solamente. Ella es un año más joven que yo.

—Tonterías, deberías estar orgullosa de las dos que has encontrado. El sol está cayendo. El día se ha acabado.

Su madre siguió nadando hacia la orilla. Hana la siguió diligentemente, pero insistió durante todo el camino.

—Solo un poco más, por favor. Estoy segura de que puedo encontrar dos más muy rápido. Debe de haber algún escondite cerca del ancla del viejo barco donde recogemos algas.

Al llegar a la orilla, su madre se quitó la máscara y se agachó un poco para mirarla a los ojos. Hana dejó de suplicar abruptamente.

—No querrás que te cojan las criaturas que salen de las profundidades.

Hana estaba segura de que su madre le estaba tomando el pelo con eso de las criaturas nocturnas solo para sacarla del agua.

—No te preocupes por mí. Ni siquiera me verán, porque no tengo luz que las atraiga —respondió Hana.

—Sí que la tienes —dijo su madre levantando las cejas.

—¿Sí? ¿Dónde?

—En tu piel —Hana la miró escéptica, pero su madre siguió.

—Es blanca como la leche, como la pluma más pura del pecho de un ganso. El faro más brillante en los mares más oscuros —dijo acariciando la mejilla de Hana. Ella se miró los brazos y las piernas. No le parecían muy blancos. De hecho, estaban completamente bronceados de tanto nadar.

—Soy marrón, no tan blanca como Emiko.

Hana señaló a su hermana, que las esperaba aún guardando los cubos. Sus mejillas rosadas brillaban por el esfuerzo. El pelo se le pegaba a la frente en mechas sudorosas.

—He alejado a las aves marinas. ¡Hoy tenían mucha hambre! Mira esa, me picoteó la mano. —Emiko le mostró a Hana un pequeño corte en el dorso de su mano.

—¿Cuál ha sido? —preguntó Hana sin pensar ya en el número de conchas que tenía que coger. Una gaviota había atacado a su hermana, y era preciso darle una lección como ejemplo ante el resto de las aves.

—Esa, la de los círculos grises en los ojos.

El pájaro se acercó a picotear algo enterrado en la arena sin darse cuenta de que dos chicas seguían con atención cada uno de sus movimientos. Hana se inclinó y cogió una pequeña piedra. Cerró un ojo y apuntó. La piedra golpeó al pájaro por la espalda. Graznó y se fue volando en un instante.

—¡Vamos a atraparla! —gritó Hana, y corrió tras ella siguiendo su trayectoria por el largo tramo de playa que se extendía más allá de su pequeña cala—. ¡Venga, hermanita, corre!

—¡Espérame! —gritaba su hermana detrás de ella, corriendo tan rápido como le permitían sus cortas piernas—. ¡Voy a por ti, pájaro! —gritaba al cielo, y corrieron por toda la costa hasta que no pudieron más.

Se desplomaron sobre la arena y jadearon bocanadas de aire marino. Hana miró fijamente al cielo y vio a las gaviotas dibujar círculos invisibles bajo las nubes. Su hermana deslizó su pequeña mano sobre la de Hana y se quedaron una al lado de la otra viendo pasar las nubes. Cuando recuperaron el aliento, su hermana se levantó de un salto.

—Una carrera hasta casa —dijo, y salió corriendo hacia la cala.

—¡Oye, no es justo, llevas ventaja! —gritó Hana, pero Emiko simplemente se rio y corrió más rápido. Estuvo riéndose durante toda la carrera de regreso a casa, y rio incluso más fuerte cuando Hana pasó corriendo junto a ella.

La risa de Emiko resuena en la mente de Hana, es el sonido de la alegría pura. Siente que una mano toca su brazo, y se sobresalta.

—¿En qué estás pensando? —susurra la chica sentada junto a ella.

—¿Qué? —contesta Hana mirando alternativamente a la muchacha y a los soviéticos. Uno de los soldados se ha quedado dormido, pero el otro está limpiando su arma con un trapo aceitoso.

La muchacha toca brevemente la boca de Hana, las puntas de sus dedos apenas rozan sus labios.

—Estabas sonriendo —susurra, y se mira las manos, que aprisiona entre las rodillas para que dejen de temblar.

—¿Sí? —pregunta Hana.

—Sí. Si sonríes en una situación como esta, es porque estabas recordando algo maravilloso —dice la muchacha.

Hana se mira los pies. La risa de Emiko se ha desvanecido. Intenta evocar el sonido de nuevo, pero no puede.

—Ha sido maravilloso —admite Hana.

Ahora siente que los ojos de la chica se fijan en ella. Su anhelo es palpable. ¿Cuánto tiempo habrá viajado esta muchacha con los soviéticos para que la simple perspectiva de un recuerdo feliz la llene de anhelo? Se cruza con la mirada honesta de la chica. El blanco de sus ojos está lleno de sangre. Tiene moratones amarillentos en los brazos. Un cardenal púrpura florece en su mejilla.

—Estaba recordando la risa de mi hermana. Solo tiene nueve años.

—Yo tengo un hermanito de cinco años. Le echo de menos.

—Yo también echo de menos a mi hermana.

—¿Cómo sonaba su risa?

Hana hace una pausa, pensando en el sonido que ya no puede oír. El refunfuñar del motor de la camioneta anula cualquier esperanza de traer su risa de vuelta. Mira los ojos desolados de la chica. Se merece siquiera una pizca de felicidad, si Hana puede conseguir dársela. Mirando hacia el cielo nocturno, se concentra en la primera estrella que aparece sobre el azul.

—Era como un pájaro flotando graciosamente en la brisa de verano, elevándose y cayendo como las olas, tocando las copas de los árboles mientras se desliza. Sonaba… libre.

La chica permanece callada durante mucho tiempo. No mira a Hana. Cuando el camión se detiene, la chica se limpia las mejillas apresuradamente antes de que el soldado les ordene a todas que se pongan de pie. Empuja a algunas de ellas hasta ponerlas en pie justo cuando el portón se abre, y dos soviéticos ordenan a los prisioneros que salgan del camión. Hana se levanta con la muchacha y se esfuerza por ver su cara.

—Lamento mucho haberte entristecido, susurra Hana con urgencia.

La chica mira hacia atrás por encima de su hombro mientras se dirige hacia el portón trasero.

—Podía escucharla —dice, y sonríe.

La breve expresión de felicidad conforta a Hana, hasta que baja del camión de un salto para seguir al resto de los prisioneros. La sensación rápidamente desaparece en el miedo mientras observa a los dos soldados que las conducen a través de la oscuridad. Son bárbaros, altos y anchos, de músculos toscos. Podrían partirla en dos en un tira y afloja. Se imagina a cada hombre sosteniendo una de sus piernas, rasgándola por la mitad, pero su cabeza no puede dividirse y se va con el lado izquierdo, y ese soldado grita victorioso. Al menos estaría muerta. Sería más fácil entonces.

Las hogueras salpican el horizonte. En la oscuridad, recuerda las palabras de su madre: «Con la noche viene el terror». La risa de su hermana no puede existir en un lugar como este, pero desea oírla una vez más. Una chica detrás de ella gimotea, pero nadie la consuela. Hana también camina en silencio. Son como fantasmas entrando en otro reino.

Los soviéticos se detienen frente a una gran tienda beis e indican a los prisioneros que entren. Obedecen, agachando las cabezas obedientemente por debajo de la pequeña abertura. Cuando Hana llega a la puerta, uno de los soldados le pone una mano en el hombro. Demasiado asustada para mirarle a la cara, mantiene los ojos fijos en la gente que está dentro de la tienda. Le dice algo, pero ella no lo entiende. Lo repite, más fuerte esta vez. Hana desvía la mirada del grupo.

El soldado inspecciona su cara antes de sacarla de la cola. Indica a los demás que continúen entrando en la tienda, pero no le suelta el brazo.

El soldado le espeta algo al otro guardia, que toma posición delante de la puerta, con el rifle preparado. Se lleva a Hana aparte, de vuelta por el camino por el que vinieron. «Va a suceder», piensa Hana. Van a «domarla», como hizo Morimoto en el ferri. Tropieza en la oscuridad, golpeándose el pulgar del pie con las piedras que se esparcen por la hierba pisoteada. El agarre sobre su brazo es como un tornillo y evita que se caiga o tropiece. Secuestrada de nuevo, esta vez lo hace un hombre que es el doble de su tamaño y con diez veces su fuerza.

Dejan atrás a muchos otros soldados camino de las camionetas. Los hombres caminan en grupos de dos y tres. Algunos de ellos la observan cuando pasa, otros están demasiado ocupados para mirar. Un campo de electricidad rodea a los hombres, incluso cuando se alejan del campamento. El aire está cargado de algo que no percibió cuando estaba arropada por los otros prisioneros. Ahora que está ella sola, siente la tensa energía de cada soldado mientras pasan.

La detiene frente a un tanque del convoy. Su bandera roja está caída en la atmósfera calma de la noche. Hay dos soviéticos de pie sobre la bestia de metal, apuntando con sus rifles a un hombre arrodillado en la tierra. Una fogata arde a unos metros de distancia, iluminando a los soldados soviéticos que forman un semicírculo cerca del hombre arrodillado. La cara del hombre se ha hinchado hasta alcanzar el doble de su tamaño normal. Una raja sobre uno de sus ojos sangra mejilla abajo, cubriendo la mitad de sus rasgos como una pintura de guerra. Él mira fijamente al suelo, y ella se pregunta si puede ver algo a través de sus ojos hinchados y sangrantes.

Dos hombres de entre la pequeña multitud de soviéticos se acercan al hombre herido. Uno de ellos le dice algo. El otro soldado, un soviético grande, traduce al japonés.

—Evita que te causemos más agonía y dinos lo que queremos saber.

El intérprete habla japonés con acento fuerte y ligeramente roto. El primer hombre, el líder del interrogatorio, la mira, y ella empieza a temblar. El hombre sangrante es Morimoto. Ella observa su cara irreconocible, y su cuerpo empieza a temblar violentamente. No le produce ninguna satisfacción verlo así. En vez de eso, está aterrorizada. ¿Por qué la han traído aquí? ¿La golpearán también a ella?

—Ella nos lo dirá si tú no lo haces.

El oficial soviético asiente con la cabeza. El soldado que la custodia le dobla el brazo tras la espalda forzándola a arrodillarse en el suelo. Está a diez pies de Morimoto. Este no levanta la cabeza ni habla. Simplemente respira a través de su nariz rota. El sonido es un doloroso traqueteo de aire deslizándose por un río de sangre.

El oficial golpea a Morimoto, que cae al suelo. Dos soldados se apresuran a su lado y rápidamente lo incorporan. El polvo y la hierba se mezclan con la sangre de su cara. Parece una criatura ahora, le han quitado toda su humanidad a golpes. Esto es lo que los hombres hacen a otros hombres en tiempos de guerra. Hana no sabe si es peor que lo que les hacen a las mujeres. No puede apartar los ojos de su monstruosa cara.

—¡¿Dónde están tus cómplices?! —grita el intérprete—. Sabemos que eres un espía, que has cruzado la frontera para reunir información para tu emperador. Sabemos que los mongoles traidores te están ayudando. ¿Dónde están? ¿Cómo se llaman?

Altan. Está en peligro. Si Morimoto confiesa, serán asesinados. Altan, su madre y su padre, y Ganbaatar, ignorantes de las tropas soviéticas que están solo a unos días de distancia. ¿Cuánta lealtad le queda a Morimoto hacia sus amigos mongoles después de que Altan la ayudara a escapar? ¿Desvelará su ubicación para vengarse? La mira, y de repente sus ojos parecen poder enfocar. Su expresión es ilegible bajo los estragos de su cara maltratada.

Temerosa de que cualquier movimiento pueda desencadenar su confesión, permanece completamente inmóvil. Encontrarán a los mongoles como si fueran misiles bajo las aguas negras, sorprendiéndolos en mitad de la noche y exterminándolos sin detenerse a pensarlo; y sería culpa de Hana. El oficial grita a Morimoto de

279

nuevo mientras el intérprete traduce, pero entonces Morimoto levanta una mano. El corazón de Hana se eleva hasta su garganta, latiendo como un trueno en sus oídos.

—Te lo he dicho —dice con voz ronca. Un clic seco en la parte posterior de su garganta parece hacer que sus palabras se peguen y tarden más tiempo en salir—. Transporto…

—Sí, sabemos que transportas mujeres —dice el intérprete irritado. Suspira—. Dinos. —Se dirige a Hana—: ¿Está diciendo la verdad? ¿Eres prostituta para el ejército japonés?

La pregunta es como una cuchillada en su estómago. Morimoto les ha dicho que es una puta de campaña para los soldados del emperador. Recuerdos de su cautiverio atraviesan su mente: el momento en que la raptó de la playa, la primera vez que la violó, la larga fila de hombres que le siguió, las palizas, los exámenes médicos forzados, la inanición, el hambre, su fuga; todo se difumina en una luz dorada que brilla sobre la madre de Altan y sus suaves manos; y esa bondad brilla como un espíritu benigno. El tiempo se vuelve espeso, y es como si ella reviviera los recuerdos diez veces antes de hablar.

—Soy lo que él dice.

Las palabras saben a ceniza en su boca, pero se aferra a la imagen de Altan. Morimoto escupe sangre en el polvo. Desearía poder apartar la mirada de su boca, llena de dientes rotos.

—Entonces, ¿adónde te llevaba?

Ella mira fijamente hacia delante, incapaz de apartar la vista de él. La historia de una de las chicas del burdel le viene a la mente.

—Me dijo que pagaría las deudas de mi padre trabajando en Manchuria.

El intérprete transmite la información al oficial, y ambos hablan durante unos momentos antes de volver a centrar su atención en Morimoto.

—¿Cómo acabaste en Mongolia?

Morimoto mantiene los ojos fijos en Hana. No se inmuta al contestar. Sus palabras salen inertes.

—Ella escapó... La seguí hasta aquí. Estaba a punto de llevarla de vuelta a Manchuria, pero entonces caísteis sobre nosotros.

—¿Quieres que nos creamos que esta chica harapienta y hambrienta viajó hasta aquí desde Manchuria por su cuenta?

—Es luchadora —dice él, medio riéndose, medio tosiendo. Se dobla sobre sí mismo y vomita sangre. Cuando se incorpora de nuevo, centra su atención en el intérprete—. Yo no la perdería de vista si fuera tú.

El intérprete transmite la información en ruso. Entonces Hana siente todos los ojos sobre ella, comprobando sus palabras. Sienten curiosidad, pero esa curiosidad no es tan fuerte como el odio que emana el cuerpo de Morimoto hacia ella. Si alguna vez tuvo una oportunidad, él la ha eliminado revelando su propósito para con el ejército japonés. Se ha asegurado de que continúe sufriendo a manos de estos hombres.

El oficial le dice algo al intérprete antes de volverse hacia el campamento. El intérprete y los otros soviéticos permanecen allí. Un murmullo de excitación los recorre. El intérprete desenvaina lentamente la espada de Morimoto de la vaina que ahora cuelga de su propio cinturón.

Hana se pregunta cómo no lo había notado antes. La hoja de metal resplandece a la luz de la hoguera. Morimoto amenazó con cortarle la cabeza a Altan con esa espada. El intérprete lanza la espada al suelo delante de Morimoto y da un paso atrás.

—Cógela.

Morimoto no se mueve. Hana se pregunta si le han golpeado demasiado fuerte para moverse, y mucho menos alzarla.

—A menudo hemos oído hablar de vuestros fascinantes rituales samuráis —dice el intérprete, como si no le hubiera molestado que Morimoto no haya recogido la espada—. Aunque ninguno de nosotros ha sido testigo de uno. —Echa un vistazo a la muchedumbre que empieza a congregarse, que lo anima a continuar—. Así que puedes elegir. Puedes realizar ese antiguo ritual y tener la oportunidad de morir con dignidad por tu propia mano, o puedes dejar que ellos te maten. —Se gira hacia los hombres que están apiñados detrás de él—. Te prometo que será cualquier cosa menos una muerte digna.

Hana sigue arrodillada mirando a Morimoto. Poco a poco, este alcanza su espada, prácticamente desplomándose sobre el suelo debido al esfuerzo. Ella contiene un jadeo. Morimoto recobra el equilibrio y luego se endereza, poniendo la espada sobre sus rodillas. Visiblemente exhausto, recupera aliento. El dolor es audible, el aire recorre su cara destruida, la sangre borbotea.

Morimoto se cuadra y alza la espada para inspeccionar la hoja. Desliza su dedo por el cortante filo, haciendo que sangre.

Hana se encoge, sin querer mirar más pero incapaz de girarse.

Él mira en dirección a Hana, pero sus ojos hinchados no revelan sus pensamientos. Imagina que sonríe detrás de esos párpados hinchados, disfrutando de su acto final, ya que ella quedará en manos de un enemigo aún más grande.

—Bueno, ¿qué has decidido? —pregunta el oficial abruptamente, pero entonces Morimoto se apuñala en el estómago y todos se quedan de piedra.

Incluso Hana parece estar clavada a la tierra en ese momento. La espada está enterrada profundamente en el abdomen de Morimoto. Sin emitir un sonido, corta sus entrañas haciendo un movimiento horizontal hacia la derecha. Su cara se retuerce de dolor. Sus dientes blancos parecen puntiagudos a la luz de la hoguera. Su cara ensangrentada e hinchada es grotesca a la luz parpadeante.

Quiere huir, pero el soviético agarra su brazo tan fuerte que solo puede contemplar horrorizada cómo Morimoto completa el *seppuku*.

Un soldado soviético se da la vuelta de repente y vomita, pero Morimoto todavía no está muerto. Con manos temblorosas, lentamente levanta la espada y, con un raudo movimiento, se corta la garganta. Vacío de vida, su cuerpo cae inerte sobre la tierra, manchándola de negro. Morimoto ya no es el dios de la muerte. Ahora Gangnim ha venido a llevarse su alma.

El silencio que sigue a la caída de Morimoto es incómodo y denso, como la sangre que escapa de su cadáver. El alivio que Hana pensó que sentiría cuando muriera no llega. Solo queda el vacío. Ni siquiera el miedo a lo que pueda ocurrirle después puede penetrar la nada que la invade. Es como si la violencia que perpetró contra su propio cuerpo la estuviera infectando con una sensación de pérdida desesperanzada.

Los soldados que quedan se van marchando uno por uno. Incluso el hombre que la mantiene de rodillas parece desaparecer, como si quisieran ver qué hace cuando se quede a solas con el hombre muerto. Se levanta y camina hacia él. Hana se arrodilla frente al cuerpo sin vida de Morimoto y se detiene, aceptando el grotesco cadáver que una vez fue el hombre cuya mera presencia la torturaba. El uniforme de Morimoto, que una vez fue rígido, está empapado con su sangre. Con la muerte, su rostro torturado se ha vuelto más animal que humano. Sus ojos se abren como los de un pez podrido. Su quietud comienza a inquietarla. Ahora no es más que un montón de sangre y carne en la llanura de Mongolia.

Sin pararse a mirar si alguien la observa, Hana mete la mano en su bolsillo. Saca la fotografía en blanco y negro de la chica que era. Está cubierta de la sangre de Morimoto. Con rapidez, la limpia en su *del* y se la desliza en el bolsillo, sintiendo cómo el alivio recorre su cuerpo. Él ya no posee ningún pedazo suyo.

Después de un largo momento, finalmente aparta la vista de los restos de Morimoto. Justo cuando lo hace, el intérprete aparece junto a ella. Inspecciona su cara como si estuviera leyéndole el pensamiento. Ella le ahorra el esfuerzo.

—Le odiaba —dice, preguntándose si la ha visto coger la fotografía.

Sus palabras suenan tan huecas como sus sentimientos. El intérprete no responde. En vez de eso, la lleva de vuelta al campamento. Llegan a la tienda de campaña donde llevaron a los otros prisioneros. El guardia se aparta para dejarla entrar. Mira una última vez al intérprete antes de entrar. Si la ha visto coger la fotografía, no le importa.

Decenas de rostros la saludan al entrar. Algunos lloran silenciosamente, demasiado asustados para hacer ruido, mientras que otros, aparentemente ajenos a los acontecimientos venideros, la miran distraídamente con ojos vacíos. Ella recorre el espacio iluminado por lámparas en busca de las chicas coreanas del camión. Están en el rincón más lejano, escondidas detrás de dos hombres chinos con las manos atadas a la espalda. Hana se desliza entre los hombres y se sienta al lado de las chicas.

—Tienes sangre en el abrigo —le dice la chica mayor.

Hana baja los ojos hacia el *del* y ve que la chica mira fijamente el rastro vertical de pequeñas gotas oscuras que mancha su pecho. Se limpia con la manga.

—¿Qué han hecho? —Sus ojos están llenos de inocencia.

—Matar al hombre que me secuestró. Un soldado japonés.

Hana fantaseaba a menudo con la muerte de Morimoto, y casi le asesina ella misma en el *ger*. Fue Altan quien preservó su humanidad, o al menos le recordó que aún existía. El desprecio que mostró él por sus acciones la trajo de vuelta desde el borde del abismo del mal. Él la libró de convertirse en la peor versión de sí misma, al menos durante un tiempo. En la estepa, después de ver cómo Morimoto golpeaba a Altan hasta machacarlo, intentó matarlo una segunda vez, pero falló.

—Ningún hombre debería morir así —dijo finalmente.

La chica asiente con la cabeza. Toca la faja de la cintura de Hana.

—Es preciosa.

Hana toquetea la seda. Las flores rojas y amarillas hacen que los tallos verdes resalten contra el azul oscuro, y parecen moverse; es un sinfín de belleza en este temible lugar. Morimoto le dijo al intérprete que Hana era una prostituta. Ella sabe que la llamará tarde o temprano. Su destino está sellado. De repente, se siente agotada. Decide que esta vez peleará, y el pensamiento conduce inevitablemente a su propia muerte.

—Tengo que contaros algo —susurra Hana apresuradamente a las dos chicas—. En caso de que vengan a por mí y no regrese, quiero que alguien conozca mi historia.

Ambas asintieron, urgiendo a Hana a continuar.

—Mi nombre es Hana —comienza por el principio. Su vida como *haenyeo*, nadando en las aguas de su isla y espiando al soldado japonés que se dirige hacia su hermana en la playa, las palabras caen de sus labios como si el agua se precipitara sobre un acantilado. La idea de morir la obliga a contarles todo a estas chicas. Hana les cuenta la historia del burdel, las otras chicas y Keiko. Les habla de la familia mongola y sus animales y de su amigo Altan. Pero para mantenerlos a salvo, dice que no los ha visto desde hace más de un mes. Cuando termina se siente agotada, como si hubiera vaciado lo mejor de ella quedándose hueca.

Las dos chicas coreanas también comparten sus historias con Hana. Le dicen que son hermanas de un pueblo del norte de Corea, cerca de la frontera con Manchuria. La policía local las engañó con la excusa de llevarlas a casa en su camión tras una noche de trabajo en el huerto de manzanas. Las llevaron directamente a la frontera y las entregaron a un traficante japonés, que las metió en un tren dirigido al norte de Manchuria con otras cinco chicas. Antes de llegar a la estación, las hermanas saltaron del tren por la noche y caminaron lo más lejos posible. Cruzaron una cordillera y no se dieron cuenta de que habían cruzado la frontera con Mongolia. Fueron capturadas al amanecer, unos días antes de que Hana fuera encontrada.

Las tres chicas se cogen las manos, formando un pequeño círculo en el espacio estrecho. Se les caen las lágrimas mientras se miran fijamente, memorizando cada matiz de los rostros de las demás. La puerta se abre y entra el intérprete. Los prisioneros más cercanos a la puerta se hunden hacia atrás hasta casi sentarse encima de los que tienen detrás. El intérprete ignora su temerosa retirada y escudriña la habitación hasta dar con Hana.

—Tú, ven conmigo —ordena.

Toda la habitación sigue su mirada. Los dos hombres chinos se giran para mirarla. Sus caras son de vergüenza y pena. Saben que le toca a ella ser torturada. Hana se pone en pie. Mira a las hermanas y les susurra en tono serio.

—No me olvidéis —dice, y mete la mano en el bolsillo del abrigo. Coge la fotografía de la chica que una vez fue y que realmente desearía poder volver a ser.

—¡Rápido! —grita el soldado. Hana extiende su mano temblorosa hacia la hermana mayor antes de darse la vuelta apresuradamente.

—Nunca te olvidaremos —responde esta mientras Hana sigue al soldado hacia la noche.

Hana tropieza tras el intérprete mientras se internan en el campamento. La introduce en una pequeña tienda de campaña que, según cree ella, debe ser su dormitorio personal. El intérprete le pide que se siente en un catre. El sonido del ajetreo fuera de la tienda llena, amortiguado, el aire entre ellos. Los soldados hablando mientras caminan, los motores de los camiones se alejan, y aun así Hana puede distinguir la combustión silenciosa de una lámpara de queroseno dentro de la tienda.

El intérprete se coloca en el extremo opuesto, cerca de la puerta, buscando algo en su bolsillo. Es un hombre enorme y tiene que agachar la cabeza para estar de pie en la pequeña carpa. Hana nunca ha visto hombres tan grandes como los soviéticos. Sentarse tan cerca de uno es como estar bajo la mirada de un oso hambriento. Él se apoya contra uno de los postes de metal, y Hana mira cómo pone tabaco de un pequeño bote sobre un cuadrado delgado de papel blanco. Con dedos expertos, enrolla el papel y luego lame lentamente el borde, sellándolo.

Enciende el cigarrillo y da una calada. Lo fuma como si ella no estuviera esperando y él tuviera todo el tiempo del mundo. Cuando se termina el cigarro, lo deja caer al suelo y da dos pasos hacia ella. Dos más y él estará justo delante. Su expresión es seria.

—¿Por qué llevas ropajes mongoles? —pregunta. Ella mira hacia el *del* ensangrentado y sucio, luego mira hacia arriba, pensando en cómo podría responder sin poner a la familia de Altan en peligro.

—Eres japonesa, ¿verdad? Sin embargo, llevas ese ridículo disfraz —dice, moviéndose hacia su *del*.

Desabrocha los dos primeros botones de su uniforme. No responde a su pregunta ni le dice que es coreana. Hana mira la mano del intérprete, que desaparece dentro del bolsillo de la camisa y emerge con un frasco de metal marrón.

—Vodka. El último, me temo. He tenido que conservarlo estos últimos meses en este país olvidado de Dios. Ahora casi se ha acabado. —Toma un sorbo, se enjuaga la boca con él antes de tragar y deja escapar un suspiro de satisfacción—. Dime la verdad. Sabré si estás mintiendo.

Hana toma aire brevemente antes de responder y luego deja que las palabras salgan apresuradamente en una larga oración.

—Los mongoles me encontraron cruzando la cordillera. Estaba casi desnuda porque el burdel no nos proporcionó ropa, así que me dieron esto.

—¿Cuánto tiempo estuviste con ellos?

—Unos días.

—¿Dónde está su campamento?

Ella duda.

—No pienses, contesta la pregunta.

—No lo sé.

—Estás mintiendo.

—No estoy mintiendo. De verdad, no sé dónde está el campamento.

—Te dije que no me mintieras. —Mete el frasco en el bolsillo y se dirige hacia ella, cruza la mano sobre la cintura como si se preparase para golpearla.

—Estoy diciendo la verdad. Cuando me enteré de que el soldado... —tartamudea, pensando en la muerte reciente de

Morimoto. Su cara ensangrentada surge en su mente, y tiene que sacudir físicamente su cabeza para borrar la imagen—. Cuando me enteré de que estaba en el campamento de los mongoles, escapé en el poni. Todo lo que podía hacer era correr lo más rápido posible para poder escapar. Estaba oscuro. No podía ver adónde iba. Solo sabía que tenía que escapar o me llevaría de vuelta al burdel. Simplemente hui.

Espera el impacto, la mano contra su cara, pero no llega.

En vez de eso, el intérprete se endereza y cruza las manos detrás de la espalda.

—Él era un espía, estoy seguro —dice mirándola fijamente, como si fuera a confirmarlo. Su expresión cambia; levanta una ceja—. O quizá fuera un traficante de opio. Así es como vuestro emperador paga esta guerra. ¿Sabías eso? ¿Que el gran Hirohito vende opio de contrabando como un humilde narcotraficante? Occidente lo compra todo convirtiéndolo en otras cosas, heroína, té especial... Este hombre tenía opio entre sus pertenencias. —El intérprete va detrás de una mesa pequeña y coge un paquete de Morimoto. Está manchado de sangre—. No es bastante para comprar un ejército, pero está bien para sacar algo de efectivo. ¿Sabías que tenía esto?

El cansancio repentinamente la atraviesa, y Hana descansa su frente en el catre. ¿Cuánto tiempo lleva en esta pesadilla? Parece que han pasado mil años y todavía está atrapada en esta miseria. Tal vez Morimoto iba a vender el opio y usar las ganancias para comenzar su nueva vida. O quizá era un contrabandista. Nunca lo sabrá.

—No sé nada de eso. Solo sé que me sacó de mi casa y me vendió a un burdel. No puedo decirte nada más.

Se da cuenta de que tiene los ojos cerrados cuando nota las manos del intérprete desatando la banda. «Lo siento», susurra Hana a su familia, tan lejana. Ve a Emiko de pie, sola durante la ceremonia *haenyeo*, y le duele el corazón, pero sacude la imagen de su mente. Con todas sus fuerzas, Hana empuja el pecho del soviético.

Desprevenido por el ataque repentino, se cae del catre. Ella salta sobre él y agarra la pistola de la funda del cinturón. De pie por encima de él, le apunta al pecho con el arma.

—Si me disparas, estás muerta. Y no serán tan amables contigo como yo lo habría sido.

Ella se ríe de él. El sonido es amargo, como el desprecio de una anciana.

—¿Tú, amable? No sabes el significado de esa palabra. Nos llamáis perros. Soldados, hombres, todos sois las peores criaturas que plagan este mundo. Lleváis odio, dolor y sufrimiento dondequiera que vayáis. Os desprecio a todos.

Antes de que él pueda responder, Hana aprieta el gatillo. El arma no dispara. Un sudor hormigueante se filtra por sus poros. Vuelve a apretar el gatillo, más fuerte, pero aun así no pasa nada. Él se mueve hacia ella. Ella se aparta, buscando desesperadamente el seguro de la pistola. Él ya está de pie y la ataca. Hana cae y se resiste, pero no es rival para semejante tamaño y fuerza. El intérprete le retuerce la muñeca, arrebatándole la pistola. La golpea en la cabeza con el lado del cañón. A Hana se le llena la boca de sangre.

—Levántate. De rodillas —ordena él.

Aturdida, hace lo que él le pide. Él desbloquea el pestillo de seguridad. Hana mira fijamente a sus botas mientras la sangre le cae por la barbilla. Está a cien millas de distancia, en una playa negra de guijarros. El sol brilla sobre ella, calentando su largo cabello. La risa de su hermana se acerca con las olas del mar.

—¿Tus últimas palabras? —El intérprete está sin aliento. Su pecho se agita.

—Nunca fui una prostituta.

Él se ríe de Hana.

—¿Es todo lo que tienes que decir? ¿A quién le importa lo que has sido? No eres nada. —Apunta con el cañón poniendo el dedo en el gatillo.

—Soy una *haenyeo* —dice, y le mira fijamente. Sus palabras se precipitan sobre sus labios como una confesión—. Como mi madre y su madre antes que ella, como lo será mi hermana y un día sus hijas también, nunca fui otra cosa que una mujer del mar. Ni tú ni ningún hombre puede hacerme menos que eso.

Él resopla, pero ella no lo oye. Está ya en otro lugar, en otro momento. Hana cierra los ojos. Los rayos del sol calientan su sangre, y ella los prueba en su lengua. El viento acaricia su cabello. El océano se hincha bajo ella, llamándola, «Hana».

Siente el dolor antes de saber lo que ha pasado. Sus ojos se abren, pero su visión está nublada por la sangre. Enfoca justo a tiempo de ver al intérprete levantar la mano y golpear su sien otra vez con la pistola. Hana cae al suelo. Lo último que ve es la punta de una bota acercándose a su cara.

EMI

Seúl, diciembre de 2011

Cuando llegan frente a la embajada japonesa, Emi no quiere permanecer sentada en la silla de ruedas, pero su hijo se niega tajantemente a que camine hasta la estatua. El esfuerzo para su corazón y su pierna mala sería demasiado grande.

—O te llevo en silla de ruedas, o te llevo de vuelta al hospital. Tú eliges.

Emi no recuerda haber hablado así a su hijo cuando era un niño, pero debe de haberlo hecho. Quería mucho a sus hijos, pero era difícil demostrar su afecto por ellos sin mostrar también el mismo afecto por su padre. Él se lo habría exigido si hubiera pensado que era capaz de expresar algo así. Así que era más fácil amarlos en su interior para poder sobrevivir.

Su padre nunca fue desagradable con ella después del nacimiento de su hijo. Tal vez fuera porque rara vez hablaban. Siendo prácticamente inútil como pescador, él prefería cuidar a los niños cuando ella iba a bucear. Los llevaba al mercado donde ella vendía la pesca del día. Su hija se sentaba sobre sus hombros, aplaudiendo a los paseantes, eufórica por estar tan alta. Su hijo seguía cada paso de su padre como si fuera su sombra; eran inseparables. Tal vez por eso su hijo se enfadó tanto cuando su padre murió. Había perdido su sombra en esta tierra, que lo había dejado quemándose bajo el sol abrasador.

Emi se rinde y él saca la silla de ruedas del maletero del coche. Pronto están avanzando calle arriba por el pavimento que lleva a la estatua conmemorativa. Cuando pasan al lado de la embajada, el edificio de ladrillo rojo aparece pequeño y poco imponente. Las ventanas ya no se ciernen sobre ella como ojos vacíos. Cuando aparta la mirada del edificio, ve la estatua.

Una chica joven, sin edad, está sentada en una silla de respaldo recto. A su lado hay otra silla vacía esperando a ser llenada. La chica lleva un vestido *hanbok* tradicional, y sus pies descalzos cuelgan a unos centímetros del suelo. Alguien le ha puesto a la estatua ropa de invierno: un gorro de punto en la cabeza, una bufanda y una manta para calentarla. A unos metros de distancia, Emi detiene a su hijo.

—Quiero caminar —le dice.

Empieza a protestar, pero ella lo calla con un gesto de la mano. Se queda en silencio. Ella se agarra a los apoyabrazos de la silla de ruedas y empuja con todas sus fuerzas, hasta que son sus pies los que sostienen su peso, y luego se alza. Lentamente, como si fueran las primeras horas antes del amanecer y estuviera dirigiéndose al mar, camina arrastrando los pies hasta la chica sentada.

Arrastra con dificultad la pierna mala tras de ella, pero no agarra la mano que le ofrece su hijo. Con cada paso parece estar vadeando un lodo espeso. Sus ojos están fijos en la cara de la joven. Encuentra fuerza en la expresión de profunda comprensión, de dolor y pérdida, de perdón y paciencia. La expresión de una espera interminable y cansada.

Cuando finalmente llega a la estatua, Emi se deja caer en la silla vacía a su lado. Toma aliento, devolviendo su pecho jadeante a un estado de reposo. Luego le da la mano a la chica de bronce. Está fría, y la frota con suavidad, calentándola con el calor de su mano arrugada. Se sientan juntas en silencio. Emi mira furtivamente el perfil de la chica unas cuantas veces. Es la chica que recuerda de su infancia. Es Hana.

Su hijo fuma un cigarrillo a unos metros de distancia, tosiendo incómodamente unas cuantas veces antes de tirarlo al suelo aún a medio fumar. Lo aplasta con la punta de su zapato. Emi le sonríe. Ha vuelto a la época en la que no sabía nada de la guerra. Su inocencia intacta, su pequeña familia está con ella junto al mar, donde corretea por la playa persiguiendo gaviotas. Su único trabajo es mantenerlas lejos de la pesca del día. Sentada junto a su hermana, Emi siente brillar el sol en su cara, cálido y veraniego. Puede oler la brisa del océano y saborear la sal en su lengua. Ya no es invierno, sino verano, un día estival antes de que ocurriera todo, cuando todavía eran una familia.

—¿Qué tiene esta estatua que te hace sonreír tanto?

La voz de su hija suena como si viniera de alguna parte lejana al otro lado del océano. Ella quiere fijar la mirada en la cara de YoonHui y verla de nuevo, pero le cuesta mucho viajar a través del tiempo, dejar ese día de verano y volver con ella.

—Dímelo, Madre —pide, y su voz es cercana de repente, como si sus labios estuvieran cerca de su oreja.

—Es Hana, mi hermana. Por fin la he encontrado —susurra.

—¿Quieres decir que te recuerda a tu hermana?

Ahora su voz suena aún más cercana, como si viniera de dentro de la cabeza de Emi y ella se lo estuviera preguntando a sí misma. La luz del sol comienza a desvanecerse y la brisa del océano deja de soplar contra su mejilla.

—Es Hana —repite—. Mi hermana está aquí.

El corazón de Emi está a punto de estallar. Late rápido y con fuerza dentro de su pecho. Se aprieta la mano contra el pecho y el gélido aire invernal se cuela hacia arriba por la manga de su abrigo. Los copos de nieve refrescan sus mejillas encendidas.

Cuando abre los ojos, sabe que ha regresado. Su hija se arrodilla junto a ella, poniéndole la mano en hombro. Tiembla de frío.

—¿Madre?

Es una niña pequeña de nuevo, preocupada e insegura. Emi se inclina hacia su hija y le besa la frente. YoonHui la mira, y Emi ve a su madre en la suave línea de la mandíbula de YoonHui. Emi se sorprende al no sentir tristeza cuando piensa en su madre. En vez de eso, solo siente paz.

Desearía no haber tardado toda su vida en alcanzar este momento, pero el pasado es inmutable. El presente es todo lo que le queda.

—Siempre me sentí orgullosa de que fueras a la universidad —dice, y su voz es un susurro ronco.

La cara de YoonHui se desmorona y la entierra en el regazo de Emi. Su áspero abrigo de lana atrapa las lágrimas de su hija.

—Estoy orgullosa de los dos —dice, y se vuelve para mirar a su hijo.

Él también está arrodillado delante de ella, haciendo todo lo posible para no llorar.

Emi sonríe y se gira hacia la estatua. «Nunca te he olvidado», piensa, aunque durante años fingió que sí lo había hecho. La estatua está sentada junto a ella, como si la perdonara. Hana siempre ha estado ahí fuera, esperando que Emi la encontrara. Emi desea que este momento dure para toda la vida.

HANA

Mongolia, otoño de 1943

Hana recobra la conciencia a ratos. Cuando consigue abrir los ojos solo ve el suelo de tierra, negro y sólido. Trata de levantar la cabeza, la mano, la pierna, algo que implique que aún habita este mundo, pero nada se mueve. Tal vez se equivoca y ya está muerta, su cuerpo esperando que su espíritu resucite y huya de esta vida miserable.

Su mente vaga recorriendo los recuerdos de su infancia; los ecos de la felicidad aparecen y desaparecen fantasmagóricamente. Ve la cara de su madre que se cierne sobre ella, limpia y radiante, con el fulgor de un sol brillante a muchísimos mundos de distancia. Llega algo de calor a las mejillas de Hana y su piel adormecida empieza a calentarse. Gira la cara hacia el resplandor, como una flor que sigue la luz del sol. La luz dice su nombre y Hana abre los ojos.

El sol de la mañana la deslumbra. Un grito atraviesa el aire desde lejos. La voz de un hombre. Hana se da cuenta de que está atada a una estaca en el suelo. Los soviéticos están desmontando el campamento y preparándose para marchar. Sigue viva. No le han disparado, después de todo.

Hana echa un vistazo al sol de la mañana, esperando saber qué piensan hacer con ella. Cuando los soldados recogen la última tienda, llega el intérprete con un cuchillo de caza.

—Estás despierta —dice, y la sonrisa de su cara extranjera es exactamente igual que la de todos los soldados que ha conocido en su breve vida.

Hana no responde. Le duele la cabeza y le resulta difícil concentrarse demasiado tiempo en lo mismo. El intérprete se arrodilla detrás de ella y libera sus manos. Luego le corta las cuerdas de los tobillos, la agarra de los brazos y tira de ella para dejarla sentada en el suelo.

—Han negociado tu libertad —dice, y hay un matiz de emoción en su voz.

Hana sigue su mirada y se sobresalta al ver a Altan dirigiéndose hacia ella. El padre del chico y Ganbaatar caminan detrás de él. Han venido a por ella. Se le obstruye la garganta repentinamente, le cuesta respirar. Le preocupa que estén en peligro, pero también agradece que hayan venido. ¿De verdad han convencido a los soviéticos de que la suelten?

—Tienes amigos generosos —dice el intérprete cuando se acercan.

Altan inclina rápidamente la cabeza hacia el soldado, que devuelve el saludo con una risa jovial. Los mongoles ni siquiera miran a Hana. Es como si no la vieran, aunque ella sabe que no es así. No dice nada, siguiendo el ejemplo de los hombres, pero no puede dejar de mirar fijamente la cara magullada de Altan. Morimoto se ensañó con él.

El padre de Altan se pone delante de su hijo y le dice algo en japonés al intérprete. Su voz es baja y ella no puede oírle. Mira fijamente la cara del padre mientras los dos hombres se comunican. El intérprete mira a Hana y vuelve a sonreír.

—Puedes irte cuando quieras —le dice, y se va sin mirar atrás.

Solo entonces se dirigen a Hana los mongoles. Altan y su padre la cogen de los brazos y la ayudan a ponerse de pie. La llevan entre todos, la ayudan a caminar y salen rápidamente de los restos del campo soviético. Sus ponis están esperando a sus amos formando una pequeña manada, y Hana se alegra de ver al hermoso caballo de Morimoto entre ellos. Altan la ayuda a subir a uno de los ponis y se sube detrás de ella. A medida que los ponis comienzan a galopar fuera del campamento, el grito de un águila resuena por encima de los cascos.

Hana mira por encima de su hombro y ve al águila de Ganbaatar posada en el antebrazo del intérprete. Se le revuelven las tripas. El águila grazna de nuevo, percibiendo con sus agudos ojos que su amo galopa alejándose. Ganbaatar ha dado su más preciada posesión a cambio de la libertad de Hana. Morimoto dijo que los mongoles tienen más consideración por sus águilas que por sus esposas e hijos, pero Ganbaatar acababa de cambiar la suya por una chica a la que apenas conoce.

Hana intenta mirarle la cara, pero Ganbaatar va delante de ella, dirigiendo al pequeño grupo hacia las montañas. Los brazos de Altan la rodean mientras él espolea el poni. Hana no sabe qué ha tenido que hacer Altan para convencer a Ganbaatar de que cambiara su mejor posesión por una chica. Solo sabe que les debe la vida a ambos.

YOONHUI

Isla de Jeju, febrero de 2012

—Lo sé, Tía, lo sé —responde YoonHui, y se coloca la antigua máscara de buceo de su madre sobre los ojos. Una grieta en un rincón le oculta la visión, pero no le importa. No se zambullirá demasiado profundo, solo lo suficiente para recordar cómo es ser una *haenyeo*, ser como su madre.

JinHee asiente con la cabeza y también se coloca la máscara. Este gesto indica al resto de las mujeres que es el momento. Se adentran en el agua y, una tras otra, saltan al océano y se zambullen hasta el fondo en busca de los tesoros que las alimentarán y enviarán a sus nietos a la escuela, al mismo tiempo que mantienen vivo el recuerdo de la buceadora predilecta, una matriarca ausente pero nunca olvidada.

YoonHui bucea y, al principio, el frío del mar invernal la sorprende. Aguanta la respiración, aunque lucha contra la corriente que amenaza con arrastrarla de vuelta a la superficie. Libera lentamente una sucesión de burbujas por la nariz, lo que le permite descender aún más abajo, donde el océano late contra sus oídos. El mundo subacuático se abre de par en par mientras los peces entran y salen de los cúmulos de algas que se balancean con la corriente. Un cangrejo se escabulle por el lecho marino en busca de alimento.

Un pulpo rojo acecha en la cercanía, mirando, esperando que el cangrejo se le acerque. Perdiendo el aliento, YoonHui sube lentamente a la superficie, observando cómo el pulpo se arrastra muy lentamente por el lecho del océano.

JinHee le da la bienvenida mientras ella introduce aire en sus pulmones.

—Nada mal para ser tu primera vez.

—Supongo que todavía me acuerdo —dice YoonHui. Sonríe, complacida por recordar las enseñanzas de su madre. Solo era una niña cuando se marchó; ahora es una mujer de mediana edad. ¿Por qué le llevó tanto tiempo encontrar el camino de regreso a casa?

—Estaba orgullosa de ti —dice JinHee.

—Lo sé —responde YoonHui. Se gira para mirar hacia la orilla. Algunas de las mujeres más mayores están sentadas en las rocas, saludándola. Su frágil cuerpo no les permite permanecer en las frías aguas de febrero por mucho tiempo, pero han salido al mar por respeto.

Ha dejado a su hermano y a su sobrino en Seúl. Pero antes de viajar a la isla de Jeju, YoonHui visitó la estatua por primera vez desde la muerte de su madre. Lane fue con ella y también su sobrino. Cuando llegaron al lugar donde habían transcurrido los últimos momentos de paz de su madre, la tristeza la abrumó. El viento de enero secó sus lágrimas tan pronto como cayeron, por lo que no tuvo que tratar de esconderlas de su sobrino. Parecía tan alto, de pie frente a la estatua, mirándola fijamente como si creyera que podía levantarse y saludarlo.

YoonHui se sorprendió cuando se inclinó de repente ante la estatua en una reverencia profunda, llena de respeto filial. Él inclinó la cara hasta el suelo, se irguió y repitió esta reverencia dos veces más. YoonHui agarró la mano de Lane, mirando con orgullo confuso. Cuando se incorporó, sus hombros se encogieron un poco, YoonHui no sabe si por la vergüenza o el dolor, pero eso hizo que ella lo quisiera aún más. Él se limpió la nariz antes de volverse hacia ellas.

—Alguien ha dejado flores —dijo, señalando el regazo de la estatua. Unas flores blancas asomaban bajo la manta tejida a mano que alguien había dejado para darle calor a la estatua. Acercándose, YoonHui levantó la manta y descubrió un ramo de flores de luto, crisantemos blancos. Los pétalos aún estaban frescos y se inclinó para tocarlos con la mejilla.

En los días que siguieron al funeral de su madre, Lane había rastreado a los artistas que crearon la estatua. Después de intercambiar algunos correos electrónicos, compartieron con ella su inspiración. Era una fotografía en blanco y negro, envejecida por el tiempo y manchada de sangre, que había encontrado su camino hasta la Casa Compartida de Gyunggi-do, un hogar y museo para las «mujeres de solaz», donde se cuida de su salud y se comparten sus historias con visitantes de todo el mundo.

La hija de una mujer que fue capturada por soldados rusos durante la Segunda Guerra Mundial la había donado al museo dedicado a la esclavitud sexual forzada por el ejército japonés que hay en la Casa Compartida, un lugar que proporciona hogar a algunas de las «mujeres de solaz» que han sobrevivido y tiene un museo que documenta sus historias. Los artistas la habían encontrado durante una visita de investigación; la titularon *Chica haenyeo, 1943*. La expresión de la chica captó su atención, y también lo hizo el hecho de que tuviera el pelo recogido detrás, en lugar de corto como aparecía en la mayoría de las fotografías de chicas que habían visto. Claro que le habían cambiado el peinado a la estatua para que se adaptara al aspecto de las «mujeres de solaz» de la época, pero habían mantenido su rostro, su expresión sombría, porque algo de su mirada los había cautivado.

YoonHui miró fijamente la cara que le permitió pasar página a su madre moribunda.

—Adiós, tía Hana —susurró a la estatua—. Desearía que nos hubiéramos conocido antes.

* * *

Lane está de pie en la orilla. Ya se ha hecho amiga de las mujeres *haenyeo*. Alza la mirada y saluda. YoonHui saluda de vuelta por encima del agua, arqueando la mano hacia el cielo para que las mujeres mayores también puedan verla. Ve a su madre en sus rostros, en sus cuerpos descansando, en su amabilidad. Percibe a su madre entre estas mujeres, y permanecerá aquí por un tiempo y quemará incienso a sus antepasados hasta asegurarse de que el espíritu de su madre ha vuelto a su isla.

YoonHui se vuelve hacia la amiga más antigua de su madre y juntas bucean en las profundidades del océano, con la presión palpitando en sus oídos como si fuera el latido de un corazón bajo las olas.

HANA

Mongolia, invierno de 1943

El aire frío araña la piel de Hana. En la punta de la lengua saborea las hierbas que se han tornado marrones. Su pelo suelto revolotea y los mechones azotan su cara. La mano de Altan aparta los mechones, colocándoselos detrás de la oreja. El tacto de su mano es suave. La abriga ajustándole el abrigo de piel.

—¿Frío? —le pregunta él, una de las nuevas adquisiciones de vocabulario mongol que Hana puede entender.

Niega con la cabeza.

El perro apoya la cabeza en el regazo de Hana. Huele a rocío matutino. Su pelaje mojado roza el dorso de sus manos. Una vez que regresaron al campamento mongol, el perro se negó a apartarse de su lado. Era como si la hubiera adoptado a ella, al niño perdido que había vuelto, a su espíritu roto del desierto. El lugar de descanso preferido del perro es el dorso de sus manos dobladas cuidadosamente sobre su regazo. Los nudillos huesudos rascan los pliegues suaves bajo su morro. Los ojos del perro siempre miran hacia arriba, como si estuviera comprobando el bienestar de Hana. Ella dobla el cuello hacia abajo y mira fijamente a esos charcos oscuros que parpadean cada vez que se mueve. Se siente inundada por tanta bondad y tanto cariño desde que regresó. Ha vuelto a nacer.

Altan se aleja de su lado. Están empacando otra vez. Es la cuarta vez que se desplazan desde que abandonaron el campo soviético. Sospecha que están siendo precavidos por si los soviéticos cambian de opinión, o quizá huyen de los japoneses. No comparten ese tipo de información con Hana.

El perro le lame la mano. Es hora de irse. Un poni espera frente a ella. Altan la ayuda a levantarse. La trata como a una niña herida desde que volvieron al campamento mongol. Le costó algunos días que se le aclarara la vista de nuevo, pero sigue teniendo dolores de cabeza de vez en cuando, migrañas insoportables que la dejan postrada durante horas. La hinchazón de la cara de él se redujo rápidamente gracias a las cataplasmas que su madre le aplicaba cada día. Los moretones alrededor de los ojos se han decolorado hasta alcanzar un tono amarillo enfermizo. Es casi él mismo de nuevo.

Hana monta en el poni moteado. El animal resopla y agita la cabeza, sacudiéndose el flequillo de sus ojos. Hana se tiende hacia adelante y peina suavemente la crin del poni hacia un lado. El pelo grueso se desliza entre sus dedos y le hace recordar algo de otro tiempo, una sensación de maleza áspera bajo el mar recorriendo sus manos, las aguas oscuras que la rodean flotando. El poni sacude la cabeza y comienza su lenta marcha. La imagen ha desaparecido y la ha reemplazado el inmenso azul del cielo sobre ella, el color marrón de la hierba ondulante que la rodea como las aguas del mar.

La gran belleza que envuelve a Hana se extiende alrededor del pequeño grupo de viajeros como si estuvieran en un cuadro. Una vez vio una caravana similar en un libro escolar que la maestra enseñó a su clase. Campesinos que se mudaban a un nuevo hogar, a una nueva tierra.

Hana recuerda que se sintió agradecida por no tener que ver nunca su casa empacada en un carro, a diferencia de aquellos niños. Se sentía superior en su condición de hija de *haenyeo*, sabiendo que algún día también se convertiría en el sostén de su familia, en la matriarca de su hogar y en la dueña de su propio destino. Nunca se vería obligada a salir del mar porque las aguas siempre la mantendrían. Aparta esa imagen de su mente.

Las primeras nieves cubren la estepa mongola. Acampan al pie de una cordillera de colinas desnudas, baja y escarpada. La superficie de un gran lago azul y verde brilla en el horizonte.

—El mar —dice Hana, olvidando que están en una región sin costa.

—No, eso es el lago Uvs. Antiguamente era un gran mar, antes de que la tierra apareciera a su alrededor y lo separase de los océanos. Es salado como el océano.

Las palabras de Altan no llegan a Hana. Ella ya se dirige hacia esos colores familiares que la atraen con fuerza. El chico la llama por su nombre, pero Hana continúa, como si una fuerza magnética la atrajera hacia su verdadero norte. Escucha unas pisadas que la siguen, un guardián que la protege, una mano suave que se coloca en la parte baja de su espalda.

—¿Adónde vas? —pregunta Altan. Como ella no responde, el chico prueba un enfoque diferente.

—No deberíamos alejarnos tanto del campamento. Hay depredadores aquí afuera. Los atraen las aves acuáticas de los humedales.

Como si lo hubieran ensayado, una bandada de gaviotas blancas se lanza graznando al aire, manchando el cielo de blanco. El ruido sobresalta a una criatura de cuatro patas que Hana nunca ha visto antes. Se detiene para mirar fijamente al intrigante animal, que parece una oveja cruzada con un ciervo.

—Hola, amiguito —llama Altan al animal, lo cual termina de asustarlo y se lanza a galopar para alejarse de ellos—. Eso se llama *dzeren* —le dice—. Si los atrapas, son muy buenos para comer.

—Se ríe como si le hubiera contado un chiste, aunque sabe que Hana todavía no entiende mucho de lo que dice.

Hana lo mira correr a través de la hierba alta, mezclándose con los tallos marrones hasta que desaparece. Luego devuelve su atención al lago y continúa su viaje hacia las aguas azules y verdes que se esconden tras los juncos del humedal. Las gaviotas flotan sobre el plácido lago y llaman a sus compañeras que las sobrevuelan en el frío viento invernal. Hana nota que se le derriten diminutos copos de nieve en las pestañas. A cada paso, sus botas se hunden en el suelo arenoso. Está caminando de nuevo por una playa. El viento le acaricia el pelo; las pieles que viste alrededor de los hombros le hacen cosquillas en el cuello. Respira el aire salado y los recuerdos recorren su mente como una lengua de agua. Su primer contacto con el mar, su primera inmersión, el silbido *sumbisori* de su madre después de cada zambullida, el oxígeno saliendo de sus pulmones, la risa por encima del viento y el baile de Emi en la orilla. Hana se desata la faja y comienza a quitarse el *del*.

—¿Qué estás haciendo? —pregunta Altan, tratando sin éxito de impedir que se quite la ropa—. ¿Quieres entrar ahí? Te vas a congelar.

La llamada del mar la domina y bloquea su mente. No siente vergüenza por su desnudez, solo una fuerte atracción hacia el agua. Liberada de su ropa, aparta al chico y se dirige hacia el borde del lago. Él la sigue y la agarra del brazo, pero ella se zafa. Se precipita al lago y se queda sin aliento al contacto con el agua helada. Él se lanza rápidamente tras ella, pero Hana es demasiado veloz. El instinto entra en acción y pronto se sumerge profundamente bajo la superficie, desapareciendo en las oscuras aguas.

Nunca fue más que un sueño; aunque Hana hubiera podido hacer el viaje de vuelta, nunca habría podido regresar a casa. Si hubiera aparecido repentinamente en casa de su madre, habría demasiadas preguntas que responder. Todavía hay una guerra, los soviéticos dejaron eso claro, y los japoneses siguen controlando Corea. Si la encontraran, podrían enviarla de vuelta al burdel en Manchuria, o a otro lugar aún peor. Debe quedarse en Mongolia con Altan y su familia. Ha aceptado la situación.

Percibir esta resignación en sí misma alivia una gran carga a sus huesos. Ya no está cansada. Por el contrario, se siente ingrávida, liviana ante el pensamiento de una nueva vida. Altan es la luz que la llama hacia la superficie del agua. La luz que ahuyentará la oscuridad que ha soportado durante demasiado tiempo. Una oleada de nueva energía recorre sus miembros. Hana apoya los pies contra el suelo esponjoso del lago y se empuja hacia arriba, persiguiendo la hilera de burbujas ascendentes.

REMEMBRANZA DE MI QUERIDA HERMANA (JE MANG ME GA)[1]

Temías que el camino de la vida o de la muerte hubiera llegado,
así que te marchaste sin siquiera anunciar que te ibas.
Como las hojas caídas que dispersa el viento otoñal temprano,
engendradas por la misma rama, nadie sabe adónde van.
¡Ah, esperaré el día en que nos encontremos en Mitachal
rezando juntos y buscando la Iluminación!

---

[1] Canción del siglo VIII escrita por el monje budista maestro Wolmyeong y traducida al inglés por Jeong Sook Lee, traductora coreana y profesora en la Escuela de Estudios Orientales y Africanos de la Universidad de Londres.
Nota de la autora: este poema lírico es una canción folclórica *hyangaa* compuesta después de la muerte de la hermana del maestro Wolmyeong. La leo a menudo para recordarme a mí misma la universalidad del sufrimiento de Emi.

NOTA DE LA AUTORA

Algunos historiadores calculan que durante la colonización japonesa de Corea los militares japoneses secuestraron, engañaron o vendieron entre cincuenta mil y doscientas mil mujeres y niñas coreanas. El ejército japonés luchaba por dominar el mundo desde que en 1931 invadió Manchuria (lo que llevó a la segunda guerra chino-japonesa en 1937) hasta su derrota en 1945 a manos de los aliados, al final de la Segunda Guerra Mundial. Durante ese tiempo, todos los países involucrados perdieron y destruyeron incontables vidas.

De esas decenas de miles de mujeres y niñas esclavizadas por los militares japoneses, solo cuarenta y cuatro supervivientes surcoreanas siguen vivas (en el momento en que escribo este libro) y pueden contar al mundo lo que sucedió durante su cautiverio, cómo sobrevivieron y cómo regresaron a sus hogares. Nunca sabremos qué pasó con las otras mujeres y niñas que perecieron antes de tener la oportunidad de contar al mundo su sufrimiento. Muchas murieron en tierras extranjeras y, como le ocurrió a Emi, sus familiares nunca supieron su trágica historia.

Para muchas de las *halmoni* («abuelas») que sobrevivieron a la esclavitud fue muy difícil contar sus historias a sus familias o comunidades cuando regresaron a casa. Corea era una sociedad patriarcal basada en la ideología confuciana y la pureza sexual de la mujer era de suma importancia. Estas supervivientes se vieron obligadas a sufrir su pasado en silencio. Muchas arrastraban problemas médicos, como el trastorno de estrés postraumático, y eran incapaces de reinsertarse en la sociedad. La mayoría de ellas vivían en una pobreza extrema y no tenían familia que las cuidara en su vejez. Algunos historiadores creen que el tema de las «mujeres de solaz» nunca fue una prioridad para el gobierno coreano después de la Segunda Guerra Mundial porque poco después estalló la guerra de Corea, cuya lucha fratricida entre el Norte y el Sur costó muchas más vidas. El trigésimo octavo paralelo constituyó una frontera trazada a través de la península y Corea fue dividida para siempre en dos. El gobierno surcoreano se dedicó a reconstruir un país cuya infraestructura había sido demolida por la guerra. Había cuestiones «más importantes» que la de las esclavas. Pasaron cuarenta años antes de que se planteara la cuestión de las «mujeres de solaz»; fue en 1991 cuando Kim Hak-sun se presentó ante la prensa para relatar su historia. Tras este acto de valentía, muchas más «mujeres de solaz» se decidieron a hablar, más de doscientas en total.

En diciembre de 2015, Corea del Sur y Japón llegaron a un «acuerdo» sobre el tema de las «mujeres de solaz», y ambos países esperaban resolver el conflicto de una vez por todas para poder ahondar en sus relaciones internacionales más amistosamente. Como hizo el cabo Morimoto con Hana, Japón fue el que propuso los términos a Corea del Sur, y uno de ellos fue la retirada de la *Estatua de la Paz*, erigida en un terreno privado frente a la embajada japonesa en Seúl. Retirar esta estatua es el primer paso hacia la negación de la historia de las mujeres en Corea del Sur. Las *halmoni* rechazaron este «acuerdo» y continúan buscando una verdadera resolución porque creen que Japón simplemente desea borrar la peliaguda historia de la esclavitud sexual de la época, posibilitada por su ejército, como si las atrocidades nunca hubieran ocurrido y como si doscientas mil mujeres no hubieran sufrido y posiblemente muerto en circunstancias trágicas y desgarradoras.

En marzo de 2016 viajé a Seúl para ver en persona la *Pyeonghwabi* (la *Estatua de la Paz*), por primera y posiblemente última vez. Fue una especie de peregrinaje atravesar medio mundo para poner mis ojos sobre el símbolo que representa, para mí, la violación en tiempo de guerra no solo de mujeres y niñas coreanas, sino también de todas las mujeres y niñas del mundo entero: Uganda, Sierra Leona, Ruanda, Myanmar, Yugoslavia, Siria, Irak, Afganistán, Palestina y más. La lista de mujeres que sufren violaciones durante la guerra es interminable, y seguirá creciendo a menos que incluyamos en los libros de historia el sufrimiento de las mujeres durante la guerra, conmemoremos las atrocidades contra ellas en los museos y recordemos a las mujeres y niñas que perdimos a través de monumentos en su honor, como la *Estatua de la Paz*.

Al escribir este libro me enamoré de Hana, que para mí vino a representar a todas las mujeres y niñas que sufrieron ese destino. No podía dejarla muerta a manos de un soldado, tirada en el suelo de Mongolia; sé que las posibilidades de que las Hanas de la vida real llegaran a ser libres son escasas, pero mi final es lo que querría que le hubiera ocurrido a Hana y a las que fueron como ella. Escribir la historia de Emi fue mi vía de escape de los horrores que vislumbraba a través del mundo de Hana. Emi era mi personaje favorito, y creo que después de todo lo que había sufrido, era justo que la estatua fuera la verdadera Hana. En la vida real, la estatua no se esculpió siguiendo la imagen de una «mujer de solaz» particular perdida, pero esto me sirvió para cerrar una buena historia, una historia que dedico a todas las mujeres del mundo que sufrieron en la guerra y que todavía sufren.

A menudo, la historia de cualquier conflicto en cualquier nación está rodeada de verdades controvertidas y mentiras institucionalizadas. Los sucesos que he narrado en este libro y que hablan de las historias de Corea del Sur y Japón no son un caso distinto en este sentido. Hice cuanto pude para centrarme en las consecuencias directas que aquello tenía sobre los individuos, no sobre toda una nación o pueblo. También esperaba reflejar que las guerras en Corea fueron de naturaleza global, con muchos contendientes, no solo Corea y Japón. Como se trata de una obra de ficción, pueden surgir algunas inexactitudes históricas a lo largo del argumento, a saber: el tiempo y los lugares de ciertos acontecimientos que tuvieron lugar. Ninguno de estos errores son intencionados. Mi madre era surcoreana y crecí bajo su influencia y la de sus amigas expatriadas. Siempre me fascinó la habilidad de estas mujeres para superar las dificultades que enfrentaron como niñas y mujeres jóvenes en Corea del Sur, con risas y sentimiento de comunidad. Como un homenaje a esas mujeres, incluyo en este libro una canción (*Ga Si Ri*) y un poema lírico (*Je Mang Me Ga*), ambos fueron traducidos por mi amiga y profesora, Jeong Sook Lee. La canción es anónima y su origen se fecha entre los siglos X y XIV, pero es muy conocida entre los colegiales de Corea del Sur. Quería que Hana tuviera un recuerdo humorístico en un momento de incertidumbre, que recordara a su padre haciendo tonterías para llenar de risa su humilde hogar. El poema lírico trata sobre la pérdida de una querida hermana y la esperanza de reunirse un día con ella en el más allá. Perder a un ser querido nos toca a todos y cada uno de nosotros en algún momento de nuestras vidas, y a veces el dolor nunca disminuye. Sé que para mi madre y sus amigas el dolor durará toda la vida, pero el hecho de recordar sus historias las ayudó a soportarlo.

La guerra es terrible, brutal e injusta, y cuando termina hay que pedir perdón, hacer reparaciones y honrar las experiencias de los supervivientes. Alemania dio un ejemplo positivo al admitir y compensar los crímenes contra los judíos de su gobierno perpetrados durante la Segunda Guerra Mundial, a la vez que se comprometió a recordar siempre esta parte oscura de su historia. Espero que los gobiernos posteriores sigan sus pasos. Es nuestro deber educar a las generaciones futuras sobre los actos reales y terribles cometidos durante la guerra, no ocultarlos o pretender que nunca ocurrieron. Debemos recordarlos para que no se repitan los errores del pasado. Libros de historia, canciones, novelas, obras teatrales, películas y monumentos son esenciales para ayudarnos a no olvidar nunca mientras nos ayudan a ahondar en la paz.

Mary Lynn Bracht

AGRADECIMIENTOS

Las historias experimentan a menudo muchas transformaciones antes de convertirse en un libro, y agradezco haber sentido el apoyo de tanta gente durante este increíble proceso. Doble agradecimiento a mis editoras, Tara Singh Carlson y Becky Hardie, por su apoyo y sus sugerencias a lo largo del proceso de edición. Me siento muy afortunada por haber trabajado con vosotras, así como con Charlotte Humphery y Helen Richard. A mi maravilloso agente, Rowan Lawton, y al personal de Furniss Lawton, gracias por creer en mi novela y en mí. A Liane-Louise Smith e Isha Karki, porque su dedicación y positividad me ayudaron de muchísimas maneras, gracias. A mis amigos del Grupo de Escritores Verdes de Willesden (Lynn, Clare, Anne, Lily, Naa y Steve), gracias por escuchar las muchas versiones de este trabajo, sus comentarios fueron de gran ayuda. A mis maestros en Birkbeck College (Mary Flanagan, Helen Harris, Courttia Newland y Sue Tyley), gracias por vuestra guía e instrucción. A toda mi familia y a mis amigos, gracias por ese amor y ese apoyo a través de los años. Un sincero agradecimiento a Tony por animarme a perseguir mi sueño. Y, sobre todo, gracias a mi maravilloso hijo, cuyo amor y aceptación me ayudaron a alcanzarlo.

FECHAS DESTACABLES

1905   Corea se convierte en un protectorado de Japón, lo que
       supone el fin del Imperio coreano.

1910   Japón anexiona Corea a sus territorios reprimiendo toda
       manifestación de la tradición y la cultura coreanas.

1931   Japón invade y ocupa Manchuria dando lugar al estado
       títere de Manchukuo.

1932   El estado títere Manchukuo es creado por Japón.

1937   Comienza la segunda guerra chino-japonesa; China recibe
       ayuda de Alemania, la Unión Soviética y los Estados Uni-
       dos, lo cual sienta las bases para que el conflicto se funda
       con la Segunda Guerra Mundial.

1938   Japón comienza un programa de asimilación activa para los
       coreanos colonizados; se prohíbe la práctica de costumbres
       coreanas (incluyendo el idioma, la religión, el arte y la música).

1939   Japón obliga a hombres y mujeres coreanos a alistarse o
       movilizarse para la guerra.

1941   Japón ataca Pearl Harbor. La segunda guerra chino-japo-
       nesa pasa a formar parte de la guerra del Pacífico y de la
       Segunda Guerra Mundial.

1945   Agosto: Estados Unidos lanza bombas atómicas sobre
       Hiroshima y Nagasaki.
       Los soviéticos declaran la guerra a Japón e invaden Man-
       churia; entran en Corea del Norte.

313

Japón se rinde incondicionalmente a las fuerzas aliadas.
La Segunda Guerra Mundial termina.

Como parte de la rendición japonesa, Corea se divide, a lo largo del trigésimo octavo paralelo, en Corea del Norte, controlada por la Unión Soviética, y del Sur, controlada por los Estados Unidos. Las fuerzas de ocupación estadounidenses llegan a Corea del Sur.

Diciembre: Estados Unidos, Reino Unido, Unión Soviética y República de China instauran a cuatro bandas un fideicomiso de Corea hasta que se pueda establecer un gobierno único. Después de esto, los planes para un gobierno nacional unificado decaen a medida que aumentan las divisiones de la Guerra Fría entre la Unión Soviética y Estados Unidos.

1948 Abril: insurrección y masacre de Jeju.

Agosto: después de unas elecciones democráticas no supervisadas el 10 de mayo, la República de Corea se estableció formalmente en el sur, con Syngman Rhee como su primer presidente.

Septiembre: la República Popular Democrática de Corea se establece en el Norte, Kim II-sung se convierte en primer ministro.

Octubre: la Unión Soviética declara que el gobierno de Kim II-sung tiene soberanía sobre Corea del Norte y Corea del Sur.

Diciembre: la ONU declara que el gobierno de Rhee es el único legal; Estados Unidos se niega a ofrecer ayuda militar al Sur, pero la Unión Soviética refuerza fuertemente al Norte.
La Unión Soviética retira sus tropas de Corea.

1949 Enero: el presidente chino, el líder nacionalista Chiang Kai-shek, dimite.

Estados Unidos retira sus tropas de Corea y pone fin a la ocupación aliada de Corea.

Octubre: Mao Zedong instaura la República Popular China.

1950   Junio: comienza la guerra de Corea cuando Corea del Norte rompe la frontera del trigésimo octavo paralelo invadiendo Corea del Sur. Corea del Norte recibe apoyo de la Unión Soviética y de China, Corea del Sur recibe apoyo de los Estados Unidos y del resto de la ONU. Más de 1,2 millones de personas acaban muriendo en el conflicto.

1953   Termina la guerra de Corea; queda intacta la división entre la República Popular Democrática de Corea en el Norte y la República de Corea en el Sur. Dado que Corea del Sur nunca firmó el tratado de paz, los dos países siguen oficialmente en guerra.

1991   Kim Hak-sun cuenta su historia en una rueda de prensa: fue víctima de la esclavitud sexual impuesta por los militares japoneses. Presenta una demanda contra el gobierno japonés.

1992   Enero: primer miércoles de manifestación en Seúl.
Diciembre: elección del primer presidente civil de Corea del Sur, Kim Young-sam.

1993   Agosto: una declaración emitida por el gobierno japonés (Declaración de Kono) confirmó que hubo coerción a la hora de atrapar a las «mujeres de solaz» contra su voluntad.

2007   El gobierno japonés se retracta de esta declaración.

2011   Diciembre: se celebra en Seúl la manifestación número mil, se inaugura la *Estatua de la Paz*.

2015   Los gobiernos de Japón y Corea del Sur anuncian un «acuerdo histórico» sobre la cuestión de las «mujeres de solaz»: eliminar la *Estatua de la Paz* y no volver a hablar nunca más del tema.

LECTURAS RELACIONADAS

Si tienes interés en aprender más sobre la historia de Corea o de Mongolia, de las guerras que tuvieron lugar en Asia u otros temas tratados en esta novela, como el de las buceadoras *haenyeo*, esta lista de lecturas contiene muchos de los libros que me ayudaron durante mi investigación, y también otros que me inspiraron al escribirla.

1. *The Comfort Women: Sexual Violence and Postcolonial Memory in Korea and Japan* de C. Sarah Soh.
2. *The Comfort Women: Japan's Brutal Regime of Enforced Prostitution in the Second World War* de George Hicks.
3. *Travels in Manchuria and Mongolia: A Feminist Poet from Japan Encounters Prewar China* de Yosano Akiko, traducido por Joshua A. Fogel.
4. *When Sorry Isn't Enough: The Controversies over Apologies and Reparations for Human Injustice*, edición a cargo de Roy L. Brooks.
5. *Hirohito's War: The Pacific War, 1941–1945* de Francis Pike.
6. *World War II in Photographs* de Robin Cross.
7. *When My Name Was Keoko* de Linda Soon Park.
8. *Everlasting Flower: A History of Korea* de Keith Pratt.
9. *The Mongol Empire* de John Man.

10. *Mongolia: Nomad Empire of Eternal Blue Sky* de Carl Robinson.
11. *The Cloud Dream of the Nine* de Kim ManChoong.
12. *A History of Korean Literature* de Peter H. Lee.
13. *Japan 1941* de Eri Hotta.
14. *A History of East Asia: From the Origins of Civilization to the Twenty-First Century* de Charles Holcombe.
15. *The Wars for Asia, 1911–1949* de S. C. M. Paine.
16. *The Second World War: A Complete History* de Martin Gilbert.
17. *Dictionary of Wars: Revised Edition* de George Childs Kohn.
18. *Moral Nation: Modern Japan and Narcotics in Global History* de Miriam Kingsberg.
19. *The Woman Warrior* de Maxine Hong Kingston.
20. *Riding the Iron Rooster* de Paul Theroux.
21. *Lost Names* de Richard Kim.
22. *1914: Good to All Tha*t, edición a cargo de Lavinia Greenlaw.
23. *Korea* de Simon Winchester.
24. **True Stories of the Korean Comfort Women*, edición a cargo de Keith Howard.
25. *The Other Nuremberg: The Untold Story of the Tokyo War Crimes Trials* de Arnold C. Brackman.
26. *Deep: Freediving, Renegade Science, and What the Ocean Tells Us About Ourselves* de James Nestor.
27. **The Rape of Nanking: The Forgotten Holocaust of World War II* de Iris Chang.
28. *Journey to a War* de W. H. Auden y Christopher Isherwood.
29. *Legacies of the Comfort Women of World War II*, edición a cargo de Margaret Stetz y Bonnie B. C. Oh.
30. *Inferno: The World at War, 1939–1945* de Max Hastings.
31. *In Manchuria: A Village Called Wasteland and the Transformation of Rural China* de Michael Meyer.

32. *Hunting with Eagles: In the Realm of the Mongolian Kazakhs* de Palani Mohan.

33. *The Hidden History of the Korean War: America's First Vietnam* de I. F. Stone.

34. *Echoes from the Steppe: An Anthology of Contemporary Mongolian Women's Poetry*, edición a cargo de Ruth O'Callaghan.

35. *Korea: A Historical and Cultural Dictionary* de Keith Pratt y Richard Rutt.

36. *Moon Tides: Jeju Island Grannies of the Sea* de Brenda Paik Sunoo.

37. *The Hundred Years' War: Modern War Poems*, edición a cargo de Neil Astley.

38. **Half the Sky: How to Change the World* de Nicholas D. Kristof y Sheryl Wudunn.

CPSIA information can be obtained
at www.ICGtesting.com
Printed in the USA
LVHW041203300619
622775LV00002B/336

9 788491 392446